MÉMOIRES D'UN PARISIEN DE LUTÈCE

Joël Schmidt

MÉMOIRES
D'UN PARISIEN
DE LUTÈCE

ROMAN

Albin Michel

© Éditions Albin Michel S.A., 1984
22, rue Huyghens, 75014 Paris

ISBN 2-226-01958-8

Avant-propos

Il y a quelques années dans les sables de la ville antique de Timgad ont été découverts vingt-deux rouleaux de parchemin (correspondant aux vingt-deux chapitres du présent livre), serrés dans des tubes en cuivre assez corrodés. On fit appel pour les dérouler et pour les déchiffrer aux savants et techniciens qui avaient exécuté un semblable travail depuis la découverte, en 1947, des manuscrits esséniens de la mer Morte.

On pensait sans doute trouver dans ces rouleaux quelques relations sur Timgad, des documents sur l'administration militaire et financière de cette cité florissante sous l'empereur Trajan au IIe siècle de notre ère. On fut donc surpris lorsqu'on constata que sur ces rouleaux, rédigés en écriture majuscule cursive, un Parisien de l'antique Lutèce racontait sa vie depuis la mort de Marc Aurèle en 180, jusqu'aux premières invasions des Alamans qui détruisirent Paris en 256 après J.-C.

On fut encore plus étonné lorsqu'on s'aperçut que ce Parisien, illustre en son temps et en sa ville, n'était autre que le descendant de Camulogène, héros de l'indépendance gauloise et de celle de Lutèce en 52 avant notre ère, qui, associé à l'entreprise de résistance de Vercingétorix, avait combattu contre Labienus à Lutèce même, comme l'indiquent les *Commentaires sur la guerre des*

7

Gaules de César, pour tenter en vain de s'opposer à la conquête romaine.

Comment ces rouleaux ont-ils parcouru l'énorme distance qui sépare Lutèce de Timgad ? Qui leur a fait franchir, sans dommage, la Méditerranée ou bien le détroit de Gibraltar, ou encore celui de Messine ? Bien des hypothèses sont permises.

La plus probable et la plus plausible est celle qui fait intervenir Aurélien, le fils de Marcus Aurelius Camulogène, notre mémorialiste. Aurélien a en effet inscrit, au bas du dernier rouleau de l'ouvrage de son père, son nom, son grade, celui de centurion à Timgad où il écrit qu'il s'est installé, avec son épouse Orbolath (sans doute une Barbare) et ses enfants, comme vétéran afin d'y rédiger à son tour ses souvenirs. Des travaux sont entrepris pour tenter de retrouver ceux-ci. Peut-être un jour sera-t-il également possible de publier les Mémoires du fils, après avoir édité ceux du père ?

Quoi qu'il en soit, cette découverte capitale, qui fut tenue secrète afin d'empêcher l'agitation des médias qui aurait pu gêner les travaux des chercheurs et des savants préposés à la lecture délicate des parchemins, apporte certes, sur la vie quotidienne à Lutèce dans l'Antiquité et sur celle de la Gaule romaine, des renseignements nouveaux, mais surtout elle confirme les travaux des archéologues et universitaires. Ceux-ci nous ont été d'autant plus indispensables pour établir le texte de Marcus Aurelius Camulogène, que les parchemins ont été souvent abîmés, que de nombreux passages sont illisibles ou font défaut, rongés par le temps ; qu'il manque des feuillets et que, malgré les soins apportés à les dérouler et à les lire, des morceaux entiers sont tombés en poussière.

Nous avons également dû souvent vérifier chez les auteurs latins un certain nombre de points et même de citations qui figuraient dans les Mémoires de Camulogène, ou bien auxquels ceux-ci faisaient allusion, et nous avons parfois été contraints de les développer par souci de clarté.

Nous nous sommes permis de compléter et d'expliquer

ce qui était évident aux yeux d'un Gallo-Romain du
IIIe siècle et qui ne l'est plus pour un lecteur du XXe siècle,
en cherchant à ne pas trahir les propos de Camulogène,
ni son écriture. Lorsque Marcus Aurelius Camulogène
passait, sur le parchemin, son petit bâton de roseau au
bout taillé et fendu, préalablement trempé dans l'encre
(fabriquée avec du noir de fumée provenant de la combus-
tion de résines), il ne songeait guère à rivaliser avec les
écrivains latins, ni même à faire véritablement œuvre litté-
raire. Il tentait simplement de raconter sa vie qu'il estimait
riche en événements et de jeter un regard sur le passé
de sa famille qu'il jugeait, à juste titre, glorieuse pour
l'histoire de Lutèce.

C'est pourquoi nous n'avons pas hésité à traduire, quand
il le fallait, un peu librement, le latin de M.A. Camulogène
et même nous nous sommes risqué à quelques néologismes
dans un souci pédagogique évident.

Pour faciliter la lecture nous avons donné leur nom
moderne aux villes et aux fleuves que Marcus Aurelius
Camulogène désignait sous leur appellation latine ou gallo-
romaine. De même les dates qu'utilise M.A. Camulogène
sont calculées à partir de la fondation de Rome en l'an 753.
Ainsi l'auteur des Mémoires qui suivent naît en l'an 930
de Rome (177 ap. J.-C.) et il cesse d'écrire son ouvrage
en l'an 1009 (256 ap. J.-C.). Afin de ne pas contraindre les
lecteurs à des calculs mentaux incessants, nous avons
rétabli dans le texte notre système de datation, y
compris celui des jours et des mois.

Enfin, dans tous les cas où nous pouvions faire coïn-
cider la topographie antique de Lutèce, telle que nous
l'évoque Camulogène, avec celle du Paris contemporain,
nous l'avons indiqué en note (exemple : forum de Lutèce,
rue Soufflot, entre la rue Saint-Jacques et le jardin du
Luxembourg).

Joël SCHMIDT

Chapitre premier

Retrouver le cours de ma vie, remonter aux sources de ma famille, peindre les décors de mon existence, le grand mouvement de l'Histoire, évoquer ma patrie gauloise et la cité de Lutèce qu'enveloppent depuis tant d'années la gloire de l'Empire et la grandeur de Rome, cette tâche-là me paraît à la fois immense et humble.

J'ai appris en effet dans les *Pensées* du divin Marc Aurèle à peser le poids d'un homme face à l'univers : une plume, un osselet, un rien. Mais grâce aussi à mes maîtres des écoles méniennes à Autun, je me suis familiarisé avec l'Histoire, j'ai nourri ma mémoire de Suétone, de Tacite, de Tite-Live et surtout de César. Pendant toute la durée de mon enfance, mon grand-père, Marcus Hadrianus Camulogène, m'a enseigné le destin insigne de Rome et ma mère, Epona, a évoqué chaque soir au bord de mon lit, la grandeur de mon ancêtre Camulogène qui tomba jadis sous les coups des soldats de Labienus, lieutenant de l'imperator César, pour la défense et l'indépendance du peuple des Parisiens et de leur cité, Lutèce.

J'ai eu également la chance que, de tout temps, la famille à laquelle j'appartiens, une des plus nobles de la ville, ait aimé écrire, prendre des notes, rédiger des souvenirs. Une petite soupente bien sèche au premier étage de notre maison de la rue des Boulangers, au-dessus de la cuisine, a recueilli les tablettes en cire, les papyrus et parchemins, où mes ancêtres et plus près de moi mon grand-père et mon père ont raconté les grands moments de leur existence, de leur bonheur et de leur malheur, dans la ville de Lutèce.

Il a été aussi de tradition, dans ma famille, que chacun de ses membres fasse sculpter son buste de son vivant. Les visages d'hommes et de femmes et parfois même d'enfants qui m'ont précédé dans ma demeure et dans ma vie, j'ai pu les contempler souvent, puisqu'une sorte de grande galerie qui entoure trois des côtés du jardin intérieur les accueillait.

Enfin, une belle bibliothèque, où se trouvent, insérées dans des tubes en bronze, les copies des principales œuvres des écrivains grecs et romains, m'a donné le goût du glorieux passé des lettres et des arts. J'ai été bercé à chaque étape de mes années d'enfance et de jeunesse par les rumeurs des temps lointains gaulois et romains, et je me suis senti lié aux uns et aux autres, déchiré parfois entre les uns et les autres.

Aussi, ai-je le désir, dans l'incertitude des temps qui nous menace, de transmettre à la postérité des images de ma vie et des évocations de mes ancêtres dont les destins souvent se sont confondus à l'histoire même de Lutèce, ma cité bien-aimée.

Je suis né en l'an 930 (177 ap. J.-C.) de la fondation de Rome, sous le consulat de Marcus Plautius Quintilius et sous le règne de l'empereur Marc Aurèle.

Ma mère Epona a toujours prétendu que la sage-femme fut frappée dès la fin de l'accouchement par ma ressemblance avec ma mère. Comme elle, j'avais le teint clair, et les cheveux blonds, « un vrai Gaulois », s'écriat-elle pour irriter mon père, qui avait hérité de sa mère, une Romaine, un teint mat et une chevelure abondante, bouclée et fort sombre. Mais au lieu d'avoir les yeux bleus, comme ma mère, ils étaient gris et je ne sus que tard les raisons de cette particularité. J'ai gardé longtemps une silhouette mince et élancée, une barbe blonde, des grandes moustaches tombantes, et des cheveux au vent. Mais lorsque je me regarde aujourd'hui dans le vieux miroir de bronze poli, je ne me reconnais plus. Mes cheveux sont clairsemés, ma barbe est peu abondante et j'ai rasé ma moustache ; mes joues se sont affaissées, les rides courent sur mon front et l'image que me renvoie la surface de la Seine, lorsque je me promène au bord de sa rive, est celle d'un vieillard courbé.

Alors je me surprends à me rappeler non sans fierté les lettres d'amour que je reçus, en mon adolescence, de Lycinna qui m'initia aux travaux de Vénus et qui vantait toujours la douceur de ma peau qu'elle aimait à caresser, et mon corps mince et élancé sur lequel elle promenait sa bouche. Mais ce qui la frappait, c'étaient mes yeux gris, « gris comme un ciel d'hiver et qui font frissonner », me disait-elle.

L'année de ma naissance fut marquée à Lyon, je devais l'apprendre plus tard, par le supplice dans l'arène de quelques zélateurs, dont une certaine Blandine, de la secte des chrétiens. Ces fanatiques avaient été dénoncés par les prêtres et les fidèles du culte de Cybèle et d'Atys, et l'empereur Marc Aurèle, conscient de son devoir et en toute justice, avait ordonné qu'ils fussent livrés aux bêtes.

Pourquoi, près de quatre-vingts années plus tard, je me souviens encore de cet événement ? Sans doute parce que je suis étonné par le double signe de la persécution des chrétiens qui a marqué ma naissance avec la mort de Blandine, l'esclave, et qui scelle la fin de mon existence, avec le récent supplice infligé à Denis que ses compagnons et fidèles appellent l'évêque de Lutèce. Double signe qui me fait craindre le pire pour le salut de l'Empire, abandonné par ceux qui devraient le défendre et qui pourtant refusent de s'associer pour la plupart à la lutte contre les Barbares qui s'approchent de notre cité.

Les Barbares ? Déjà l'année qui précéda ma naissance,

en un temps où Rome pourtant répandait sur le monde sa renommée, ils menaçaient nos frontières. La paix romaine que le divin Auguste avait établie sous son règne et dans l'ensemble de l'univers et que ses successeurs avaient su affermir, s'effritait lentement. Les frontières du Rhin et du Danube, les fortifications ne résistaient pas toujours à la poussée des hordes venues de lointaines contrées, de l'Hyperborée peut-être, et Marc Aurèle, au moment où ma mère accoucha, assise sur un siège que l'on conserve comme un objet sacré dans la famille, s'apprêtait à repartir sur le Danube pour repousser les Quades et les Marcomans qu'il avait refoulés une première fois en 173 après Jésus-Christ. Un an plus tard, il livrerait de nombreuses batailles au cours d'une campagne qui, sur une inscription du forum de Lutèce, dédiée aux victoires de notre empereur, s'appellerait « la seconde expédition germanique ».

Lorsque je commençais à sucer le sein de ma nourrice Rosmerta, le fils dénaturé du divin Marc Aurèle, Commode lui-même, qui a sali le nom de Rome et dont la mémoire reste à jamais honnie, épousait Crispine : il devait la livrer quelques années plus tard au couteau des égorgeurs, en même temps qu'il ferait assassiner sa sœur Lucilla.

Certes, notre belle cité de Lutèce n'était pas encore en ces temps-là menacée. Un frère de mon père, officier dans l'armée romaine, Gaïus Camulogène, était revenu se reposer à Lutèce des fatigues de la campagne contre les Barbares du Danube en 178 après Jésus-Christ. Je me trouvais encore dans mon berceau : mon oncle m'avait regardé longuement, à ce que m'en a dit ma mère Epona, et il avait prononcé cette phrase lourde de menaces : « Vers quel terrible destin la course de la vie le conduira-t-elle dans quelques années ? »

Aujourd'hui que les chrétiens infestent l'Empire, je ne puis que m'emporter contre cette religion nouvelle, sans patrie ni traditions, liguée contre toutes nos institutions religieuses et civiles, et qui ose adorer un Christ, un prétendu fils de Dieu. Elle est composée de charlatans et d'imposteurs... Mais non, ne laissons pas la colère m'envahir en des moments où elle doit se tourner exclusivement contre les Barbares qui, dit-on, se rapprochent.

Je voudrais m'adresser à ces chrétiens invisibles, souvent cachés dans les entrailles de la terre, et à mon fils qui fait partie de leur secte et leur dire : « Pourquoi ne voulez-vous pas sacrifier à l'empereur ? C'est entre ses mains qu'ont été remises les choses de la terre et c'est de lui que vous recevez les bienfaits de l'existence. Imaginez que tous les citoyens de l'Empire vous imitent, le monde deviendrait la proie des Barbares les plus sauvages et les plus grossiers et votre religion disparaîtrait sous leur domination. Moi je vous dis, chrétiens, que votre Dieu vous a abandonnés. Comment pouvons-nous tolérer, nous qui restons fidèles à nos dieux, de vous entendre dire que vous voulez unir tous les peuples qui habitent l'Europe, l'Asie, l'Afrique, tant grecs que barbares, dans la communauté d'une même foi ? Quelle absurdité alors que les peuples sont si divers ! Quel aveuglement alors que les races sont si différentes ! Soutenez l'empereur de toutes vos forces, partagez avec lui la défense du droit, combattez pour lui si les circonstances l'exigent, aidez-le dans le commandement de ses armées. Pour cela cessez de vous dérober aux devoirs civils et au service militaire. Prenez votre part des fonctions publiques s'il le faut pour le salut des lois et la cause de la piété... »

J'aimerais qu'un jour proche, sur les remparts qui commencent à entourer la principale des trois îles de la Seine, se dressent soudain les chrétiens à nos côtés, qu'ils surgissent de leurs caches face aux Barbares qui seront bientôt sous nos murs, qu'ils rejoignent le vieux combattant que je suis redevenu, à l'image de mon illustre ancêtre qui, en ces mêmes lieux, voulut défendre jusqu'à la mort l'indépendance de Lutèce.

15

... Mais il faut que je m'arrache à ma douloureuse vieillesse et aux calamités de ce monde, pour retrouver les souvenirs de ma première jeunesse, que je me tourne vers ces temps où Lutèce régnait dans sa splendeur sur le territoire des Parisiens et où la Seine venait baigner des rivages radieux.

Le péril barbare ne menaçait pas alors l'Empire de la ruine et de la désolation. La paix romaine, en dépit de nombreuses alertes, régnait sur l'ensemble de l'univers. Jadis, sous la République, Rome avait peu à peu conquis le monde. Une ville, une simple cité d'agriculteurs avait fait résonner son nom et les pas de ses légions jusqu'aux limites connues de l'univers. De grands chefs avaient abattu les empires ou les nations qui résistaient à Rome. Les Scipions avaient défait Carthage et son règne sur la Méditerranée. Sylla s'était opposé victorieusement à Mithridate, roi du Pont sur la mer Noire. Marius avait repoussé les Cimbres et les Teutons qui voulaient subjuguer l'Italie et la Gaule. César s'était emparé de l'Egypte et du cœur de la reine Cléopâtre, avait annexé l'Orient, écrasé la résistance des peuples d'Occident de l'île de Bretagne à la Narbonnaise, de la frontière du Rhin aux Pyrénées. Auguste avait achevé l'œuvre militaire et cruelle de ses prédécesseurs avec l'aide de Germanicus, aux frontières du Septentrion. Mais pour dompter un aussi grand nombre de peuples, pour assurer la sécurité aux frontières d'un empire immense, il était nécessaire que la vieille République, recrue d'épreuves et de tourments, incapable d'assumer l'administration d'une ville qui avait pris les dimensions d'un immense Etat, se métamorphosât. Ce sera l'honneur d'Auguste, animé par son génie, d'avoir fondé un empire assez souple pour être accepté, assez ferme pour être craint, d'avoir compris que Rome devait accepter les dieux de tous les panthéons, pourvu que chacun fît preuve de loyalisme à l'égard de l'empereur. Celui-ci était représenté dans chaque province par un légat ou un procurateur qui gouvernait et administrait en son nom : la Gaule était ainsi partagée en Belgique, Aquitaine, Narbonnaise et Lyonnaise, à laquelle Lutèce appartenait. Chaque cité de l'Empire devint à elle seule une petite Rome, avec son Sénat, ses institutions municipales proches de celles de Rome, mais elle put conserver ses mœurs, ses coutumes et à côté des dieux de l'Olympe, elle eut le droit de placer ses divinités traditionnelles. Lutèce ne fit pas exception à cette règle. Ainsi était assurée l'unité de l'Empire dans la diversité de ses peuples et de ses races. Aucun empereur si dément fût-il, comme l'étaient Caligula ou Néron, ou Commode, et plus tard, d'autres encore comme Héliogabale, ne remit en question ces lois fondamentales dont Auguste fut le père vénéré.

Dès lors que les frontières étaient gardées et les incursions barbares repoussées, la prospérité s'étendit sur l'Empire, les villes rivalisèrent de beauté et de richesse, les guerres civiles, qui avaient ravagé pendant des dizaines d'années la vieille République, disparurent presque totalement et ne réapparurent que pour de courtes périodes au moment de la mort et de l'avènement de certains empereurs contestés.

Certes, les légions auxquelles s'étaient joints des contingents de bien des nations conquises durent souvent faire face à des mouvements barbares, et étendre leurs conquêtes en territoire ennemi pour mieux protéger les frontières, comme le fera Trajan chez les Daces. Jamais, depuis le commencement du monde, jamais depuis que Jupiter vainquit les Géants, un tel empire n'avait duré aussi longtemps et d'une manière aussi harmonieuse ; même Alexandre n'avait pas réussi à unir ses conquêtes et à sa mort son empire s'était peu à peu divisé entre ses diadoques, et parfois brisé. Or, Auguste mort, son œuvre demeura et même se développa, auxquels les Antonins avec Nerva, Trajan, Hadrien, Antonin le Pieux et Marc Aurèle sauront donner une nouvelle dimension.

Cependant le neuf centième anniversaire de la fondation de Rome en 148, les réjouissances qui le célébrèrent dans tout l'Empire, réjouissances dont mon grand-père fut le témoin à Rome même, ne réussirent pas à cacher les premiers craquements, les premiers désastres, les premières crises dont l'Empire était la proie. Aux chrétiens qui de plus en plus nombreux étendaient sur l'Empire leur religion, fanatique, qui niaient nos dieux et le génie de nos empereurs, s'ajoutaient d'autres maux : des tremblements de terre, comme ceux qui détruisirent Mytilène et Smyrne, témoignaient de la colère des dieux.

Peu de temps avant ma naissance, Lutèce elle-même, à la veille de la mort de Marc Aurèle, fut le théâtre de nombreux et ténébreux prodiges qui annonçaient des malheurs pour notre cité, notre Gaule et pour l'Empire. Il tomba, sur le forum de Lutèce, une pluie de pierres qui endommagea la toiture, puis une ondée rouge comme le sang inonda les voies ; un coup de tonnerre gronda sur le ciel de notre cité, pourtant limpide ; un ouragan renversa de nombreuses statues dans le forum dont celle de Jupiter, en haut du temple qui lui était consacré. Le grand pontife de Lutèce, au moment où il accomplissait un sacrifice expiatoire, trouva sur les victimes immolées des foies pourris. Un loup pénétra dans Lutèce et fut occis par mon grand-père qui garda sa peau comme trophée : elle servit longtemps de tenture au mur de sa chambre. On tua également plusieurs chats-huants qui s'étaient installés dans les galeries du théâtre et on ne compta plus sur les marches du forum, où des agriculteurs de la cité et des villes voisines venaient vendre leurs produits, des poulets à quatre pattes, des agneaux avec des pieds de cheval et dont les têtes ressemblaient à celles des singes, des porcs ayant des mains et des pieds d'homme. On vit aussi durant la nuit le soleil répandre pendant quelques instants une vive lueur et trois lunes s'élever à l'horizon.

Les décurions, magistrats de la municipalité de Lutèce, se réunirent, paraît-il, sous la présidence de mon grand-père, pour tenter d'interpréter, avec l'aide des prêtres et des servants des temples et des autels, ces prodiges inquiétants. Ils furent incapables de donner des réponses et se contentèrent d'effectuer de multiples sacrifices et des immolations de brebis et de bœufs qui n'apaisèrent pas la peur des Parisiens. Un climat d'angoisse, au moment où ma mère était grosse de moi, se répandit sur Lutèce et sur toutes les villes voisines. Un ciel chargé de nuages, une chaleur lourde et inhabituelle contribuaient au malaise général. La nouvelle d'un complot des chrétiens déjoué à Lyon ne fit qu'exacerber les sentiments de vengeance et de colère.

Les prodiges apparurent comme des signes des dieux pour nous obliger à châtier les chrétiens à Lutèce. C'est ainsi que des zélateurs de la nouvelle religion furent arrêtés dans les quartiers pauvres de Lutèce, proches de l'amphithéâtre, et furent soit décapités s'ils étaient citoyens, crucifiés s'ils étaient esclaves ou même jetés dans la Seine. Mais ces sacrifices humains ne suffirent pas à calmer les esprits à Lutèce comme ailleurs : on savait que les frontières étaient menacées par la pression des Barbares, mais aussi par la peste et la famine, qui, après avoir ravagé la Rhétie, la Norique, la Pannonie, la Dacie, avaient atteint Rome et se déplaçaient vers la Gaule ; elles atteindraient Lutèce lorsque j'aurai cinq ans. Les Parisiens savaient qu'ils ne pourraient leur échapper. Certains désertaient la cité et fuyaient vers l'Océan, d'autres accumulaient les provisions, jambons et poissons salés ; ils remplissaient des citernes où ils plaçaient des serpents afin que ceux-ci fouettent sans cesse l'eau pour l'empêcher de devenir saumâtre et imbuvable.

Les Maures avaient envahi certaines régions de l'Espagne et Marc Aurèle était contraint de porter la guerre contre les Iazyges sur le Danube puis contre les Quades qu'il battait au cours d'un orage dépêché par Jupiter pour sauver ses légions en difficulté.

Au moment où ma mère accoucha, il sembla que l'inquiétude se calma, on apprit que Marc Aurèle venait de traiter avec les Quades qui acceptaient de délivrer des prisonniers et avec les Marcomans qui promettaient de se tenir à trente-huit stades du Danube. L'empereur avait

19

fait la paix avec les Iazyges et avait confié la garde du Danube à Quintilius Condianus, Quintilius Maximus et Publius Helvetius Pertinax. Avidius Cassius qui s'était proclamé empereur avait été assassiné ; Marc Aurèle venait de perdre son épouse Faustine à Halala en Orient, il avait pu rentrer à Rome l'âme triste mais en paix.

L'année qui suivit ma naissance (178 ap. J.-C.), Marc Aurèle donnait de grandes fêtes à Rome, et il effaçait toutes les dettes contractées par les citoyens romains depuis le commencement du règne du divin Hadrien.

Chapitre deuxième

De 180 après Jésus-Christ, au moment où la peste eut raison des dernières forces de Marc Aurèle, datent mes premiers souvenirs fugitifs. J'entends encore les pleurs de mes parents à l'annonce de la mort de Marc Aurèle qui avait donné sa vie à son empire et qui avait témoigné d'une si haute conscience de la majesté de sa fonction. Toute la nuit s'élevèrent des gémissements dans chaque demeure à Lutèce, comme dans tant d'autres cités ; et j'écoutais dans la peur et le recueillement cette grande prière des larmes qui montait de la terre entière.

Pour que cet homme dont la bonté était reconnue par toutes les nations ait été contraint d'infliger aux chrétiens des supplices effroyables, fallait-il qu'il eût été harcelé par les provocations des zélateurs du Christ, fallait-il, pour qu'il en vienne à cette rigoureuse justice, qu'il eût ressenti le danger de dissolution que la nouvelle religion, fondée sur la déraison, représentait pour l'Empire ?

C'est de la mort de Marc Aurèle que date aussi pour moi la fin de la chaleur du sein de Rosmerta ; ma nourrice transmit en effet ses pouvoirs à Epona, ma mère. Epona aura peut-être été au bas de la colline sur laquelle se dressait le forum [1], et où notre demeure avait été jadis cons-

1. Entre la rue Saint-Jacques et le jardin du Luxembourg, c'est-à-dire rue Soufflot.

21

truite, la seule femme que j'aurai vraiment et constamment aimée. Elle aura guidé mes pas d'une pièce à l'autre, elle m'aura tout expliqué avec patience et tendresse. Sans elle, je me serais perdu dans le labyrinthe que formaient à mes yeux les différentes salles de notre maison. Elle aura été mon Ariane bien-aimée. Pendant longtemps, je craignis mon père, Minotaure immense et fort, avec sa grande barbe noire et ses cheveux bouclés, homme pressé qui passait devant moi et caressait rapidement ma tête blonde, parfois même me bousculait lorsqu'il me croisait dans un couloir ou au passage d'une porte.

Au matin un bel esclave grec, Xanthos, que mon grand-père avait acheté sur le marché servile à Rome et qui était né en Thrace, venait m'éveiller. Je quittais mon petit lit monté sur des colonnettes en bois de cèdre et entouré de montants. Vêtu de ma simple tunique de nuit, les pieds nus, je sortais de ma chambre qui donnait, comme toutes les pièces principales, sur l'atrium. En effet, l'architecte, qui avait construit notre maison, avait longtemps séjourné en Campanie, et notamment à Pompéi, avant que la cité ne disparaisse sous les cendres et les pierres en 79 après Jésus-Christ, quelque cent années avant ma naissance. Aussi notre demeure familiale était-elle à Lutèce particulièrement originale et de nombreux passants et voyageurs demandaient à la visiter pour en admirer l'ordonnance et le style. Dans la province de la Lyonnaise où se situait Lutèce et où l'hiver était souvent froid et pluvieux, notre maison ressemblait à une demeure de l'Italie ou de la Narbonnaise, là où le soleil est plus généreux que sous nos cieux.

Même enfant, je fus toujours séduit par la beauté à la fois intime et solennelle de l'atrium avec ses colonnades, son carré de ciel, et son toit en pente qui se terminait par de petits personnages ou des animaux en brique sculptée, chiens, lions, divinités sylvestres ; ceux-ci, les jours de pluie, crachaient de l'eau dans un petit bassin, situé au centre de la pièce. Une table en onyx sculpté, avec ses quatre pieds en forme de chimères ailées, se dressait sur un des côtés de l'atrium ; on trouvait aussi un coffre où les esclaves rangeaient les vêtements de mes parents. Le mobilier était simple et rustique, la plupart du temps façonné dans les bois de nos forêts voisines, le chêne et le pin.

Chaque matin, je retrouvais mon père et ma mère ainsi que nos trois esclaves devant le petit autel en bois consacré aux dieux lares, les dieux familiers de la maison qui nous ont si souvent protégés ; mon père y plaçait une petite lampe à huile dont la flamme éclairait une scène représentant un prêtre, entouré de deux servants, qui portait d'une main un brûloir à encens, et de l'autre faisait un geste d'offrande et d'imploration. Sous leurs pieds un serpent déroulait ses anneaux : j'appris qu'il représentait la force de la terre où il rampe et où il sort, après être passé à travers la nuit des lieux souterrains où naissent les plantes et la vie.

Ma mère déposait généralement une jatte de lait, mon père une coupelle où brûlait un parfum et chacun des serviteurs un morceau de pain pris sur sa ration de la journée.

Je suivais ensuite Epona dans sa chambre qui communiquait, elle aussi, par une porte en bois avec l'atrium. La pièce où couchaient mes parents était plus richement ornée que celle où je passais la nuit et son mobilier plus luxueux : des peintures murales, ocre et vert, représentaient des oiseaux et des pommes, le fruit national de la Gaule. L'artiste avait donné de la profondeur aux murs grâce à des trompe-l'œil. Aucune fenêtre ne l'éclairait et deux candélabres en bronze surmontés d'une lampe à huile diffusaient une lumière à la fois tremblante et fumeuse derrière laquelle j'aimais voir apparaître les génies de la maison, ailés et souriants.

Deux lits en bois, avec un sommier recouvert d'un matelas, directement venu de Cahors où se trouvaient les meilleurs cardeurs, et d'un oreiller de soie, une armoire à quatre fenêtres grillagées, le berceau où l'on m'avait déposé lorsque j'étais né, complétaient l'ensemble du mobilier. Je m'asseyais sur l'un des lits et pendant long-

23

temps je contemplais ma mère, si blonde, si belle, une Gauloise aux yeux bleus qui me donnait une impression bienheureuse de puissance et de douceur. Assise sur un fauteuil en bois peint en rouge, dont les pieds et les accoudoirs étaient rehaussés d'un métal doré, Epona, ma mère, aidée de Rosmerta, se soignait le visage. Elle méprisait quelque peu les coquetteries des habitantes de Lutèce, et, en vraie Gauloise, elle préférait son teint naturel, qu'elle rehaussait seulement d'un peu de poudre ocre, aux fards épais et aux coiffures compliquées dont les Lutéciennes, suivant la mode venue de Rome, faisaient usage. Epona refusait les tuniques en tissu d'Orient et elle s'adressait pour ses vêtements aux ateliers de tissage de Lutèce et aux foulons qui teignaient les étoffes rêches, mais authentiques et chaudes.

Elle consentait, lors de certaines fêtes, à faire onduler l'extrémité de son ample chevelure par une coiffeuse. Elle se regardait dans un miroir en bronze poli et, de ma place, je pouvais admirer ce visage qui, m'apercevant dans le reflet, me souriait et m'appelait « son ourson », sans doute parce que j'étais à cette époque bien potelé. Je l'appelais « amma » et lorsque mon père me soulevait dans ses bras pour m'embrasser et me désigner sous le nom de « petit loup », je lui répondais dans mes rires un « tatula ».

Je suis resté longtemps enfermé dans ma demeure, au moins jusqu'à l'âge de cinq ans. En effet, la peste avait ravagé Rome, puis des vétérans gaulois des armées de Germanie et du Danube revinrent à Lutèce et dans les villes de la Lyonnaise, par la Seine et par les routes de Sens et de Troyes, de Reims et de Mâcon, avec dans leurs bagages la terrible maladie.

Rosmerta fut un jour frappée par le mal ; une énorme pustule enfla son cou, elle cracha du sang et elle expira au premier étage où elle avait sa chambre, en dépit des soin du médecin voisin, Thrasyllos, un ancien esclave depuis peu affranchi, qui avait appris l'art de soigner chez les disciples d'Hippocrate. Mes parents la pleurèrent et je hurlai toute la nuit. Rosmerta fut enterrée dans la nécropole qui s'étendait non loin des thermes du forum et dans une inscription que mon père fit graver, il loua « la bonne Rosmerta, qu'ils confiaient aux dieux mânes, pour son repos et son bien-être éternels ».

Pour éviter que je ne sorte, Epona se contraignit à passer les journées d'été dans le petit jardin clos, planté de fleurs et d'arbustes sur le mur duquel étaient peintes des scènes de chasse au sanglier, au cerf, au lièvre, qui me rappelaient que les Gaulois avaient toujours apprécié les exploits cynégétiques. J'avais quatre ans et les souvenirs affluent désormais nombreux. Par temps de pluie, je me réfugiais à la cuisine qui était séparée de la salle à manger par une cloison à claire-voie pliante. Rosmerta avait été remplacée par un esclave que mon oncle Gaïus avait acheté à Palmyre et qui répondait au nom de Trachos, ,parce qu'il avait perdu un œil. Il était devenu cuisinier de la maison et je ne me lassais pas de le regarder préparer le frugal repas de midi qu'il servait rapidement à mon père, lorsque celui-ci rentrait, après une séance à la curie de Lutèce dont il était membre et où il avait siégé toute la matinée.

Trachos déposait sur la table du fromage, quelques fruits et, aidé du jardinier, Ambiorix, qui faisait également fonction de gardien et vivait avec la servante Germanica faite prisonnière au cours d'une campagne romaine en Germanie, il apportait un chauffe-vin que mon grand-père, Marcus Hadriannus Camulogène, « le sénateur », comme l'appelait ma mère avec ironie, et sans doute le plus romain de la famille, avait acheté sur le Forum à Rome.

Enorme et encombrant, cet ustensile qui était formé d'une table à quatre pieds, sur laquelle était placé un réservoir à vin, était en plus inutile. Le vin chauffé était servi dans des gobelets. On se moqua souvent, à notre table, de ce luxe et on plaisantait mon grand-père sur ses goûts de parvenu : surtout ma mère qui aimait la simplicité et la rigueur.

Le soir, notamment, lorsque mon père recevait quelques collègues de la curie, quelques fonctionnaires de l'administration romaine, inspecteurs du fisc en tournée, Trachos devant son foyer en briques s'appliquait à des recettes souvent compliquées et, la peau des joues rouge au-dessus du grand chaudron de cuivre, il faisait cuire des viandes dans des sauces aux épices ; il ressemblait à un génie du feu préparant quelque potion magique. Au mur de la cuisine étaient accrochés casseroles, louches, passoires et pots en terre cuite de divers modèles et de formes différentes. Sur des tablettes de cire, il avait même inscrit les recettes des plats dont il s'était fait une spécialité et il les lisait tout haut, pour ne pas oublier les condiments et les ingrédients de ses préparations. Je puis, encore aujourd'hui, citer celles-ci de mémoire, tant je les ai entendues. C'est ainsi que d'un convive africain, il avait appris la confection d'un gâteau carthaginois :

« Faire tremper une livre de farine, décanter, mélanger avec trois livres de fromage frais, une demi-livre de miel et un œuf. Après avoir bien mélangé, cuire le tout jusqu'à consistance épaisse dans une marmite en terre. »

Il avait aussi demandé à mon père de lui recopier à la bibliothèque de la basilique du forum, quelques recettes d'Apicius. L'une d'elles était particulièrement délicieuse :

« Faire cuire à l'huile un gros poisson salé et enlever les arêtes. Mélanger la chair du poisson avec des cervelles cuites, des foies de volaille, des œufs durs et du fromage. Faire cuire à feu doux après avoir arrosé de poivre, origan, vin, miel et huile. Lier avec des jaunes d'œufs crus. Garnir de grains de cumin. »

Lorsque quelque haut fonctionnaire de la Lyonnaise passait par Lutèce en tournée d'inspection, il habitait dans l'île principale où se trouvaient les bureaux de l'administration, face au temple de Mars, mais il lui arrivait de venir dîner chez les décurions de la ville et chez le plus riche d'entre eux, mon père lui-même. Alors Trachos préparait pendant plusieurs jours, aidé par quelques esclaves loués à une entreprise spécialisée, un véritable banquet qui comprenait généralement des poulardes aux asperges, des côtelettes de chevreuil et de sanglier, gibiers abondants dans les forêts qui entouraient Lutèce, des tétines de truie en ragoût et, pour terminer, un gâteau de viande.

Pour ces occasions exceptionnelles, on abandonnait le vin un peu aigre qui poussait sur les coteaux du mont Mercure[1] au nord de Lutèce, face au soleil, et on faisait venir les fameux crus de Falerne, de Massique et de Cécube qui arrivaient dans des amphores dont l'embouchure était cachetée par de la cire. Cette fois-là, mes parents acceptaient de prendre le repas allongé sur un lit, selon la tradition romaine, la tête appuyée sur des coussins. Le reste du temps, ils dînaient assis, comme il en avait été toujours ainsi en Gaule.

Par l'interstice d'une portière en toile de lin, ornée de motifs décoratifs, je voyais passer et repasser les troupes de serviteurs et j'étais fasciné par les énormes plats qui défilaient devant mes parents et leurs invités. J'admirais ma mère qui avait revêtu exceptionnellement une tunique à la romaine en soie brochée violette, où couraient des broderies faites de fil d'or, et j'avais du respect pour mon père qui avait enfilé la toge par-dessus sa veste et ses braies. Mon grand-père n'avait point changé de vêtements, il portait toujours la toge des Romains dont il aimait l'élégance : une nouvelle occasion de le railler, mais il opposait à nos critiques le silence du mépris, ou bien il nous demandait, au milieu de nos rires, de remercier les Romains qui nous avaient sortis, selon lui, de la barbarie. La dispute se poursuivait souvent hors de la salle à manger et ma mère rappelait avec fermeté à son beau-père qu'il portait le nom de Camulogène, un des chefs de l'indépendance gauloise, le compagnon de Vercingétorix.

1. Actuel Montmartre.

Chapitre troisième

J'étais alors trop jeune pour comprendre ces querelles, mais peu à peu, grâce à Epona, le mystère des origines de ma famille et les raisons de ces chicanes et de ces taquineries me furent révélés : je devais en tirer toute ma vie, fierté et nostalgie.

Mon existence, pendant ma première enfance, ne fut guère différente de celle d'un jeune garçon de la haute société romaine. Je n'étais pas encore sorti à Lutèce, dont je n'entendais que les rumeurs au moment du marché. Outre le jardinier, le cuisinier et la servante, que je voyais tous les jours et qui voulaient bien jouer avec moi, j'avais pour compagne une petite chienne noire que je nommais Issa. Je me cachais derrière les colonnes du péristyle et Issa faisait semblant de me chercher.. Nous courions l'un après l'autre ; elle dormait avec moi dans mon lit et elle m'éveillait le matin d'un coup de langue. Un pigeon blessé à la patte, qu'avait recueilli Trachos au forum, avait si bien guéri et s'était tellement apprivoisé que je lui attachais une ficelle autour du cou et il tirait ainsi un petit char triomphal sur lequel j'avais placé la statuette en bois d'un commandant en chef des armées romaines.

Les jours de pluie, lorsque le bassin de l'atrium se remplissait d'eau, j'y faisais voguer une petite barque à voile, modèle réduit de celles qui circulaient sur la Seine. Contre

28

le mur de la chambre de mes parents, celui qui n'était pas orné de fresques, on m'autorisait les jours de mauvais temps à lancer une balle faite d'une vessie de porc bourrée de plumes ; d'autres fois, je poussais avec un bâton un cerceau avec lequel je circulais à travers les différentes pièces de la maison. Pendant les années qui suivirent, Lutèce s'ouvrit enfin à ma vue émerveillée. Les souvenirs si nombreux et si vifs se pressent à ma mémoire. Il convient que je les ordonne pour toi, lecteur.

Si le pédagogue m'apprit à lire les rouleaux de papyrus où étaient écrites de petites histoires pour les enfants, si je sus bien vite écrire avec un stylet sur les tablettes en bois enduites de cire molle où j'inscrivais lettres et mots, si le latin fut mon premier langage, Epona, chaque soir, me transmit les rudiments du gaulois. Je sus compter jusqu'à dix dans cette langue étrange, secrète : de cintuxos, premier, jusqu'à decametos, dixième, en passant par alos, tritos, petvar, pinpetos, suexos, sextametos, oxtunnitos, nametos. J'avais ainsi, en prononçant ces mots, le sentiment d'entrer dans un royaume à la fois défendu et merveilleux. La nuit, lorsque m'éveillait un mauvais songe, je me récitais ces dix chiffres et je me rendormais aussitôt apaisé, protégé par les sons magiques qui sortaient de ma bouche.

Par un après-midi ensoleillé, ma mère me prit par la main et, dans le jardin privé où poussaient l'aulne et l'orme, elle me désigna ces deux arbres des noms gaulois de vernos et lemos. Elle ne manquerait jamais par la suite de me révéler d'autres mots ; l'intérêt, la passion même qu'elle leur portait, j'en compris peu à peu le sens au cours de nos conversations.

Rome vivait, sous le règne de Commode, une époque sanglante. L'empereur dévoyé n'avait-il pas assassiné sa sœur Lucilla, son épouse Crispina, le neveu de Marc Aurèle, et bien d'autres dignitaires ? Deux années après, il accusait Perennis, un préfet du prétoire, d'aspirer à l'Empire, et il le faisait mettre à mort, tout en prenant soin d'égorger également tous les membres de la famille de l'infortuné. Loin de ces cruautés et pendant les longs mois d'hiver de l'année 184, mon père, devenu préteur de Lutèce, travailla dans sa chambre, avec un esclave secrétaire, à la simplification des réglementations en matière judiciaire à Lutèce. Ma mère et moi, ainsi que nos esclaves, nous nous assemblions autour d'un petit poêle où rougissait du charbon de bois, tandis que les lanternes aux parois transparentes, façonnées dans des vessies, dispensaient une lumière tremblante et vomissaient parfois une fumée âcre et noire.

Toute sa vie, Epona l'a passée à me raconter la gloire de nos ancêtres gaulois et il n'y eut pas de jour, où elle ne me rappela que j'appartenais à un peuple qui jadis avait vécu indépendant et avait été conquis par Rome. Mes cheveux blonds d'enfant qu'elle n'avait pas fait couper selon l'usage ancien, se mêlaient aux siens, lorsqu'elle me faisait jurer à cinq ans que je resterais toujours fidèle aux lois et aux traditions des Gaulois, quand bien même j'aurais adopté les mœurs romaines, quand bien même je me serais attaché à nos anciens conquérants par les liens de l'amitié ou par les relations publiques.

Je me souviendrai de ces serments aux heures difficiles de ma carrière politique et dans ma vie privée : demeurer romain tout en restant gaulois deviendra ma devise, même s'il me sera souvent difficile de la respecter entièrement, même si les événements me contraindront en quelques occasions à choisir entre ma patrie de cœur et la réalité romaine.

Le désarroi, l'angoisse, le déchirement m'accableront souvent devant une alternative, un dilemme que je ne serai pas toujours capable de résoudre. Ancêtres gaulois ayant combattu les Romains, ou d'autres ayant collaboré avec eux, vers lesquels devais-je me tourner ?

Du moins ai-je toujours eu conscience d'agir au mieux des intérêts de ma patrie, celle qui ne ment pas et qui me vient de Camulogène, dont parle César dans sa *Guerre des*

Gaules avec crainte et admiration. Pendant tout le cours
de ma vie, mes parents, mes collègues de la curie de
Lutèce, mes amis et même certains légats de la Lyonnaise
ont exalté devant moi les vertus civiques et l'abnégation
de cet ancêtre, vieilles aujourd'hui de plus de deux cents
ans.

Alors que ma vie touche sans doute à son terme, et que
des émissaires venus des pays où le soleil se lève arrivent
à Lutèce et annoncent qu'ils ont cru voir la poussière soulevée sur les chemins par les Barbares, je me tourne vers
cet ancêtre dont un peu de sang coule dans mes veines, je
relis César dans la soupente au-dessus de la cuisine où sont
rangés les rouleaux de ma bibliothèque, et j'imagine le
vieux Camulogène au corps douloureux comme est le mien,
les cheveux blanchis par les combats contre César et son
lieutenant Labienus, se dresser dans la foule qui accueille
César à son entrée dans Lutèce en 53 avant Jésus-Christ,
refuser de courber le dos et de se prosterner, fier et mépri-
sant, comme je le serai bientôt lorsque les ennemis de ma
patrie qui campent au bord du Rhin et aux frontières de
l'Empire, ces Barbares aux noms inconnus, hirsutes et
sales, tenteront de pénétrer dans ma cité.

Comme Camulogène l'Ancien, ainsi l'appelle-t-on familièrement dans ma famille, j'ai à présent un visage farou-
che et buriné par les ans ; comme lui, à la pensée que des
étrangers puissent fouler les rues de ma cité, le forum, le
théâtre, l'amphithéâtre, les thermes, ceux du nord et ceux
de l'est, l'hippodrome, dont je suis l'un des bâtisseurs, je
serre les poings et je murmure des paroles de résistance
et de vengeance. Oh ! je sais bien que dans la ville de
Lutèce rôdent déjà quelques jeunes chrétiens, flanqués
d'esclaves, d'affranchis et de petits artisans qui s'apprêtent à ouvrir leurs portes et celles de la cité aux Barbares.
Je les entends parfois, au cours de mes courtes promenades
dans la ville, s'exprimer du haut d'un balcon, ou juchés
sur une fontaine, et supplier la foule qui se masse, toujours
inquiète, de ne point s'opposer aux Germains, « nos amis,
nos frères », disent-ils. « Plutôt la vie avec eux que la

mort », proclament certains : le parti de la trahison existe depuis toujours dans cette ville.

Mais moi, retiré dans ma demeure, il me suffit de me souvenir de la vie exemplaire de Camulogène l'Ancien, pour exhorter mes visiteurs à l'imiter et à résister aux Germains, aux ennemis de l'intérieur comme à ceux de l'extérieur. De père en fils, dans ma famille, on s'est transmis un petit portrait de Camulogène l'Ancien qui, maintenant, repose sur l'autel familier consacré aux dieux lares dans l'atrium : il porte une grande barbe blanche et il est vrai que j'ai laissé pousser la mienne, et de longs cheveux ; il y a longtemps aussi que je n'ai point été voir le coiffeur ; son front est ridé par les épreuves et sans doute par ses sentiments de colère : comme je lui ressemble à tant de siècles de distance ! Et nos carrières furent souvent semblables ! Comme lui à Evreux où il est né et où il était vergobret, un des chefs suprêmes de la cité des Aulerques Erubovices, j'ai occupé à Lutèce d'importantes fonctions civiles et militaires et la magistrature suprême de délégué de Lutèce à l'autel des Trois Gaules à Lyon en 219. Comme lui, malgré tant d'années qui nous séparent, je suis respecté par mes concitoyens, en raison de mon grand âge et de ma réputation de guerrier indomptable. Comme lui qui repoussa l'invasion des Cimbres et des Teutons, je m'apprête dans quelques mois, dans quelques années au mieux, à prendre la tête de la résistance ouverte à l'envahisseur. Je sais que le peuple des Parisiens est entreprenant et courageux. Il n'a jamais accepté l'occupation ennemie, sauf celle de Rome, parce que la Ville apportait la paix et la prospérité, mais il est demeuré fidèle à sa langue qui figure, à côté de la romaine, sur les monuments de sa cité et il la fait respecter par les Romains.

Ainsi, dans le silence nocturne et inquiétant qui est tombé sur Lutèce, parcourue par les vigiles, et tandis que sur les toits du forum et sur les deux tourelles du pont veillent les sentinelles autour de feux de bois, face aux quatre horizons, je me sens devenir Camulogène l'Ancien lui-même, lointain dans le temps, mais proche par l'exemple, l'homme qui saura ranimer un jour le courage défaillant de ses concitoyens. Je regarde les yeux bleus du portrait de Camulogène l'Ancien et je me dis, avec émotion, qu'ils ont vu le grand Vercingétorix, le vaillant chef des Gaulois coalisés contre César ; contemplant les deux mains de mon ancêtre que le peintre a représentées reposant sur la tunique gauloise, je me dis qu'elles ont fait le serment d'appeler à la révolte, face aux étendards des tribus rassemblées dans la vieille forêt arverne.

J'attends mon heure et mon temps. Pour l'instant, la jeunesse me rejette dans un véritable oubli, toujours prête à composer avec l'ennemi, et travaillée par les chrétiens et par la populace. Je serai peut-être acclamé comme un sauveur par les citoyens de Lutèce, sur la place du dieu Mars, près de son temple dans la plus grande île de la Seine, là même où Camulogène l'Ancien, face au temple consacré à Teutatès, déclara la guerre à Rome et à ses légions.

Où se livrera la bataille, la grande confrontation entre les Parisiens et les Barbares ? Seuls les dieux immortels le savent et les Parques fatales qui tissent nos destins. Dans l'île où nous aurons peut-être trouvé refuge ? Ou bien dans la grande plaine où Camulogène, à la tête de ses troupes, livra son dernier combat et s'offrit aux lances des Romains pour sauver son fils qui s'enfuyait[1] ? Subirai-je le même sort que celui qui a donné son nom à ma famille ? Peu m'importe : j'ai fait mon devoir et je le ferai encore. Il appartiendra à Pluton qui règne dans les Enfers et à Mars qui passe sur les champs de bataille de décider de mon sort.

Et me voici revenu dans l'atrium où naguère mon père, aidé de ma mère, dont la mémoire était plus précise, récitait les riches et tragiques heures de la fin de l'indépendance de Lutèce dont Camulogène l'Ancien avait été le

1. La plaine de Grenelle.

héros tutélaire. Il me semble que je vois encore dans l'ombre les serviteurs assis sur le sol de marbre et mon grand-père qui, fatigué, incline la tête sous le poids du sommeil. Mais non ! il n'y a personne ; je suis seul avec mes souvenirs, et c'est pourquoi j'aime à les raconter : ils me tiennent compagnie. En mourant, je laisserai un fils qui assurera, je l'espère, ma descendance et la continuité de mon nom. Comme Camulogène l'Ancien fut suivi de Camulogène le Jeune qui n'hésita pas à s'entendre avec les Romains et à leur vendre les pierres de ses carrières dont ma famille est restée propriétaire, qui sait si mon fils qui fait partie de la communauté des chrétiens de Lutèce, ce qui me brise le cœur parce qu'il est infidèle à nos dieux, n'accueillera pas les Barbares, ne leur ouvrira pas les portes de notre demeure ?

Qui aura raison, qui aura tort ? Je ne suis pas de ceux qui croient détenir l'unique vérité. Marc Aurèle me l'a enseigné dans ses *Pensées,* mais je resterai dévoué jusqu'au bout aux dieux de mes pères, et pas même mon fils Aurélien ne pourra me pousser au reniement. La mort m'est douce à attendre pourvu qu'elle soit atteinte en accord avec tout ce que j'ai cru dans ma vie. Que se passera-t-il derrière les paupières qui se fermeront sur mes yeux gris et derrière l'ombre qui recouvrira mon corps naguère tant aimé et aujourd'hui si seul et sans désir ? Verrai-je les dieux de l'Olympe ou ceux plus familiers de la Gaule, Mars ou Teutatès, Jupiter ou Cernunnos ? Entendrai-je la langue gauloise ou la langue romaine ? Me retrouverai-je avec ceux que j'ai aimés ? A vrai dire je n'y pense point. Je sais que je serai ailleurs, dans un monde que je n'imagine pas, et je n'ai pas la certitude du Paradis ou des Enfers comme mon fils, le chrétien, qui m'a renié mais que j'aime en secret. Il me semble que je voguerai, que je nagerai dans un mélange d'eau et d'air : on m'a conté que les peuples au-delà de l'Indus que visita jadis Alexandre le Grand croient à cette béatitude.

Chapitre quatrième

Je désire mourir en homme digne de ce nom, au sein de Lutèce, aux côtés de mes concitoyens et, si les Parques le souhaitent, face aux Barbares : je sais que ce destin-là est inscrit dans ma race et je ne crois point me tromper. J'ai parfois quelque remords à m'être soumis comme tous les miens aux lois romaines. Plusieurs légats de la Lyonnaise, ces gouverneurs que Rome nous dépêche chaque année pour nous surveiller et pour assurer l'autorité de l'Empire, ont été mes amis. Souvent je me suis senti fier de servir nos ennemis d'hier ; j'oubliais les leçons d'Epona qui n'eut de cesse, toute sa vie, de me conserver le plus gaulois possible.

En maints événements dont je raconterai plus loin le déroulement, je me suis senti déchiré, brisé, arraché entre l'amour pour ma patrie gauloise qui n'a jamais cessé de vivre même sous les semelles des légions romaines et le respect de la Rome éternelle, apaisante et tolérante. Toute ma vie aura été dominée par ce sentiment d'appartenir à deux nations qui en moi se sont tantôt haïes, tantôt estimées, mais ne se sont jamais vraiment aimées.

Pourquoi ferais-je grief aux Parisiens qui abandonnèrent sous Auguste l'île de la Seine et s'installèrent d'abord dans des huttes de roseaux sur la rive gauche du fleuve en haut de la colline où un architecte romain vint bientôt tracer les limites du nouveau forum ? Ce petit exil d'une rive à l'autre ne porte-t-il pas le témoignage de la paix romaine qui leur garantissait une existence libre ? Pourquoi eussent-ils préféré la guerre ou les révoltes, l'incertitude des lendemains, les rivalités entre cités ou entre nations gauloises à l'unité du monde à laquelle Rome aspirait alors, faisant participer à son œuvre gigantesque toutes les nations de la terre ?

Plus tard, je n'en doute point, des historiens animés d'une pieuse dévotion à l'égard des Gaulois affirmeront que nos peuples ont été exterminés, et qu'une nation gauloise brillante a été détruite au moment même où elle commençait à se développer. Ils s'acharneront contre l'action des Romains, ils accableront César. Mais si l'Imperator n'avait pas conquis nos terres et nos villes, qui peut dire si les marchands romains, les commerçants de l'Orient remontant de la Narbonnaise depuis longtemps romaine, ne les auraient pas peu à peu occupées à leur manière ? Des révoltes auraient éclaté, des guerres civiles auraient à nouveau divisé nos peuples. Je pleure certes sur les morts d'Alésia et sur les combattants aux mains coupées d'Uxellodunum, mais peut-être le petit peuple courageux des Cadurques n'a pas versé son sang pour rien. Peut-être tous ces morts qui reposent dans nos terres étaient-ils nécessaires pour que revivent nos cités et l'idée de notre unité gauloise ? La Gaule seule appartient, me semble-t-il, à une vision d'un règne de Saturne que l'empire universel de Rome ne cesse et ne cessera de démentir.

Il est vrai que Lutèce a prospéré rapidement sous les règnes des empereurs pacifiques qui, sur le Rhin et aux limites de l'Océan, nous protégeaient de leurs légions contre les incursions barbares. Ma ville natale est ainsi marquée, jalonnée dans ses rues et ses voies par les vestiges qu'y ont laissés les différents empereurs de Rome. Ainsi grâce à ces monuments, à ces bâtiments qui s'offrent encore à ma vue — mais pour combien de temps ? — je me sens lié au passé prestigieux de la cité et d'autant plus résolu à défendre jusqu'à mes dernières forces son avenir contre les puissances de dissolution qui la menacent.

Certes les temps où je passe les dernières années de ma vie ne sont plus semblables à ceux de la paix romaine que les sculpteurs de ma cité de Lutèce célébraient dans leurs œuvres. Il n'est plus question, comme sous Tibère, de construire une porte monumentale sous laquelle passe la Grande Voie qui relie Orléans à Senlis et d'y montrer des Amours qui désarment Mars, le dieu de la guerre, et accrochent au mur qui un bouclier, qui une jambière, qui une lance, qui une cuirasse. Aujourd'hui, le dieu de la guerre doit revêtir ses attributs guerriers et c'est Bellone, la divinité de la guerre, qui doit lui tendre ses armes.

Le dieu Mercure au triple visage, sculpté au-dessus de cette porte pour protéger les commerçants qui prenaient la route, semble avoir perdu tout pouvoir aujourd'hui sur les voies infestées de pillards et d'esclaves fugitifs, de bandits et de cultivateurs ruinés et affamés par la crise de subsistance et par la baisse continuelle de la valeur de notre monnaie.

Ah ! comme nous sommes loin des temps heureux où l'empereur Tibère accordait aux bateliers de notre ville, à nos nautes — dont je hisserai la bannière sur le théâtre de Lutèce au cours de ma jeunesse dans un moment de révolte — la faveur de sa protection particulière, comme en témoigne le grand pilier votif qui se trouve au centre de la place du forum. Que de fois, dans les temps de mon enfance et de ma jeunesse où je croyais ma cité éternellement florissante et l'Empire toujours jeune, j'ai lu sur la pierre, qui soutient la colonne, la dédicace qui y avait été gravée : « Sous le règne de Tibère les nautes des Parisiens ont élevé ce monument à Jupiter, très bon, très grand aux frais de leur caisse corporative. »

Tibère est mort et ses successeurs après lui. Aujourd'hui où j'écris, en cette année 250, pourquoi l'empereur Valérien songerait-il à Lutèce, si loin de ses préoccupations, à nos frontières brisées par les Germains, alors qu'il se bat à l'est contre Sapor, le roi des Perses, et expose ses légions aux traits meurtriers d'autres Barbares ? C'en est fini du temps où Lutèce comptait dans l'Empire et où sur la colonne votive figuraient Mercure, Mars, Vénus et la Fortune, ainsi que des divinités gauloises dont même le nom s'est perdu. Voici Lutèce peu à peu abandonnée par Rome et qui doit faire face seule, comme jadis, aux dangers qui la menacent.

Ce n'est pas sans nostalgie que je vois le dieu Cernunnos, représenté sur un bas-relief du forum, divinité de la terre et de ses richesses, alors que les paysans aujourd'hui ont délaissé leurs champs où ne poussent plus que les mauvaises herbes. Ils ont trouvé refuge dans notre cité ou dans d'autres villes voisines afin d'échapper aux éventuelles avant-gardes barbares, à moins que ce ne soient leurs voisins affamés et armés qui les menacent. Et je trouve dérisoire, à l'heure où je rédige ces phrases, la statue de Smertrios, une autre de nos divinités gauloises, le géant qui extermina le monstrueux serpent de la misère pour redonner la prospérité et la paix à notre terre ! Il faudrait à présent abattre cette statue et en élever une au serpent, nous serions plus proches ainsi de l'état misérable dans lequel se trouvent notre cité et son territoire !

Et si même nos dieux gaulois ne peuvent plus nous assurer leur protection, si Esus, le taureau aux trois grues, dont tout à l'heure au cours d'une courte promenade que j'ai faite appuyé sur un bâton noueux, j'ai aperçu le bas-relief sur un des murs des thermes du nord, est abandonné ! Vers qui nous tournerons-nous à l'heure de la dernière bataille, quand surgiront sur la Seine les barques des Alamans en liesse ? Peut-être vers Jupiter, dont la statue d'argent brille encore au soleil d'un printemps hâtif ? Ou bien vers Teutatès, notre vieux dieu gaulois que vénèrent toutes nos nations ? Mais je n'écouterai pas mon fils et ses compagnons qui nous conjurent de nous adresser à leur Christ. Dérisoire croyance que celle qui fait fi de nos dieux et de nos empereurs et leur préfère un homme qui s'est prétendu Dieu.

Ces dieux, je les aperçois, toujours présents, au cours

de mes promenades. Lorsqu'ils sont gaulois, on leur dédie parfois les têtes coupées de nos ennemis, suspendues à des branches d'arbre, comme il en apparaît de nombreuses sur la sculpture en haut de la porte qui passe au-dessus de la voie d'Orléans. Ces empereurs, j'en connais l'histoire et la vie, comme celle de Claude, né à Lyon, qui décida un jour, contre l'avis des sénateurs de Rome, de faire entrer des Gaulois à la curie de la Ville. Depuis, la loyauté des Gaulois envers Rome n'a jamais fléchi : Rome était leur patrie, ils n'en souhaitaient point d'autre ; ils défendaient et illustraient leurs cités natales et travaillaient ainsi à la grandeur de l'Empire.

Certes le sang gaulois de ma famille s'est mêlé parfois à celui d'autres nations et d'autres races. Je songe en particulier à cet aïeul qui, soldat sous le règne de Trajan en 91 après Jésus-Christ, remarqua près de Trèves une certaine Livia, une grande femme blonde aux lèvres sensuelles et aux yeux gris, comme le sont les miens, une Suève qui servait dans les camps comme cantinière ; il l'épousa et l'entraîna à Lutèce où elle n'abandonna pas, paraît-il, ses vêtements barbares et ses coutumes qui étonnaient tant les Parisiens. C'est ainsi qu'elle fit brûler, à sa mort, le corps de son époux sur un bûcher en bois d'érable et de hêtre et jeta dans les flammes, selon la croyance des Germains, les armes du soldat de Trajan, son petit bouclier rond gaulois, sa lance, et même son cheval.

Je songe aussi au fils de Livia qui épousa Fulvia, fille de Caïus Helvetius, un naute d'Avenches chez les Helvètes. Je songe enfin à mon grand-père qui fit ses études à Rome et dans cette ville cosmopolite devint l'ami du légat de la Lyonnaise, avant d'épouser Flavia, fille de Gavius Maximus, préfet du prétoire.

Il est vrai que le teint clair et les yeux bleus de mon grand-père, sa longue barbe blonde, que nous portions tous dans la famille et ses moustaches tombantes qui sont aussi une de nos traditions respectées, durent surprendre plus d'un Romain au palais impérial et que sa nouvelle épouse, petite et forte, au visage mat, d'un bel ovale, avec sa chevelure nattée d'un noir d'ébène, et ses yeux comme passés au charbon de bois, ne ressemblait guère aux Gauloises de Lutèce, en général grandes, minces et musclées. Flavia, la Romaine, entrait dans ma famille et apportait un sang nouveau à notre vieille race gauloise ; et le préfet du prétoire, séduit par la fortune de mon grand-père, ses centaines de milliers de sesterces de revenus, sa culture frottée aux plus grands philosophes de son temps, put rejeter les préjugés de l'aristocratie romaine envers les Gaulois, en souvenir de Brennus, l'envahisseur d'autrefois.

Un esclave, employé à la curie de Lutèce, vient de frapper à ma porte pour m'annoncer que les Barbares venaient d'être repoussés et qu'ils refluaient vers le Rhin depuis plusieurs semaines. J'avais écrit les premières pages de ce recueil dans l'inquiétude et la fièvre, et si je ne doute pas qu'un jour les Barbares seront à nos portes, je constate avec soulagement que quelque répit m'est octroyé par les dieux immortels et que je puis poursuivre mon récit pour réchauffer mon cœur refroidi par l'âge à la chaleur des souvenirs de ma longue existence. Oh ! certes, je n'oublie pas que d'autres Barbares nous menacent qui sont à Lutèce, ceux-là mêmes que la misère a chassés des campagnes, ceux que la liberté des mœurs depuis un siècle pousse à la corruption, à la violence et éloigne des vertus de nos pères, ceux qui utilisent pour leurs crimes l'anarchie politique qui règne dans tout l'Empire.

Malgré tout, je me dis que le nom de l'Empire survivra quand bien même il aura cessé d'exister. Peut-être sont-ils nécessaires, ces flux et reflux de l'Histoire qui poussent des empires à se constituer puis à se défaire tandis que sur leurs ruines poussent d'autres nations dont certaines un jour parviendront à réaliser l'unité de l'univers. Mais comme Sisyphe et son travail sans cesse recommencé, ces entreprises grandioses sont à la fois nécessaires à l'espérance des hommes et vouées à l'échec.

Je puis donc considérer ma vie avec sérénité et je

sais aujourd'hui que le bonheur n'est jamais total, que le malheur n'est jamais absolu, que le Destin veille, et que les dieux immortels nous rappellent aux réalités de nos conditions précaires. Comme je sais que les travaux que je réalisai dans l'enthousiasme pour l'embellissement d'une Lutèce que je pensais millénaire seront un jour détruits ! Et que rien n'est éternel, sauf les dieux.

Pressé par les nouvelles alarmantes qui se répandaient dans Lutèce, j'ai rédigé ces quelques rouleaux rapidement, craignant de ne pouvoir achever mes souvenirs. Bien des noms y figurent qui n'ont pas encore de visage, bien des événements y sont relatés en quelques mots, bien des drames y sont mentionnés ; j'espère avoir le temps de les évoquer tous.

Flavia, contrairement à la tradition de notre famille dans laquelle ne naissait qu'un fils de génération en génération, devint mère plusieurs fois, selon l'ancienne coutume romaine. Mes grands-parents désiraient un garçon. Aussi Flavia qui avait lu les préceptes de Pline l'Ancien et en gardait toujours une copie sur sa table près de son lit, mangea-t-elle, comme le recommandait l'illustre savant, de la chair de veau grillée avec de l'aristoloche. Cela lui réussit, et mon père vint au monde grâce aux soins d'une sage-femme renommée, d'origine syrienne, qui avait été réduite en esclavage lors d'une campagne militaire romaine dans son pays, et qui répondait au nom prédestiné de Héra, la Junon grecque, déesse de la maternité. Elle fit asseoir Flavia sur le siège d'accouchement et, pendant le travail, aidée de servantes expertes, elle pressait le ventre de ma grand-mère, régulièrement. Elle lui avait donné à manger, aux premières douleurs, de la chair d'un loup qui avait été tué dans une forêt du nord de Lutèce. Puis elle lui avait fait boire, entre ses cris, du lait de truie avec du vin miellé. Elle fit demander à un boucher de fournir un sabot d'âne qu'elle fit brûler sous le siège de souffrance

41

de Flavia ; les vapeurs qui s'en échappèrent activèrent l'accouchement.

Lorsque le nouveau-né cria enfin, mon grand-père rendit grâce aux dieux lares en leur offrant des gâteaux et ma grand-mère, qui craignait de devenir stérile, parce qu'elle avait trop souffert, se fit préparer une sorte d'onguent à base de fiel de taureau, de graisse de serpent, de vert-de-gris et de miel dont elle s'enduisit le ventre afin de rester féconde : j'ai appris tous ces détails en lisant les notes que ma grand-mère prenait et qu'elle inscrivait sur un petit cahier en parchemin.

Puis vint Julie en souvenir de la fille de l'empereur Auguste. Longtemps on me cacha son existence et je dirai plus loin le hasard qui me la fit découvrir et dans quelles circonstances ! Mon oncle Gaïus naissait deux années plus tard, la même année que l'empereur Gordien Ier.

Lorsque mon grand-père quittait son épouse et gagnait Rome pour aller y exercer sa charge de sénateur, il adressait à Flavia des billets d'amour dont voici un exemple :

« Vivons, ô ma Flavia, lui écrivait-il, vivons pour nous aimer, et que les vains murmures de la vieillesse chagrine ne nous inquiètent pas. La lumière du soleil peut s'éteindre et reparaître, mais nous, lorsqu'une fois la lumière de nos jours, cette lueur fugitive s'est éteinte, il nous faut tous dormir dans une nuit éternelle. Donne-moi donc mille baisers, puis mille autres, et encore cent, et encore mille, et cent autres encore. Qu'après des milliers enfin nous en embrouillions si bien le nombre que nous ne le sachions plus et qu'un envieux ne puisse nous jalouser en apprenant qu'il s'est donné tant de baisers. »

Mais Flavia devait mourir en couches, en mettant au monde une petite fille qui ne vécut pas, l'année même de la disparition de l'empereur Antonin le Pieux et du début des règnes de Marc Aurèle et de Lucius Verus en 161.

Mon grand-père éleva alors ses enfants avec tristesse, avec rigueur mais avec amour. Il aimait les réunir autour de lui et il leur parlait de Rome, des ambassades envoyées par Marc Aurèle à l'empereur Houan Ti, aux yeux bridés, par-delà les plus lointaines des mers. Il évoquait les Barbares féroces et la peste calamiteuse. Il pleurait sur la mort de Lucius Verus qui, en 169, laissait Marc Aurèle sans appui. Il fustigeait enfin un homme venu de la Syrie, se méfiait de cet étranger qui s'appelait Septime Sévère et devait devenir légat du proconsul d'Afrique en 175. « Jusqu'où ne montera-t-il pas ? » murmurait mon grand-père, inutile Cassandre. « Peut-être gravira-t-il les marches du trône impérial ? » ajoutait-il, saisi d'une prémonition et sentant déjà qu'il ne trouverait pas pire ennemi, au soir de sa vie.

Mon père accéda aux premières fonctions civiles de la cité ; sa qualité de fils de sénateur à Rome lui avait facilité la carrière. Il exerça la questure. Il ne tirait guère de bénéfices de cette fonction mais, bien au contraire, il subvenait largement au budget de la ville par ses dons et ses largesses, imité par ses collègues de l'aristocratie locale.

Il avait fait connaissance, au cours d'une réunion dans la basilique municipale sur le forum avec la corporation des nautes de Lutèce, d'un Siagrius, qui possédait une petite flottille de bateaux et s'était spécialisé dans le transport du bois. Siagrius qui était veuf d'une native de Sens avait une fille, Epona : mon père fut séduit par cette jeune femme, simple, franche et profondément attachée à ses ancêtres gaulois. En dépit des réticences de mon grand-père qui aurait préféré une Romaine pour son fils, ce dernier l'avait épousée en 176 et je naquis l'année suivante.

Chapitre cinquième

Epona ! Que je l'ai aimée ! Que de fois j'ai parcouru, en lui tenant la main, les grandes rues de la cité et ses ruelles et ses chemins qui se coupaient à angle droit ! La rue fut, après ma demeure, la seconde vision que j'eus de la vie et je suis resté fidèle à ces promenades d'autrefois. J'aime encore flâner dans ma belle cité à l'heure où l'Histoire s'apprête à la tourmenter ; je suis appuyé sur un bâton, comme jadis je me servais du bras de ma mère pour me guider ; je retrouve facilement les odeurs et les bruits de mon enfance, et cet enfant, que je n'ai jamais cessé d'être, revit sous les rides du vieillard que je suis devenu.

Lorsque je sortais de ma maison se dressait devant moi, sur la colline toute proche, au soleil levant, le monumental forum qui, comme c'était la coutume en Gaule, était fermé par un mur aveugle.

Pendant longtemps en longeant ses hauts murs d'où surgissaient seulement le fronton un peu plus élevé du temple consacré à Jupiter et quelques colonnes surmontées de statues d'empereurs et de divinités, je m'interrogeai sur les mystères qu'un tel monument recelait. Par quelques portes ouvertes dans le mur gigantesque, j'apercevais des marchands, des prêtres en robe blanche, des flamines. Mon père y pénétrait chaque matin pour se rendre à la curie, mot étrange dont on ne m'expliquait pas le sens. Je voyais simplement en passant une foule animée qui se pressait dans ce qui apparaissait comme une vaste cour fermée, entourée de colonnades. Ma mère me promit de m'y emmener le jour où j'aurais atteint mes dix ans.

Au reste, le spectacle des rues suffit jusqu'à cet âge à ma curiosité. La voie, pavée de grosses pierres et bordée de chaque côté par un petit trottoir qui passait devant notre maison, s'appelait la rue des Boulangers. En effet à Lutèce, chaque corporation d'artisans possédait sa rue, que ce fussent les artistes, les forgerons, les charpentiers, les verriers, les potiers, les tailleurs, les vanniers, les tisserands et tous les commerçants.

Lorsque le vent soufflait du sud, aux beaux jours de l'été, une bonne odeur de pain cuit se répandait sur l'îlot des maisons où était située ma demeure et envahissait l'atrium. Les boulangers, par beau temps, dressaient leurs échoppes sur les trottoirs et couvraient celles-ci de grosses miches divisées en huit parts égales. On trouvait aussi, rangées dans des paniers d'osier, des galettes au miel que ma mère m'offrait parfois. Un jour, notre voisin le boulanger Crispinus Stercos me fit entrer dans sa boutique. A droite se trouvait un grand four en brique où brûlaient des copeaux de bois. Il me montra comment les esclaves faisaient le pain, avec de l'eau, du sel, du blé, parfois du seigle. Ils le pétrissaient sur de grandes planches dressées sur des tréteaux. Il était ensuite enfourné à l'aide d'une pelle en bois au long manche dans le four qui était fermé par une porte de fer pour accélérer la cuisson.

Sur le mur de la boulangerie étaient fixés différents tamis. Mais ce qui me frappa surtout, ce fut la grosse meule, au fond de la pièce, que faisait tourner un âne aveugle. Sans cesse sur les pavés dont on avait garni le tour de la meule, retentissait le bruit des sabots de l'animal. Je vins souvent voir cet âne qui me faisait pitié et à qui j'offris plusieurs fois la galette de mon déjeuner, au moment d'une pause. Je plaignais le travail de cet animal au milieu de la chaleur et parfois des coups qu'il recevait, lorsqu'il s'arrêtait, mais je fus encore plus consterné, lorsque je m'aperçus que dans les années suivantes ce travail était accompli par un esclave, un Barbare marcoman, attelé à la meule, comme une bête. Il ruisselait de sueur, tandis que le maître boulanger recueillait dans un grand panier la farine prête à être transformée en pain, tout en assenant quelques coups de fouet sur le dos tendu de son esclave et en l'injuriant chaque fois que celui-ci, fait prisonnier au cours d'une campagne de Marc Aurèle, passait devant lui.

Que les esclaves fussent une nécessité, je l'ai toujours pensé et c'est une folie digne des chrétiens que d'exiger un affranchissement général de tous nos esclaves qui nous priverait de bras et nous ruinerait. Pourtant, je me sens plus proche des sentiments généreux que ces malheureux inspirèrent à Sénèque ou à Pline le Jeune, qui les appelaient des hommes, que des appréciations méprisantes qu'ils ont suscitées dans les ouvrages de Caton et de Varron.

Les jours où mon pédagogue avait été satisfait de moi, que j'avais tracé sans faute les lettres de l'alphabet sur la tablette en cire ou que j'avais compté sans erreur jusqu'à cent, ma mère m'embrassait et me disait : « Nous allons sur la grande voie de Lutèce », et la joie m'étreignait. Nous longions l'enceinte du forum et montions au sommet de la colline que traversait une grande voie [1], immense à mes yeux qui se perdait au loin dans les brumes chaudes des horizons au sud et au nord. « Là-bas, c'est Orléans, me disait ma mère, là où a commencé jadis la révolte de notre pays contre César, et là-bas c'est Sens. » Et ces deux noms de cité me semblaient venus de lointains pays que je n'atteindrais peut-être jamais. Au sud, j'apercevais par temps clair les carrières de pierre dont les Camulogène étaient propriétaires, des fermes, quelques pâturages et du bétail dans les champs. Dans un défilé incessant passaient et repassaient sur la

1. L'actuelle rue Saint-Jacques.

Grande Voie des charrettes tirées par des esclaves, des chariots où étaient entassés des fruits et des légumes destinés au marché du forum et qui étaient tirés par des chevaux. Nous croisions sur le côté de la route des piétons et des soldats, des ânes avec leurs bâts pleins de tissus, les voitures à quatre roues des voyageurs lointains, des coursiers avec des chaussures en métal attachées à leurs sabots, pour éviter que ceux-ci ne s'usent. Des chars parfois surgissaient dans lesquels on pouvait voir quelque commandant de légion ou de hauts fonctionnaires de l'administration romaine.

Tandis que sur les larges dalles résonnaient les bruits de la vie, je regardais la droite voie qui descendait vers la Seine et passait sur les deux ponts précédés de leurs portes en pierre qui reliaient les deux rives de la principale île au territoire de notre cité. Puis la voie se poursuivait, les hommes qui la parcouraient devenaient des insectes, et les véhicules des jouets. Ils passaient le long d'une autre colline au sommet de laquelle était bâti un temple consacré à Mercure [1] et ils disparaissaient dans les nuages de l'hiver et dans les vapeurs de l'été. De l'endroit où je me trouvais, je dominais du regard toute la cité : les grands thermes à l'est [2], le théâtre à l'ouest [3], les arcs de l'amphithéâtre au sud en dehors des limites de Lutèce, et les petits thermes du forum qui n'étaient éloignés de notre demeure que de quelques pas.

Ma mère et moi descendions la grande voie, encadrés par les porteurs et les esclaves, et je serrais la main d'Epona, à la fois effrayé et transporté par le spectacle de cette cité active. Puis nous tournions sur notre gauche, laissant les thermes et nous empruntions la rue principale [4] qui longeait des jardins déployés en terrasses au bas de la colline jusqu'à la Seine. Enfin nous remon-

---

1. Montmartre.
2. L'emplacement du Collège de France.
3. L'emplacement du lycée Saint-Louis et de la rue Racine.
4. Rue des Ecoles.

tions par l'avenue montante [1] qui était parallèle à la grande voie qui nous reconduisait au forum.

L'avenue montante, qu'on appelait aussi la rue des Potiers, était occupée par des boutiques d'artisans qui fabriquaient non seulement nos ustensiles de cuisine, nos assiettes, nos tasses, mais aussi des vases richement décorés, tout ce qui fait l'ornement d'une maison, les lampes et les amphores. Beaucoup de ces objets descendaient vers la Seine par porteurs, puis étaient embarqués sur les bateaux des nautes au port de Lutèce pour gagner d'autres cités et d'autres régions de la Gaule, où ils étaient appréciés pour leur solidité.

Je m'arrêtais devant les boutiques ouvertes et regardais l'argile verte de nos collines voisines, cette matière gluante pétrie par quelques esclaves sur une table en bois, avant d'être déposée, sous forme de boules, sur l'établi d'un homme, le maître potier qui, avec ses pieds, faisait tourner un tour qu'il recouvrait de la motte d'argile. Alors sous ses grosses mains, sous ses doigts épais, naissaient lentement un vase, un gobelet qui étaient peints, décorés par un troisième artiste. Que de fois j'ai rêvé devant les scènes de la vie quotidienne à Lutèce dont l'artiste avait dessiné, gravé aussi les images : femme à sa toilette, pêcheurs et chasseurs, et tous les animaux sauvages ou familiers. Comme j'admirais la minutie du travail, et aussi la joie avec laquelle tous ces potiers créaient, pour leur cité et pour les autres villes, des objets qui étaient utiles, beaux, et qui faisaient la renommée de Lutèce !

La vie des métiers, de ces métiers qui existaient bien avant l'arrivée des Romains, me passionnait. Lorsque j'obtins l'autorisation de sortir seul, je parcourus toutes les rues de Lutèce, les plus petites, les plus étroites entre les hauts murs des habitations à plusieurs étages. Certaines n'étaient point pavées ; je me mêlais aux foules d'acheteurs qui se pressaient aux étalages et aux échoppes. J'écoutais le récit du légionnaire qui faisait clouter les

1. Boulevard Saint-Michel.

semelles de cuir de ses sandales et narrait au cordonnier sa dernière campagne en Bretagne. Puis je le voyais repartir heureux de ses chaussures qui s'useraient moins vite sur les voies rugueuses où il allait retrouver la guerre, l'aventure et l'héroïsme ; je le considérais comme un nouvel Achille.

Je passais devant les boutiques des verriers où étaient alignés sur des étagères des vases bleus et verts, des bouteilles mordorées dont les cols représentaient des têtes d'animaux. Un artisan du bronze avait suspendu ses lampes, ses vases et ses instruments d'arpentage pour qu'on puisse les admirer.

Je pourrais poursuivre ainsi longtemps le récit de mes promenades, de mes surprises, de mes joies devant cette Lutèce aux rues animées, où il pleuvait souvent pendant l'automne, et où les rues étaient parfois transformées en petits torrents que trois ou quatre grosses pierres séparées les unes des autres pour laisser passer les roues des convois et des chariots, permettaient de franchir d'un trottoir à l'autre. Je pourrais dire le plaisir des yeux jamais lassés de regarder les couleurs de la vie et la foule qui, les jours de marché, me bousculait avec ses odeurs, ses cris, ses jurons et ses rires, ses colporteurs, ses commissionnaires, ses débardeurs, ses convoyeurs de mulets. Il me faudrait tous les papyrus que produit l'Egypte, tous les parchemins de la Gaule, pour inscrire mes émotions devant les spectacles de la rue, et la mort seule alors pourrait arrêter le mouvement de mon stylet de roseau sur les feuillets.

Un forgeron, Ceionus Gobannon et un foulon, Caïus Syriacus, étaient devenus mes amis. Je restais de longues heures auprès d'eux à les regarder travailler.

Ceionus était un véritable géant. En riant de ses grandes dents blanches qui ressortaient sur son visage cuivré, presque cuit comme une poterie par la chaleur du brasier de la forge, il disait qu'il était le fils du dieu forgeron Gobannon qui était adoré dans l'île de Bretagne derrière l'Océan. Mais moi, à qui mon grand-père racontait chaque jour les aventures des dieux et celles des héros, je savais qu'il était le fils de Vulcain qui règne dans les entrailles en feu d'un volcan de Sicile. Il est vrai que lorsque je pénétrais dans l'antre de la forge, j'avais l'impression d'entrer dans les Enfers. J'y trouvais Gobannon, les épaules nues, et le reste du corps protégé par un tablier de cuir de bœuf noirci par la fumée et les poussières du métal : en maints endroits des étincelles avaient brûlé la peau de bœuf et avaient fait des trous. Seuls brillaient sous la lumière rougeoyante du foyer ses cheveux blonds ramenés en arrière qui dégageaient le front. Il était le spécialiste des serpettes qu'il vendait aux paysans des environs de Lutèce. Nul mieux que lui savait forger ces lames qui iraient couper les blés et les herbes.

Sur du charbon de bois rougi, placé dans un petit bassin d'argile, il faisait fondre le minerai pour en extraire le fer. Il travaillait ce dernier au marteau, afin de lui donner la forme convenue, celle d'une sorte de croissant de lune. Ses épaules et son visage ruisselaient de sueur, mais il travaillait dans la joie et il activait de temps en temps les braises avec deux soufflets en peau de chèvre, cousue en forme d'outre, qu'il pressait avec ses pieds pour en chasser l'air. Il chantait de vieux chants gaulois qui disaient les temps lointains où ses ancêtres, forgerons comme lui, fabriquaient les cercles pour les tonneaux de cervoise, les épées pour l'armée de Camulogène, et le soc métallique des charrues. Ses muscles saillaient, le marteau retombait sur le fer posé sur l'enclume, et il le faisait rougir pour sans cesse le modeler. J'étais assourdi par le bruit, je suffoquais sous la fumée, mes joues étaient en feu, et lorsque Gobannon refroidissait une lame dans une vasque d'eau au milieu du dégagement et du sifflement de la vapeur, et me la tendait pour que je la range sur une étagère de sa boutique, je me prenais pour un apprenti du dieu Vulcain.

Avec le chef de la laverie, Caïus Syriacus dont le nom et les cheveux noirs, le teint basané indiquaient suffisamment l'origine, c'était un autre plaisir. Cette entreprise qui traitait toutes les étoffes de laine utilisées par les habitants de Lutèce pour se vêtir chaudement au moment de la saison froide, comprenait une succession d'ateliers où travaillaient plusieurs dizaines d'esclaves. Dans un premier temps on traitait l'étoffe en la trempant dans de l'urine, et Caïus Syriacus, chaque matin, faisait la récolte des jarres d'urine recueillie au cours de la nuit, et transportées par une charrette tirée par deux esclaves. Un impôt forfaitaire était perçu par l'administration romaine, depuis l'empereur Vespasien, sur ce genre de produit.

On passait dans une autre salle où le tissu était recouvert d'une boue d'argile pour le dégraisser. Ensuite une cohorte d'esclaves plaçaient le tissu dans des baquets et le foulaient aux pieds. Le tissu était alors battu contre des murs et il était ensuite lavé dans de grands bassins. Des esclaves, avec l'aide de bâtons, tournaient et retournaient ainsi les étoffes, puis on les rinçait et on les étendait ensuite pour les faire sécher. On les peignait afin de démêler les poils enchevêtrés.

Ayant subi ces successions de préparations et de traitements, les draps étaient transportés sur les toits, étendus sur des claies semi-circulaires, au-dessous desquelles était allumé un réchaud où brûlait du soufre : les vapeurs ainsi dégagées blanchissaient les draps. On passait ceux-ci, une fois secs, à la presse que faisaient tourner deux esclaves, afin de les rendre unis. Puis ils étaient entreposés dans un magasin au premier étage, dans une salle aux murs en bois et restaient ainsi à l'abri de l'humidité.

Mais outre les étoffes en laine, traditionnelles en Gaule, mon ami Caïus Syriacus vendait également des tissus rares, des soieries précieuses qu'il faisait venir de Marseille. Les femmes de l'aristocratie de Lutèce, les épouses des décurions et les quelques Romaines qui avaient suivi leur mari dans l'île et même les courtisanes venaient chez Syriacus, pour s'y vêtir, lorsque quelque banquet, quelque fête étaient prévus.

Je m'asseyais sur un petit banc dans un coin et je

regardais défiler cette clientèle de femmes moins austères qu'Epona, toutes fardées et parfumées, devant lesquelles Syriacus déroulait les tissus aux couleurs de safran, d'azur et de pourpre, aux teintes de ciel d'orage, les tissus légers à porter et qui, disait Syriacus, avaient traversé les déserts sur des caravanes de chameaux, les montagnes à dos d'homme et les terres lointaines depuis le pays des Scythes jusqu'à Lutèce, avec une étape à Pétra, ou à Palmyre, avant d'être embarqués dans des navires qui faisaient voile vers les ports de la Narbonnaise.

Car Caïus Syriacus était un poète et il racontait l'histoire des tissus, comme s'il s'agissait de personnes vivantes. Les femmes étaient charmées et elles n'hésitaient pas à acheter. Comme j'aurais souhaité qu'Epona portât des tuniques confectionnées dans ces tissus de rêve ! Mais elle refusait, par souci de rester fidèle aux vêtements simples et pratiques de ses pères, parce que, disait-elle avec mépris : « elle ne voulait pas ressembler aux courtisanes et à cette Julie ! »

Julie, je la voyais souvent entrer dans la boutique du foulon, suivie parfois de quelques étranges femmes aux yeux si noircis et au teint si relevé de vermillon que je me demandais si elles n'étaient pas nées sur l'astre de Diane. Julie était belle et blonde « comme l'était mon grand-père », me disais-je, intrigué. Elle me pressait toujours contre elle et m'embrassait sur le front. Je sentais son corps palpitant et chaud contre moi. Elle ne me parlait pas, mais elle me regardait avec tendresse. Une fois je tentai de la suivre, elle s'en aperçut, et elle réussit à disparaître dans le quadrillage des petites voies qui, entre la Seine et le forum, formaient un véritable filet de rues. Aussi, je retrouvai difficilement l'avenue montante parallèle à la grande voie, qui du nord au sud me servait de repère pour regagner ma maison en haut de la colline. Je devais un jour revoir Julie, et dans des circonstances que j'aurai plaisir à rappeler.

Que sont devenus les forgerons et les potiers de mon enfance, ces géants qui me prenaient dans leurs bras et me disaient : « Toi, tu es un vrai Gaulois » parce que j'avais le teint clair, le corps élancé et robuste ; seul le Marcoman qui travaillait à la boulangerie avait remarqué la couleur de mes yeux qui viraient souvent au gris. Il s'était arrêté de faire tourner sa roue et il m'avait dit dans un mauvais latin avec un fort accent guttural : « N'es-tu pas des nôtres ? de Germanie, ou un Suève peut-être ? avec un regard comme le tien... » Et il m'avait souri. C'est ce jour-là que je compris combien est incertaine la destinée qui peut vous plonger dans l'esclavage par le hasard d'une guerre ou vous élever à l'aristocratie par la chance d'une naissance.

Chapitre sixième

Mon père avait décidé que nous passerions au mont
Mercure, dans une villa qu'il avait acquise, les mois d'été
lorsque la chaleur est parfois lourde sur les bords de la
Seine, et que nous trouverions sur la hauteur la fraîcheur,
et un air plus sain. Quand les nombreuses fêtes du
calendrier romain le permettraient, nous pourrions y
séjourner un ou deux jours, même l'hiver puisque la
demeure possédait un chauffage à hypocauste.

Vint le jour du 1ᵉʳ août 186. Les habitants de Lutèce
avaient quitté en grand nombre la ville, puis la campagne
environnante ; beaucoup avaient suivi à Lyon le délégué
choisi pour représenter la cité à la cérémonie du Confluent
devant l'autel de Rome et d'Auguste. Mon grand-père
venait de rentrer de Rome, accablé par le spectacle que
donnait l'empereur Commode, mêlé aux gladiateurs dans
l'arène du Colisée, et horrifié par l'anarchie et le désordre
dans les campagnes de la Lyonnaise : en effet un certain
Maternus venait de se révolter et avait entraîné à sa
suite le soulèvement d'un grand nombre de paysans sans
travail et de petits propriétaires sans terre. La voie
romaine que mon grand-père avait empruntée par Bâle,
Besançon, Langres et Troyes traversait un paysage désolé
de fermes incendiées et de villages pillés. Mon grand-
père avait même dû passer par la piste gauloise le long

de la vallée de la Seine qui s'écartait de la route de Sens parce que celle-ci était peu sûre.

Il était effrayé de ce qu'il avait vu et entendu. Mais il avait peu confiance en Septime Sévère qui venait d'être désigné comme légat propréteur de la Gaule lyonnaise, pas même en Pescennius Niger qui avait été envoyé à son secours pour étouffer la révolte. La VIIIe légion avait même été assiégée dans un oppidum de la Lyonnaise par les troupes de Maternus et elle avait pu résister héroïquement. Commode, pour la remercier de son courage, lui avait permis de recevoir le surnom de Pia Fidelia Constans Commoda. Mais l'empereur avait dû également mobiliser la cohorte lyonnaise.

Aussi, pendant les derniers jours de juillet 186, ne fut-il question que de cette insurrection dirigée par le soldat Maternus que mon grand-père vouait aux gémonies et que ma mère, en revanche, tentait d'excuser parce qu'elle était secrètement reconnaissante à Maternus d'être de la race des Camulogène, de ceux qui ne plient pas. Elle reprochait à son beau-père d'avoir oublié trop vite la famille gauloise d'où il était issu.

Aussi est-ce avec soulagement que nous partîmes un matin à l'aube d'un mois d'août torride pour notre villa. Deux litières portées chacune par quatre esclaves nous attendaient dans la rue, encore déserte à cette heure matinale. Elles étaient recouvertes d'une peau en cuir et fermées par des rideaux de soie. Nous y montâmes, ma mère et moi. Mon grand-père et mon père suivaient derrière et allaient à pied, accompagnés par nos trois esclaves qui portaient sur leur dos les provisions, les vêtements et les ustensiles de cuisine. Dès que nous eûmes franchi le croisement avec la rue principale, j'entrai dans un pays inconnu. La litière nous berçait, les esclaves s'arc-boutaient pour ne pas s'emballer dans la pente tandis que ceux de derrière retenaient en jurant. La grande voie s'étendait droite et silencieuse devant nous jusqu'au pont ; puis nous franchîmes le premier, construit avec des arches en bois, surmonté à l'entrée et à la sortie de l'île de deux grosses portes de guet en pierre où un légionnaire se tenait en faction. Nous passâmes sous les deux voûtes et traversâmes une grande cour sur laquelle s'élançaient, vers les cieux, diverses colonnes et statues, et au fond de laquelle se dressait le temple de Mars qu'implorent aujourd'hui ceux qui, comme moi, ont trouvé refuge dans l'île pour leur donner la force de résister aux Barbares.

Nous franchîmes sur un pont identique au premier l'autre bras de la Seine. Au cours de ce premier parcours nous ne croisâmes que quelques piétons, quelques marchands ambulants et deux chariots attelés à des mulets. Je constatai, en revanche, que le fleuve était sillonné de barques à voiles, de petites birèmes, et d'esquifs sur lesquels se trouvaient des pêcheurs ; le port, que nous apercevions à notre gauche sur la rive droite du fleuve, était animé par le va-et-vient incessant des esclaves qui déchargeaient et rechargeaient les petits navires des nautes, surtout des armes, sans doute destinées aux cohortes et légions chargées de réprimer la révolte de Maternus et de ses compagnons. Une petite brise chassait la brume qui s'élevait du fleuve et, du haut du pont, le spectacle me parut grandiose.

Nous poursuivîmes notre route, passant devant un arsenal où on réparait les barques et les voiles. Nous croisâmes ensuite une autre voie, celle qui reliait Melun à Lillebonne, vers l'Océan, m'expliqua Epona. Puis la voie traversa des marais. Nous nous rapprochâmes du mont Mercure et mon grand-père, qui s'était porté à notre hauteur, m'indiqua un grand bâtiment en pierre ocre et rose : notre villa, non loin du sommet et du temple de Mercure, dieu des routes et du commerce, sous la protection duquel se plaçaient les cavaliers et les piétons de la voie.

Les porteurs tournèrent sur leur gauche et empruntèrent un sentier qui montait à travers les vignes et les bosquets de chênes et de hêtres, avant de parvenir à la porte de notre nouvelle demeure que je baptisai aussitôt de notre surnom glorieux, Camulogène.

Nous fûmes accueillis par quelques serviteurs qui avaient préparé un petit repas avec le fromage des brebis qui paissaient sur la colline et des pommes qui poussaient dans le jardin en terrasse de notre villa. Cette villa, je la possède encore aujourd'hui. La maison est d'une grande commodité, spacieuse et luxueuse : l'entrée est propre sans être magnifique. On trouve d'abord une galerie à colonnes en forme de *D* qui enferme une petite cour assez riante et offre une agréable retraite contre le mauvais temps ; car elle met à l'abri par des vitres qui la ferment de toutes parts et par un toit avancé qui la couvre. De cette galerie, on passe alors dans une grande cour fort gaie et dans une assez belle salle à manger. Il y a de nombreuses portes à deux battants, des fenêtres ; ensuite on trouve une grande chambre qui fait face au soleil et à la colline de Lutèce au bas de laquelle on aperçoit la Seine qui miroite par temps de lumière.

On passe après cela dans une chambre, aussi fraîche en été en raison de sa situation au nord que chaude en hiver, parce qu'elle est abritée du vent. De là, on entre dans la salle de bains qui comprend deux baignoires encastrées dans le mur ; non loin se trouve une étuve pour se parfumer et le fourneau nécessaire au service du bain ; puis s'ouvre une petite tour, où en haut se trouve une chambre avec des fenêtres donnant à la fois sur le nord et le sud ; au-dessous une autre salle à manger qui donne sur le jardin et sur l'allée par où nos litières sont passées. Cette allée est bordée de buis qui ont été taillés de façon à représenter des bêtes féroces qui s'affrontent ; on y voit aussi du gazon jusqu'à la limite du jardin. Entre l'allée et le jardin s'élève une vigne en espalier fort touffue.

Le jardinier qui servait également les précédents propriétaires et qui était natif de Pouzzoles avait réussi à faire pousser des figuiers et des mûriers dont les plants avaient été transportés depuis la Narbonnaise.

Dans la salle à manger d'été s'ouvrent deux chambres

dont les fenêtres dominent le vestibule de la maison et un petit potager. A partir de cet ensemble de logis se développe un cryptoportique avec un grand nombre de croisées orientées au sud. Devant la demeure s'étale un parterre de violettes au printemps et de roses l'été grâce au soleil. On peut se promener entre les colonnes à l'ombre en été, et en hiver par temps clair s'y chauffer à l'abri des vents froids. C'est là que j'ai joué si souvent, que j'ai dormi l'après-midi et qu'à l'aube de la vieillesse, je réchauffe mes membres déjà engourdis.

Certes ce qui manque à cette villa, ce sont des eaux courantes. Nous avons des puits, comme à Lutèce, dans notre jardin ; et quelques fontaines sur la colline, moins ornées que celles qui coulent dans notre cité aux carrefours des rues, ont été édifiées par les différentes corporations d'artisans et de commerçants. Au loin s'étendent des forêts et les esclaves vont y chercher le bois pour chauffer la maison l'hiver et pour faire bouillir les eaux des salles de bains. Il est vrai aussi que la demeure dispose d'un chauffage souterrain à hypocauste, qui envoie par ses conduites en terre cuite, cachées le long des murs, de l'air chaud.

L'ancien propriétaire de la demeure, construite sous Hadrien, avait servi dans l'état-major de cet empereur, il l'avait suivi en Orient, en Asie et en Egypte. Aussi avait-il rapporté des dessins et des modèles d'ornements qu'on trouvait dans les maisons, les palais de ces lointains pays, et il avait fait revêtir la salle à manger de marbre de Paros. Mais comme il était gaulois, il avait recouvert une grande partie des toits, non pas de tuiles, comme à Lutèce, mais de chaume et il avait laissé le dallage en terre cuite. Seules les salles de bains comportaient un pavage en mosaïque où dauphins et tritons verts dansaient dans des vagues bleues.

C'est dans cette demeure qu'au milieu du mois d'août apparut Gaïus, le frère de mon père. Il arrivait muni de tout son équipement de légionnaire et il pénétra avec grand fracas dans la salle à manger où nous prenions notre repas. Je ne le connaissais pas. Il avait alors les cheveux bruns, le visage marqué par la fatigue et par les climats différents des divers pays où depuis 177, sous le règne de Marc Aurèle, il avait fait campagne. Mais ce fut surtout son équipement composé d'objets et d'ustensiles, qui m'étonna.

Il avait revêtu, sur une tunique en coton teint en rouge, son armure qui tombait au-dessus des genoux. A sa ceinture formée par une chaîne de métal était attaché le fourreau d'où dépassait le manche de son glaive. Son casque ballottait sur sa cuirasse, parce qu'il était retenu par un cordon passé autour de son cou. De la main droite, il tenait la grande lance de combat qui reposait sur son épaule. Il avait passé son avant-bras gauche dans son bouclier de métal, recouvert d'une peau pour le protéger, et de sa main gauche, il tenait une sorte de longue canne en haut de laquelle étaient suspendus son sac de couchage bien roulé, une batterie de cuisine en bois et en métal, un filet à poisson qui était serré autour d'un jambon.

On m'avait tant parlé de cet oncle aventurier qu'il était devenu un personnage de légende, un autre Camulogène, dont il continuait la tradition d'héroïsme. Je fus intimidé lorsqu'il déposa son équipement et qu'il me souleva dans ses bras pour m'embrasser.

Au cours du mois d'août, pendant tout son séjour, mon oncle Gaïus ne cessa de nous raconter ses aventures et ses exploits depuis neuf années qu'il était en campagne. Il se vantait et nous sourions parfois, ma mère et moi, de ses bravades, mais le naïf, tout imbu de lui-même, ne s'en apercevait pas. Il poursuivait ses discours et ses péroraisons sur ses actes d'héroïsme, bombait le torse sous son armure, tirait parfois son glaive pour nous raconter comment il avait transpercé un Marcoman, ou comment il coupait les jarrets d'un cheval monté par un Barbare, et il me saisit même dans ses bras à m'étouffer, pour me montrer comment il avait coupé la respiration d'un Quade qui se précipitait sur lui, hirsute, sale, vêtu de peau de chèvre, et comment il lui avait brisé le dos de sa seule étreinte.

Même s'il exagérait ses actions d'éclat aux armées de Marc Aurèle et de Commode, même si parfois ses bavardages vaniteux nous lassaient, nous étions attachés malgré tout à Gaïus ; et, le soir, face à la lointaine et paisible Lutèce, aux demeures étagées sur la colline, entouré des bruissements des insectes et des prières que les prêtres là-haut sur le temple offraient à Mercure, j'admirais le beau profil et la stature géante de l'oncle, que les ombres de la nuit en leur commencement soulignaient et j'étais fier de le compter dans ma famille.

Il venait prendre dans notre villa quelque repos et soigner ses nombreuses blessures et cicatrices, en attendant de rejoindre le légat propréteur de la Lyonnaise, Septime Sévère lui-même, qui venait de le nommer à son état-major, en raison de ses nombreux exploits.

Le lendemain, mon oncle, mon père et mon grand-père décidèrent de rendre un culte d'action de grâces et de remerciements à Mercure qui, depuis toujours, les avait protégés sur les chemins de la Gaule, de l'Italie et des pays ennemis.

Depuis fort longtemps, ce dieu était adoré en Gaule, sous le nom de Lug. Rosmerta, ma nourrice, avait placé sur l'autel des lares une petite statuette qui le représentait, parce que Rosmerta était la compagne de Mercure dans le pays de la Moselle où elle était née. Nous gagnâmes le sanctuaire par un sentier bordé de fleurs des champs. Au temple nous fûmes accueillis par la confrérie locale des Mercuriales qui s'était rassemblée autour d'une statuette de la divinité déposée dans un petit édifice rond à colonnes. Elle représentait le dieu vêtu d'une tunique à la gauloise ; il portait en revanche le pétase grec, et était chaussé de sandales ailées. De nombreux artisans, voyageurs, employés, commerçants qui vivaient sur la colline s'étaient joints à nous. C'était la première fois que je pénétrais dans un lieu sacré et j'étais si ému que je me sentis défaillir lorsqu'un mouton bêlant fut égorgé sous mes yeux par un prêtre sur un autel qui ruisselait de sang. Mon oncle Gaïus s'en aperçut et me prit dans ses bras immenses, ceux-là mêmes qui avaient étouffé tant de Barbares, et il me cacha la tête sous sa tunique.

Lorsque je sortis de mes frayeurs, mon grand-père me fit faire le tour du temple dont l'enceinte avait été construite en grosses pierres et était entourée d'un périptère, formé de colonnes surmontées de chapiteaux en marbre blanc. Nous nous y promenâmes tandis que mon oncle et mon père restaient sur la place et conversaient avec les voisins de notre villa dont beaucoup habitaient Lutèce pendant l'année et y exerçaient de hautes fonctions.

Ce mois d'août à la villa Camulogène resta pour moi un des moments les plus délicieux de mon enfance. Chaque après-midi, ma mère s'installait dans une des salles donnant sur le péristyle, faisant résonner le plectre d'ivoire sur sa lyre et Gaïus, qui avait découvert une trompette dans une soupente où couchaient nos esclaves, en jouait de son côté, parce que cela lui rappelait, disait-il, les sonneries des camps et le signal des batailles. Comme ma mère protestait, Gaïus, grand lecteur de *L'Iliade* et de *L'Odyssée* d'Homère, lui répondait que « naguère les graves accents de la trompette de Troie couvraient les douces mélodies qu'Achille tirait de sa lyre » ! Le jardinier, un affranchi de la municipalité de Lutèce, jouait quelquefois à la balle avec moi, mon père me donnait les premières leçons d'escrime, m'apprenait à prendre la position de garde, à me servir de mes pieds pour tourner autour de l'adversaire, et à le talonner, quand ce dernier fuyait.

Le soir, après le repas où nous mangions les premiers fruits du jardin et quelques fraises des bois qui poussaient alentour, mon père et mon oncle devant un échiquier déplaçaient des petits soldats de verre et des pions noirs et blancs. Gaïus, à travers ce jeu, revivait ses campagnes militaires et inventait des tactiques pour battre mon père. Il se tenait aux aguets, puis surprenait l'adversaire et lui faisait subir un double échec en retenant deux pions.

Mon grand-père, pendant ce temps, acceptait avec philosophie les loisirs, lisait et disait qu'il est beau de vieillir après avoir exercé les fonctions de la magistrature et s'être dévoué à l'Etat ; il ajoutait : « Nous devons à la patrie, notre premier et notre second âge ; nous nous devons le dernier à nous-mêmes. Les lois semblent nous le conseiller lorsqu'à soixante ans, elles nous rendent le repos. »

Epona, ma mère, me pressait contre elle, moi son fils unique, face à Lutèce où brillaient quelques flambeaux en haut du forum, et où quelques lanternes sur les barques des pêcheurs se balançaient sur les eaux sombres du fleuve. Elle me parlait d'Epona, la déesse qui chevauchait une jument. Gaïus nous disait combien le culte de cette divinité avait de succès dans l'armée, surtout auprès des cavaliers. Mon grand-père affirmait que c'était la seule divinité gauloise qui était adorée officiellement à Rome. J'éprouvais alors de la fierté et de l'amour pour une mère dont le nom était associé à celui d'une déesse aussi célèbre, et je n'ai jamais changé de sentiment au cours de mon existence.

Chapitre septième

Au mois de septembre 186, nous quittâmes la villa pour regagner en litière notre Lutèce et je retrouvais toujours avec plaisir mes forgerons, mes boulangers et mes potiers dans les rues de notre îlot. Au moment où se réunit la curie de Lutèce pour adresser une action de grâces et un message à Septime Sévère, nouveau légat propréteur de la Lyonnaise, mon père me conduisit pour la première fois à l'intérieur du forum dont on venait d'achever les travaux d'agrandissement et d'embellissement. Je pénétrai sur une vaste place où s'affairait une foule d'esclaves, de commerçants, de décurions. L'ensemble était formé par un vaste rectangle limité par une colonnade à péristyle au nord et au sud, ainsi qu'au premier étage. Au rez-de-chaussée, entre les colonnes se trouvaient des boutiques où les corporations des divers métiers de la ville, et toutes sortes de marchands venus de la campagne vendaient leurs produits artisanaux, légumes, fruits, viandes, pains et poissons.

Ils interpellaient les acheteurs qui passaient le long des galeries à portique, ils échangeaient aussi les uns et les autres leurs produits, entraient en conversation avec les commerçants des autres cités et villages voisins et notamment avec ceux de Melun, Sens, Reims qui étaient venus par bateau jusqu'au port de Lutèce et avaient remonté la voie principale avec leur chargement.

Des légionnaires en congé avaient étalé leur butin de guerre et proposaient aux passants des soies, des bijoux arrachés aux Parthes, des épices de l'Orient et des objets en bois représentant des dieux de la Germanie. Ils vendaient ces marchandises rares à des antiquaires qui céderaient ensuite à quelque riche sénateur des statuettes indigènes ou des lampes à huile dérobées dans des tentes ou des camps ennemis lors des campagnes militaires.

A l'ouest, l'esplanade était fermée par un grand temple dédié à Rome et à Auguste dont le fronton venait d'être refait et avait été décoré de nouvelles sculptures représentant un combat des Centaures et des Lapithes, et était souligné sur son sommet par des acrotères en forme de feuilles de palmier. Les colonnes avaient été remodelées et le haut des fûts était formé de feuilles d'acanthe en pierre.

Face à ce temple, à l'est, se dressait un édifice à portique, la basilique qui abritait la curie où siégeaient mon père et les décurions de Lutèce, le tribunal, la bourse de commerce où se traitaient les affaires qui engageaient des sommes importantes, ainsi qu'une salle des fêtes. La statue de Minerve, déesse de la sagesse, surmontait la basilique où se réunissaient ceux qui avaient la charge de la cité. Elle faisait face à la statue de Jupiter qui, protecteur de Rome, du génie d'Auguste, et de l'Empire, se dressait au plus haut sommet du temple.

Sur le forum, je pus admirer le monument des nautes, dont j'ai déjà parlé. Les statues des bienfaiteurs de Lutèce, dont celle de Camulogène — grand-père de mon grand-père qui avait fait bâtir le forum —, qui se dressait au milieu de diverses colonnes dédiées à la gloire des empereurs, à l'immortalité des dieux de l'Olympe et des divinités gauloises.

Si je fus impressionné par la majesté de ce vaste ensemble de monuments, je m'y sentis quelque peu perdu, au milieu d'une foule affairée et indifférente qui me bousculait. Le forum portait témoignage de la prospérité de Lutèce, mais j'ai toujours préféré à cette architecture grandiose les petites rues de ma cité, les fontaines où l'eau s'écoulait par les bouches ouvertes des méduses, des génies ailés ou de Janus au double profil, et les jardins qui, aux carrefours, parfumaient des senteurs de fleurs les rues animées.

De mauvais souvenirs ont terni l'image de ce forum dans ma mémoire : au premier étage se trouvait l'école où, pendant plusieurs années, j'ai suivi l'enseignement d'un maître qui aimait la rhétorique. Pendant quatre années, je fus soumis à la même et rigoureuse discipline de vie. Au point du jour, je m'éveillais, appelais Xanthos ; je m'asseyais sur mon lit et je lui demandais de me passer mes chaussures, puis avec une serviette que je trempais dans un broc, je lavais mes mains et mon visage, je rinçais ma bouche et je me frottais les dents et les gencives avec un petit bout de bois. Je me mouchais, crachais, puis je m'essuyais selon les enseignements de propreté que ma mère m'avait conseillés depuis que je marchais.

J'ôtais ensuite ma chemise de nuit et enfilais une tunique, mettais une ceinture ; je me parfumais ensuite la tête, et je me peignais, toujours aidé de Xanthos qui me faisait réciter mes leçons. J'enroulais un foulard autour de mon cou, et je revêtais un manteau par temps d'hiver. Le pédagogue, qui m'avait appris l'écriture et le calcul à la maison, frappait alors à ma porte et m'emmenait saluer mon père et ma mère, je les embrassais, puis je tendais à Xanthos, qui devait m'accompagner, mon écritoire et je sortais. Je gagnais le portique du forum, non sans avoir acheté chez le boulanger voisin un petit pain. Mes camarades de l'école du forum, en m'apercevant, venaient à ma rencontre, et me saluaient respectueusement, parce que j'étais le fils d'un décurion et le petit-fils d'un sénateur à Rome. Je montais l'escalier et, au premier étage dans le vestibule, je déposais mon manteau et Xanthos me donnait un dernier coup de peigne.

En entrant dans la classe, je disais : « Salut, maître ! »

et le maître qui connaissait bien mon père m'embrassait ; l'esclave avant de me quitter, me tendait les tablettes, l'écritoire et la règle.

De retour chez moi, je me changeais, et je prenais un léger repas avec ma mère ou mon grand-père, lorsqu'il se trouvait à Lutèce. Je buvais l'eau fraîche du puits, et je repartais pour l'école jusqu'au soir. Certes je travaillais bien et mon maître n'avait point besoin de me battre avec les verges comme il le faisait pour les paresseux, mais j'attendais avec impatience les fêtes pour rejoindre mes amis forgerons, boulangers et potiers du voisinage.

A l'immense masse des bâtiments du forum, je préférais les monuments plus adaptés à nos cieux, les thermes du forum [1], petits mais élégants, sur l'avenue montante, ou le petit théâtre qui dans la rue des Potiers, parallèle à la voie principale, se dressait, moins solennel et plus intime ; et j'imaginais un jour d'autres monuments dont j'ordonnerais peut-être la construction, lorsque je serais à mon tour entrepreneur des carrières de pierre de Lutèce. On parlait déjà de l'insuffisance des thermes de l'est, pour une population qui ne cessait de grossir. On évoquait devant moi à l'aube de mon adolescence l'absence fréquente d'eau. Notre puits fut plusieurs fois asséché, à la suite d'étés sans pluie, et nous fûmes obligés de nous approvisionner à la fontaine voisine où l'eau coulait de l'énorme membre viril d'un priape qui faisait pouffer les jeunes garçons de l'école du forum et rougir les jeunes filles.

J'avais peu d'amis de mon âge et je leur préférais les forgerons et les boulangers, ces artistes anonymes qui travaillaient avec amour pour le plaisir des yeux et pour la prospérité de la cité. En 188, naquit à Lyon Bassianus, fils de Septime Sévère et de Julia Domna. Ce fut pour Lutèce, et pour toutes les villes de l'Empire et de la province, l'occasion de donner une grande fête et aux prêtres

---

1. Au carrefour du boulevard Saint-Michel et de la rue Gay-Lussac.

du temple de Rome et d'Auguste de sacrifier un taureau sur les marches du forum.

Mon grand-père refusa de s'associer à ces réjouissances. Il se méfiait tout autant de ce nouveau-né que de son père et de sa mère et il est vrai que Bassianus, connu sous le nom de Caracalla, en souvenir du manteau gaulois qu'il portait lors de son enfance lyonnaise, ne serait pas toujours faste au monde qu'il gouvernerait un jour. Je suivais mon père au temple où il assistait le grand prêtre et je me mêlais avec mes camarades de l'école du forum aux cortèges qui parcouraient Lutèce pour clamer le nom du nouveau-né et celui de son père. Très populaire en Lyonnaise qu'il administrait sévèrement, mais en donnant l'exemple d'une pureté de mœurs exceptionnelle, Septime Sévère, racontait mon père devant mon grand-père en colère, avait naguère tiré l'horoscope de plusieurs jeunes filles qu'on lui offrait en mariage. Il avait découvert qu'il existait en Syrie une femme, à qui sa date de naissance promettait un roi pour époux et il l'avait demandée en mariage, c'était Julia Domna.

J'étais insouciant, j'aimais les fêtes qui chaque année revenaient à date fixe, et je les aimais d'autant plus qu'elles me dispensaient de me rendre à l'école du forum.

Le 1ᵉʳ janvier 188 chacun des membres de la famille, selon l'usage, se livra à ses activités : mon père se rendit à la curie pour en repartir aussitôt. Mon grand-père rédigea les souvenirs qu'il m'a laissés, Epona ma mère m'apprit quelques nouveaux mots gaulois, Trachos m'aida à m'habiller, la servante alluma le feu de la cuisine, le jardinier planta sa pelle dans la terre, et l'esclave chargé de l'entretien de la maison passa le balai dans l'atrium. Le boulanger fit cuire un pain, le forgeron tapa une fois sur l'enclume et le potier fit marcher son tour quelques instants. Moi-même je me rendis à l'école du forum pour y inscrire une lettre sur ma tablette et je rentrai à la maison en même temps que mon père, non sans être monté en haut de la colline pour admirer, comme j'en avais l'habitude, la ville dans toute son étendue, en ce matin froid mais lumineux d'hiver.

Puis la famille se trouva réunie devant une statuette du dieu Janus placé sur l'autel des lares : on offrit à cette divinité, gardienne des demeures, un peu de vin dans une coupelle et chacun des membres de la famille Camulogène fit le même présent : un peu de miel tiré des ruches du mont Mercure dans un pot blanc pour que l'année soit à la fois sucrée et douce, et quelques sesterces pour que les Camulogène ne connaissent pas la pauvreté.

Le 21 février, notre maître nous lut un poème dont j'avais admiré, sans bien les comprendre, les vers tendres et majestueux ; il nous avait dit que le lendemain nous devions célébrer la fête des Caristia, consacrée aux parents chéris, et il nous apprit quelques gestes que nous devions faire à cette occasion. Aussi le lendemain, tôt levé, je fis moi-même brûler de l'encens à l'autel des lares et déposai quelques figues sèches que j'avais achetées la veille avec mon pécule dans une boutique du forum, en présence de mes parents et de mon grand-père, mais en l'absence de mon oncle Gaïus reparti pour l'Afrique. Le soir, après le dîner, je pris une coupe de vin et dis, m'adressant aux convives : « A votre santé dieux lares ! A ta santé Père de la patrie, excellent César ! » J'unissais ainsi les protecteurs de notre maison au génie de notre empereur Commode, comme jadis l'empereur Auguste l'avait décrété ; puis je versai sur l'autel le vin de la coupe.

Le mois suivant, le 20 mars, mon père souhaita, à ma mère, demeurée au lit, son anniversaire et, pour la circonstance, il lui récita un poème d'amour de sa composition : « O toi, ma bien-aimée, lui dit-il, toi qui naquis sous le ciel des habitants de Sens, que ce jour passe sans nuages, que les vents s'arrêtent soudain dans les airs, que les vagues du fleuve Seine expirent mollement sur la berge, qu'en ce jour si beau, je ne voie pas un être souffrir ; que Niobé, sous son rocher même, suspende ses larmes ; que les Alcyons cessent leur plainte, et que la mère d'Itys s'arrête de gémir. »

Ma mère alors se leva et convoqua sa servante qui tressa sa chevelure blonde, l'enduisit d'un cosmétique brillant et y planta de petites marguerites cueillies dans le jardin, puis ma mère demanda aux dieux lares dont l'autel avait été orné de couronnes de buis et de jeunes feuilles de chêne, de lui conserver la beauté, et le soir mon père invita ses meilleurs amis, le grand pontife, quelques sénateurs de la curie de Lutèce, l'édile de la cité et leurs épouses à un repas. J'y assistai et à la fin du dîner mon père et ma mère jetèrent chacun un dé sur la table pour savoir d'après le chiffre que le sort ferait surgir, qui de l'époux ou de l'épouse était le plus amoureux : ce fut ma mère, Epona, qui fit sortir le chiffre six et tout le monde applaudit.

Un joueur de flûte engagé pour la circonstance fit danser les convives toute la nuit, et de ma chambre je perçus les bruits et les rires joyeux ; puis mon père et ma mère regagnèrent leur chambre. Je me réveillai alors, je les entendis invoquer la déesse Vénus et les mystères de l'amour et je me rendormis, rassuré de les savoir heureux.

Chapitre huitième

Dans le jardin en terrasse qui s'étendait depuis la rue principale jusqu'à la Seine et où s'élèveraient sous mon autorité quelques années plus tard des thermes nouveaux, éternelle fierté de Lutèce et de la Gaule lyonnaise [1] se pressaient, les jours de fête ou de marché, des habitants des environs de notre ville, des colporteurs et des camelots. Leurs boutiques, c'était un coin de rue ou d'une allée ; un habitant de Sens, fort connu de ma mère Epona, vendait des pois chiches qu'il faisait bouillir dans une grande marmite de cuivre au-dessus d'un petit feu de bois. Un vieux soldat, qui portait encore la tunique du légionnaire, avait appris, lors de ses campagnes en Orient, l'art de charmer les serpents et il gagnait sa vie en jouant de la flûte de roseau à une vipère enroulée sur son bras. Un jeune garçon, pauvre sans doute, fabriquait des brins de bois, plongés dans du soufre, pour allumer le feu et il les échangeait contre des morceaux de verre. Il revendait ceux-ci aux Lutéciens qui désiraient clore leurs fenêtres.

Un marchand ambulant tirait une petite charrette où

1. Thermes du nord, dit palais Julien, entre la rue des Ecoles, le boulevard Saint-Michel et le boulevard Saint-Germain.

fumaient des saucisses chaudes, faites avec de la viande de sanglier ; un peu plus loin, contre les premiers marécages de la Seine, un poète peu inspiré récitait des vers devant les badauds qui se moquaient de lui. Et on faisait cercle autour d'un bouffon qui faisait des grimaces ou d'un montreur de danseuses venues de Cadix. On laissait tomber quelques as et quelques sesterces. Un avaleur de sabre, ancien esclave, qui était né en Pannonie, donnait le frisson de la peur.

Dans certaines rues qui conduisaient aux immenses arènes, situées en dehors des limites de la ville, des boutiques faites de planches et de carton accueillaient les petits métiers exercés par des affranchis ou par des esclaves qui travaillaient pour un maître. Mon père m'y avait un jour emmené parce qu'il connaissait un juif, Caïus Josèphe, qui était changeur de monnaies et faisait sonner sur une table de marbre les pièces d'or et d'argent à l'effigie de l'empereur Commode. On trouvait aussi dans cet îlot beaucoup de mendiants et même un homme qui s'était enveloppé le corps de linges et s'inventait des blessures imaginaires, reçues lors de combats inventés contre les Barbares, afin d'exciter la pitié publique.

Mon grand-père aimait les vieux objets qui lui rappelaient son enfance et le temps où ses grands-parents rendaient visite à un antiquaire, et c'est à lui qu'il avait acheté une table aux pieds d'ivoire, et son lit incrusté d'écaille. Il m'amusait, cet antiquaire, parce qu'il reniflait les vases de bronze que lui proposait un colporteur grec pour savoir s'ils venaient vraiment de Corinthe, comme le marchand le lui affirmait. Et il grattait les pieds des vieilles coupes pour y retrouver le cachet du fabricant.

J'abandonnais peu à peu mes jeux d'enfant, mon chien était mort, le pigeon apprivoisé qui tirait le petit char avait été mangé par un chat qui avait sauté de toit en toit et s'était introduit dans l'atrium. Je ne poussais plus la petite barque dans le bassin et je n'aimais plus jouer aux noix ou aux osselets avec mes camarades de l'école du forum. Même le cerceau que je faisais rouler devant moi sur l'esplanade devant la basilique ne m'intéressait plus.

En revanche, nous étions plusieurs à former une équipe pour le jeu de balle. Ces balles étaient soit des noix, soit des morceaux de peau de porc cousus et remplis de son. Nous les poussions devant nous sur un terrain assez vaste qui se trouvait non loin de ma demeure et des thermes du forum, avec des cannes recourbées. Mais j'étais surtout attiré par la littérature que m'enseignait le rhéteur, par les discours de Cicéron que j'appris de mémoire et dont j'aimais la majesté et l'intelligence. Je lisais aussi des historiens de Rome qui critiquaient souvent le caractère et l'action des empereurs. Je rêvais à douze ans d'être soit un Suétone soit un Tacite et de dénoncer un jour les turpitudes et les cruautés de l'empereur Commode qui, pendant les années qui précédèrent sa mort, se livra à des crimes innombrables dont mon père et mon grand-père, accablés de voir ainsi souillé le nom romain, nous donnaient souvent les récits tragiques.

En 190 parvint à Lutèce la nouvelle de l'exécution par Commode de nombreux membres innocents de sa famille. Ce fut la consternation dans la famille et Epona se rendit chez une voisine qui rassemblait quelques fervents des cultes gaulois, y compris ceux qui étaient interdits par les Romains, pour supplier notre dieu suprême Taranis d'infliger la mort à Commode : elle ne devait être exaucée que trois ans plus tard. Mon père me donnait à lire le portrait de Néron par Tacite ; l'historien avait été sénateur et il était vénéré pour cette raison par mon père et mon grand-père ; je me berçais des phrases vengeresses de Tacite, de ses fureurs et de ses passions, pour mieux assouvir ma propre indignation à l'égard de Commode.

Je pris goût à lire également des pièces de théâtre, notamment celles de Plaute et de Térence. Lorsqu'en 191, mon père fut désigné comme édile de Lutèce pour l'année — j'avais alors quatorze ans — il me donna des places

réservées pour assister à une représentation au petit
théâtre qui avait été bâti au moment de sa naissance.
Ce théâtre [1] s'élevait au carrefour de la rue des Potiers
et de celle des Forgerons, face aux jardins en terrasses
où un jour seraient bâtis les thermes du nord. Par un
bel après-midi de printemps je pénétrai sous les arcades
de l'édifice, je gagnai les premiers rangs où se trouvaient
les fauteuils en pierre sur lesquels étaient gravés les noms
des fonctionnaires et des sénateurs de Lutèce. Derrière
moi s'élevaient les gradins où avait déjà pris place une
foule nombreuse. Devant mes yeux se dressait le grand
mur de la scène où dans les niches se trouvaient les statues
des neuf Muses, dominées par celle de l'empereur Antonin
le Pieux sous le règne duquel le théâtre avait été construit. Dans le mur s'ouvraient également trois portes sur
les coulisses où les acteurs se préparaient.

Derrière moi se déroulait l'élégante ellipse du portique
tout aussi élevé au-dessus des gradins que le mur de
la scène. Un vélum avait été tendu sur une partie de la
salle et sur la scène, à l'aide de mâts et de traverses hori-
zontales ; et dans la brise d'ouest qui l'agitait, la lumière
jaune qu'il dispensait baignait de reflets changeants et
colorés les spectateurs. Je remarquai beaucoup de sénateurs, collègues de mon père aux premiers rangs. Je me
retournais souvent pour contempler l'ensemble des gradins. Je reconnus, tout en haut aux places les moins
chères, mes amis boulangers et forgerons qui m'adressèrent de la main un petit signe de reconnaissance. Beaucoup de gens que j'avais croisés lors de mes promenades
dans Lutèce prenaient place.

Je remarquai que le public était assez agité et divers
incidents se produisirent : on expulsa de la salle une
femme rousse et fardée avec des quolibets, j'appris plus
tard qu'elle était une courtisane. Des esclaves, qui avaient
envahi les gradins et entendaient assister au spectacle sans

1. Boulevard Saint-Michel, Ecole de médecine, rue Racine.

payer, furent chassés à coups de gourdin par les ordonnateurs qui assignaient les places.

Lorsque le héraut s'avança sur la scène pour annoncer le début du spectacle, les trois mille spectateurs firent peu à peu silence. Le héraut annonça une tragédie de Sénèque, *Octavie,* qui retraçait les malheurs de l'épouse de Néron, l'empereur tant haï par Tacite. Néron avait divorcé d'Octavie et avait épousé la courtisane Poppée ; une sédition avait éclaté à Rome et Néron avait ordonné le massacre des révoltés avant de tuer Octavie dans l'île de Pandataire.

Comme nous vivions sous un autre Néron, de nombreux passages de cette tragédie furent applaudis. Mon père s'abstenait de manifester ; mon grand-père pour sa part tapait dans ses mains sans se cacher devant les représentants du légat, rouges de colère. Des hurlements de joie et d'approbation accueillirent la phrase d'Octavie sur Néron : « Il hait tout ce qui sort d'un sang illustre, méprise également les dieux et les hommes ! » et ce fut un délire lorsqu'elle ajouta : « Puisse ce tyran impie, abominable, être écrasé par le souverain des dieux dont la foudre terrible ébranle si souvent la terre. Puisse-t-il expier bientôt ses forfaits, ce tyran qui accable l'univers sous un joug honteux et qui, par ses infamies, déshonore le nom d'Auguste. »

Pendant longtemps l'actrice qui interprétait le rôle d'Octavie ne parvint pas à reprendre sa tirade tant les cris de haine envers Commode enflèrent et gagnèrent tous les gradins. Les manifestants, issus du petit peuple de Lutèce, souvent écrasés par les impôts, se tournèrent tous ensemble vers l'agent du fisc et ses assesseurs et l'accablèrent d'injures et d'invectives. Les légionnaires qui gardaient les entrées du théâtre entourèrent aussitôt l'administrateur et ses aides qui furent obligés de quitter le théâtre et furent alors salués par des applaudissements ironiques.

Le spectacle put reprendre et s'achever. J'avais surtout

été ému par les douces paroles de la nourrice d'Octavie, qui me rappelaient les tendresses et les consolations de ma chère Rosmerta, morte de la peste. Octavie portait le masque du désespoir, avec ses yeux cerclés de cernes et sa bouche aux plis tombants. Néron, en revanche, avait passé devant son visage un masque à la bouche ouverte prête à tout instant à ordonner l'assassinat d'Octavie. Sénèque lui-même apparaissait sur scène avec sa barbe, sa chevelure blanche et son front ridé.

Le spectacle qui suivit la représentation de cette tragédie était de médiocre qualité. Une danseuse aux gestes lascifs interpréta le rôle de Léda qui avait séduit Jupiter métamorphosé en cygne ; et le spectacle se poursuivit par une série de représentations musicales données par une troupe où figuraient des artistes renommés dans toute la Gaule : Ephion, joueur de cithare, Ambrosius, joueur de flûte, et le petit-fils d'Hédyméles qui, comme son grand-père, savait si bien faire vibrer les cordes de sa lyre grâce au plectre.

Des danseurs et des danseuses descendirent à l'orchestre en demi-lune que bordaient les premiers sièges des gradins. Ces groupes de jeunes gens et de jeunes filles rivalisaient de beauté, de parure et d'élégance ; ils exécutèrent la pyrrhique des Grecs et décrivirent mille évolutions. Tour à tour on vit la bande joyeuse tourbillonner en cercle comme la roue d'un char rapide, tantôt se déployer les mains entrelacées, pour parcourir obliquement la scène ; tantôt se serrer en masse compacte à quatre fronts égaux, et tantôt se rompre brusquement pour se reformer en phalanges opposées. Quand ils eurent successivement exécuté toute cette variété de poses et de figures, le son de la trompette mit fin au ballet.

Le soir tombait, les rayons du soleil couchant éclairaient encore le vélum et rendaient plus vives les couleurs du spectacle. La foule fut vomie par les sorties et elle se promena un moment sous les galeries.

Tard dans la soirée, les spectateurs devisèrent par petits

groupes pour commenter les dernières folies de l'empereur Commode qui venait de se faire appeler Hercule, et sans doute avait allumé pour le plaisir l'incendie qui avait consumé à Rome les temples de Vesta et de la Paix.

Chapitre neuvième

En l'an 192, ma vie changea, je quittai l'enfance, je délaissai pour quelque temps Lutèce, ma villa du mont Mercure, mes amis de la rue et le forum, afin de m'ouvrir au monde comme il convenait à la fois à un Gaulois et à un Romain de mon rang.

J'avais passé une enfance heureuse et ma famille n'avait point été abandonnée par la Fortune. Peut-être avions-nous trop abusé alors de notre joie de vivre et avions-nous irrité quelques divinités jalouses ? Peut-être n'avions-nous pas assez songé au milieu des honneurs qui ne nous furent pas comptés, aux dieux lares et à la protection de notre demeure et de notre famille ? Je m'interroge aujourd'hui lorsque je songe à la lumière de cette année 192 et à la nuit de l'année qui suivit et je me dis que nous avons peut-être manqué de piété et de vertu envers les dieux et envers Rome dont le temple qui lui était consacré au forum ne reçut que rarement notre visite. Epona leur préférait nos dieux ancestraux qu'elle plaçait dans des niches creusées dans les murs de notre maison et de notre jardin. Ma mère pourtant, aux heures sombres que nous allions traverser, ne regrettera jamais ce culte rendu à la fidélité de notre sang et de nos origines.

Mon père fut élu cette année-là délégué de Lutèce à l'assemblée des Trois Gaules qui chaque année réunissait le 1ᵉʳ août les envoyés de soixante cités à Lyon à l'autel du Confluent pour y célébrer, ensemble, le culte de Rome et d'Auguste, pour montrer également leur allégeance à l'Empire et pour tenir conseil afin de discuter, voire de blâmer, la gestion des légats, si c'était nécessaire.

Comme je devais gagner Autun, autour du 15 août, afin de suivre l'enseignement des célèbres écoles méniennes qui dispensaient des leçons renommées dans toute la Gaule et même au-delà de ses frontières, je fis une partie du voyage avec mon père. Le trajet dans une voiture attelée à deux chevaux et conduite par un esclave se passa sans aucun incident, sauf que je fus le témoin d'un accident fréquent. Des bœufs qui traînaient un attelage d'amphores, effrayés par le passage d'une troupe de cavaliers qui les croisait, s'emballèrent soudain, le cocher ne put les retenir et le chariot s'écarta de la voie pour s'écraser dans un champ en contrebas. Tout se brisa, les amphores d'huile et de vin, le conducteur fut jeté au bas de son véhicule, au milieu des meuglements des bœufs. Nous nous arrêtâmes, mais le cocher n'était pas blessé, l'herbe drue en ce mois de juillet avait amorti sa chute.

Passé la ville d'Auxerre, mon père me quitta pour Lyon et je poursuivis le voyage avec Verecundaridubius qui avait mon âge et descendait d'une illustre famille gauloise. Il retournait dans sa ville natale pour y faire également ses études.

Marcus Aurelius Verecundaridubius était un peu plus âgé que moi : il me fascinait par sa connaissance du passé de sa ville et des Gaules. J'appris au cours de ce voyage à cultiver son amitié et nous nous aperçûmes que nous étions liés déjà l'un à l'autre par notre commune vénération pour notre passé gaulois, autant que par notre fidélité à Rome qui ne ressemblait pas à de la soumission.

Comme je lui parlais de Camulogène, mon ancêtre, il évoqua Litavic, un Eduen de Bibracte, la forteresse d'Autun, et compagnon de Vercingétorix. Nous fîmes le serment, que nous avons tenu, de demeurer unis par l'amitié et nous nous embrassâmes.

Au cours de mes études aux écoles méniennes, je fus surtout intéressé par l'immense carte de l'univers qui avait été peinte sous le portique et qui se déroulait, colorée, comme un long et large ruban. Ainsi la jeunesse venue de toutes les régions du monde pouvait contempler, en se promenant sous les galeries couvertes, le miroir du monde que l'artiste y avait reflété. Ce monument était d'une imposante beauté et si Lutèce même y figurait, elle était un point infime dans l'infinie grandeur de ce tableau gigantesque, et dans l'immensité de l'Empire. Pour la première fois de ma vie, j'éprouvais le sens de ce qui est relatif, et celui de mes connaissances, si modestes par rapport à tout ce qui existe ; Lutèce cessait d'être à mes yeux le centre du monde, elle n'était plus que le cœur de ma vie.

Sur cette carte, on voyait l'étendue de toutes les terres et de toutes les mers, les villes édifiées ou restaurées par la bienveillance des invincibles empereurs, les nations soumises et les contrées barbares que les légions romaines avaient réussi à enchaîner, grâce à la terreur de leurs armes ; on y avait figuré la situation de chaque pays, avec son nom, son étendue, ses distances, la source et l'embouchure de tous les fleuves, les sinuosités des rivages et les circuits de la mer qui embrassent les continents et les pays souvent victimes de ses tempêtes. On y voyait le Tigre et l'Euphrate et les régions desséchées de la Libye, les deux bras du Rhin et les nombreuses embouchures du Nil.

Il n'est pas de jour où, pendant un an et par tous les temps, je ne me sois promené sous les galeries du portique et ne me sois arrêté devant ces reflets d'un monde que je ne visiterais, sans doute, jamais, comme l'avait fait naguère le divin Hadrien ; c'était mon regard, seul, qui voyageait.

Nos deux maîtres s'appelaient Statius et Glaucus. Si Statius nous enseignait l'art de la rhétorique avec gravité, en revanche, Glaucus n'avait point pour ce genre d'exercice un grand respect et il nous disait que la sagesse est quelque chose de plus ouvert et de plus simple que les vaines subtilités de la rhétorique et que l'étude n'est pas seulement faite pour paraître aux écoles méniennes, mais qu'elle est destinée à régler notre vie. Et il se moquait de son collègue des écoles qui un jour avait fait devant lui, en manière de sophisme, l'apologie de la fièvre quarte. Il avait même cité Platon, lequel a dit qu'au sortir de la fièvre quarte, si on a repris toutes ses forces, on jouit d'une santé plus constante et plus ferme. On ne pouvait pas toujours être bien, le bien et le mal revenaient alternativement dans la vie, par conséquent.

Certes Glaucus reconnaissait à son collègue des expressions heureuses, des idées ingénieuses pour orner ce paradoxe de l'apologie d'un mal et d'une souffrance, mais il trouvait que d'autres auteurs romains et grecs méritaient la faveur des études plus que Sénèque le rhéteur ou que Quintilien. Glaucus s'appuyait sur des écrivains qu'il aimait et qui n'étaient pas à la mode pour se gausser des exercices mentaux à son sens inutiles auxquels nous étions obligatoirement soumis.

Fort heureusement, Glaucus nous apprenait à aimer les poètes et les tragiques, les orateurs et les historiens, à nous faire sentir la beauté sauvage ou douce de certains vers d'Homère lorsqu'il décrit les périples dangereux d'Ulysse, à nous faire saisir les douceurs des *Bucoliques* et des *Géorgiques* de Virgile, à nous faire sentir l'héroïsme d'Enée, fondateur de Rome, il nous récitait *L'Art d'aimer* d'Ovide pour nous en faire voir toute la sève sensuelle, il déclamait des passages célèbres des plaidoiries de Cicéron, pour nous montrer leur caractère dramatique. Il s'employait à tracer le portrait d'Auguste à travers ce qu'en disait Salluste ; il nous faisait aimer la mélancolie des *Silves* de Stace.

Nous nous rendions avec lui au théâtre, un des plus vaste des Gaules : on y jouait des scènes de l'*Amphitryon* de Plaute et de *L'Eunuque* de Térence. Et, comme Gaulois, j'étais fier de ce théâtre aux superbes dimensions, plus grandes que celles du théâtre de Dionysos à Athènes, plus vastes que celles d'Ephèse et de Smyrne, plus hautes que le théâtre de Marcellus et je lisais sur son fronton le nom de l'empereur Vespasien sous le règne duquel il avait été construit...

Alors que j'achevais le quatrième mois de mes études, nous parvint l'annonce de la mort de l'empereur Commode, assassiné le 1er janvier 193 par son chambellan Eclectus. Maîtres comme élèves, nous comprîmes qu'avec la mort du fils de Marc Aurèle s'achevait pour l'Empire une période de paix et de prospérité. C'est de cette date qu'est née l'inquiétude générale, cette peur sournoise qui n'a jamais cessé d'agiter les esprits et de troubler la Province. L'avenir nous parut d'autant plus incertain et tragique que s'agitaient dans l'ombre des camps et dans les casernes des prétoriens de Rome des candidats à l'Empire prêts à se déchirer et à diviser Rome en plusieurs camps hostiles pour assouvir leurs ambitions personnelles.

Lorsque nous apprîmes que les meurtriers de Commode avaient confié l'Empire à Pertinax et que des inconnus comme un certain Claudius Pompeianus ou comme Glabrion briguaient également le pouvoir, nos écoles devinrent le lieu clos d'une si forte agitation que notre directeur ordonna de les fermer. Chacun partit rejoindre sa ville ou sa patrie, l'âme échauffée et prêt à poursuivre ailleurs les disputes et peut-être même à engager des combats meurtriers. Moi-même je quittai Autun, le cœur serré, en proie à des songes maléfiques et je m'embarquai sur un bateau dont le patron, Ogmios [1], appartenait à la corporation des nautes de Lutèce et revenait vers notre ville : il m'offrit l'hospitalité. Il déroula les plis d'une grande voile de lin et la brise nous emporta vers le nord, en un mois d'hiver particulièrement doux qui ressemblait à un printemps. Je restais souvent étendu sur une couche élevée par des coussins et je pouvais rêver, ou parfois le soir à l'escale d'un petit port de village, jouer sur un damier avec des jetons à deux couleurs avec le naute Ogmios qui portait bien

---

1. Ogmios est l'Hercule gaulois.

son nom. C'était un géant. Parfois, lorsque la brise tombait, nous prenions chacun une rame et j'oubliais peu à peu en traversant encore des pays paisibles que la guerre civile, si honnie, si terrifiante, approchait à nouveau : je ne savais pas encore que s'achevait définitivement la paix romaine qu'Auguste avait instaurée sur l'Empire et que Marc Aurèle avait réussi à maintenir.

Les rivages étaient bordés de frênes et de peupliers ; des petits temples, consacrés au dieu fleuve, s'élevaient sur les rivages où étaient bâties des villas qui jouissaient ainsi de l'agrément des lieux.

Quand la nuit s'apprêtait à envelopper la terre de ses ombres et à parsemer le ciel d'étoiles, nous faisions escale. Nous entendions les mariniers qui interpellaient les esclaves pour les manœuvres d'accostage. Nous passions la nuit, enveloppés d'humides couvertures, au milieu des cargaisons d'armes qui étaient destinées aux cohortes de Bretagne. Nous étions, certes, gênés par les moustiques et par le coassement des grenouilles, mais heureux d'être libres, loin de la brigue politique.

Chapitre dixième

Lorsque je parvins à Lutèce, j'y appris une autre et terrible nouvelle. Les prétoriens venaient d'assassiner Pertinax ; le beau-père de ce dernier, Marcus Didius Severus Julianus, leur avait acheté l'Empire en versant à chacun 25 000 sesterces : l'Empire était à vendre au plus offrant, au plus riche et non au plus capable.

Mes parents et mon grand-père comme moi-même nous ressentîmes la honte de vivre en des temps aussi funestes, comme le monde n'en avait jamais connu depuis longtemps. Mon grand-père maudissait cette Rome qu'il avait tant adorée et mon père qui était le président du Sénat de Lutèce en 193 tentait de calmer les rancœurs, les dissensions de plus en plus vives entre ses collègues. Ma mère affirmait que jamais les Gaulois n'eussent vendu leurs cités ou leurs nations à quiconque, moi-même j'étais prêt à suivre le premier homme qui s'opposerait à ce Julianus, usurpateur et prévaricateur : il se trouva que ce fut à Pescennius Niger, gouverneur de Syrie, que le Sénat et le peuple de Rome, dans un sursaut d'honneur, offrirent la couronne et la toge des empereurs.

Dès lors mon parti était pris, et à l'école du forum où je suivais les cours de mon grammairien Glaucus, qui avait quitté lui aussi les écoles méniennes et s'était replié sur Lutèce avec ses élèves et d'autres professeurs, j'adhérai sans hésiter à la faction de Niger, opposée à celle de Julianus, qui rallia Septime Sévère après la mort de Julianus. La faction de Septime Sévère était soutenue d'une manière générale par nos parents et par l'ensemble de la population de Lutèce qui avait apprécié en ce candidat empereur un remarquable légat de la Lyonnaise quelques années auparavant.

Mais la jeunesse dont je faisais partie, pour bien montrer son désir de se distinguer des opinions imposées, avait choisi en Pescennius Niger un soldat presque inconnu, moins âgé que Septime Sévère et qui, à l'inverse de son concurrent, n'était pas d'une illustre famille, qui n'avait pas accompli une carrière militaire et civile officielle et avait accepté des lointains commandements en Syrie et en Orient. Pescennius Niger, lorsque, en 186, il commandait les légions pour mater la révolte de Maternus, avait même rendu visite à Lutèce. Je me souvenais très bien, ainsi que mes compagnons d'études, l'avoir aperçu sur le forum qui devisait très simplement avec les habitants et les commerçants et ne montrait nulle morgue. Il était vêtu sans ostentation d'une simple tunique gauloise, ce qui était rare à cette époque ; il n'était pas entouré de gardes : il confiait sa sécurité, comme il le disait, à la loyauté des habitants de Lutèce. Il nous avait fait un signe amical, lorsque nous l'acclamions sur l'ordre de notre maître. En revanche, c'est en vain que nous avions attendu la venue de Septime Sévère, gouverneur de la Lyonnaise, en dépit de ses promesses à la curie de Lutèce et tout jeunes que nous étions, nous avions ressenti comme un affront ce dédain à l'égard de notre cité.

Dans ma famille, seul mon grand-père soutint ma loyauté envers Niger ; il connaissait en effet la haine de Septime Sévère pour le pouvoir civil en général et pour les sénateurs en particulier ; mon père, de son côté, tentait de temporiser ; mon oncle Gaïus, soldat loyal, servait l'armée de Pescennius Niger, en attendant un jour de servir avec la même fougue celle de Septime Sévère.

Quant à ma mère, elle n'avait de sympathie pour aucun

des deux concurrents qui représentaient à ses yeux le pouvoir brutal de Rome ; ils l'avaient montré tous les deux lors de la révolte de Maternus.

C'est alors que mon père, en sa qualité de président de la curie, prit une décision grave qui devait avoir de dramatiques conséquences. Après avoir constaté que l'école du forum était un foyer d'agitation politique en faveur de Niger, mon père la fit fermer et nous fit expulser par la cohorte urbaine qui avait parcouru l'avenue montante jusqu'au forum.

Les élèves de l'école du forum et moi-même nous répandîmes dans les rues de Lutèce en criant le nom de Niger et vouant aux gémonies Septime Sévère. Pendant toute la nuit nous fûmes pourchassés par les vigiles auxquels nous lancions poteries, serpettes, vases et verres, pillés dans les boutiques autour du forum. Nous réclamions la réouverture de l'école du forum et la libération de quelques-uns des nôtres qui avaient été capturés et placés dans la prison de l'île sur la Seine, à côté des bâtiments administratifs et fiscaux.

Pendant plusieurs jours, nous vécûmes dans la rue, tandis que nous parvenaient les nouvelles de la lutte entre Septime Sévère et Pescennius Niger. Le premier était entré à Rome, au premier jour du mois de juin, et le second s'était rendu maître de Byzance. Aujourd'hui, j'y vois comme un signe pour l'avenir. Je pressens qu'un jour Byzance échappera à Rome et que l'Empire se brisera volontairement en deux parties aux deux pôles du monde ; Niger avait mesuré l'importance de cette ville aux limites du Pont-Euxin et de la mer Méditerranée et Septime Sévère n'eut pas la sagesse de le comprendre ; il aurait évité en acceptant cette séparation de Rome en deux empires bien des drames à l'univers.

Nous étions loin, il est vrai, dans les rues abandonnées par tous les Parisiens qui s'étaient réfugiés dans leurs demeures, nous étions loin de comprendre les intentions et les ambitions de Niger et de Septime Sévère. Nous acclamions la victoire du premier et nous insultions la prise du pouvoir par le second. Juché sur une des fontaines de la ville, au carrefour de la rue des Boulangers et de celle des Forgerons mon ami Verecunda d'Autun déclara à la foule de ses compagnons qu'il voulait libérer les provinces de la Gaule de l'arbitraire des légats. Septime Sévère, déclara-t-il, au milieu des acclamations, avait montré lorsqu'il gouvernait la Lyonnaise, son intransigeance ; il avait témoigné d'un esprit hostile à l'égard de nos dieux, et il avait fait enlever sur l'autel des Trois Gaules à Lyon leurs statues et leurs images.

Ce discours enflamma à nouveau les cœurs de colère et de vengeance. Depuis plusieurs jours nous tournions dans les rues, échappant aux poursuites des quelques soldats de la cohorte urbaine. Comme je connaissais toutes les voies de Lutèce pour m'y être longuement promené, des plus grandes aux plus petites, les impasses et les passages entre les demeures, à travers les jardins privés, je servais de guide à la centaine d'écoliers qui refusaient de céder à la force et continuaient à réclamer le retour des prisonniers et la réouverture de l'école du forum.

Certains de nos maîtres nous accompagnaient et nous soutenaient dans notre lutte qui devenait de plus en plus étrangère à Septime Sévère et à Pescennius Niger. Nous tentâmes à plusieurs reprises d'ôter les grosses pierres des rues afin de former des murs derrière lesquels nous aurions pu nous abriter : un légionnaire qui avait déserté la cohorte nous avait appris cette tactique, mais les ingénieurs romains avaient construit des voies fort solides et nous ne pûmes jamais parvenir à mettre ce projet à exécution et à construire ainsi de multiples petits limes dans les rues comme autant de frontières infranchissables.

Lassés de dormir dans quelque impasse ou dans quelque maison désaffectée, affamés depuis plusieurs jours, nous décidâmes de nous porter vers le théâtre et après en avoir bousculé les gardiens nous interrompîmes une représentation de *L'Aululaire* de Plaute, et nous chassâmes les acteurs de la scène, les spectateurs des gradins, terrorisés par notre brusque irruption. Je montai alors sur le toit de la dernière galerie et je plantai dans un trou sur lequel venait se fixer un des poteaux du vélum, la bannière des nautes de Lutèce qui symbolisait à nos yeux l'indépendance de notre cité ; sur celle-ci était brodée la proue d'un navire.

Le lendemain des passants s'arrêtèrent et s'enhardirent à pénétrer dans l'enceinte du théâtre : ils venaient des quartiers pauvres de la ville, ceux qui se trouvaient dans les limites de la cité non loin de l'amphithéâtre ou de l'hippodrome, au nord et à l'est. Ils nous apportaient des provisions et ils s'installèrent sur les gradins, prirent la parole sur la scène, parlèrent de leurs misères, de la mévente, de la concurrence des boutiques des quartiers riches. De nombreux artisans nous rendirent visite pour nous exprimer leurs doléances, et bientôt arrivèrent par les voies ou par la Seine et les fleuves d'autres habitants d'autres cités, de Sens, de Melun, d'Evreux et de Reims qui venaient soutenir notre combat ; je les remerciai et j'évoquai avec émotion le passé au temps où les cités se liguaient contre l'envahisseur romain.

Mes compagnons m'avaient chargé de demeurer en relation avec mon père, président de la curie et avec les décurions. Mon père accepta de me recevoir, et fort irrité m'annonça qu'il avait fait appel à des renforts d'Orléans et de Senlis qui arriveraient le soir même à Lutèce. Il m'adjura de convaincre les écoliers du forum de se soumettre aux lois et à la discipline de la cité. Je refusai et je sortis avec mon grand-père qui assistait à l'entretien dans la basilique du forum et me serra contre lui avec affection.

La nuit venue, nous quittâmes en force le théâtre où nous étions trop nombreux, et armés des accessoires des acteurs, comme des piques, des glaives, des arcs, le visage recouvert de masques de tragédie et de comédie, nous nous dirigeâmes vers le pont afin de traverser la Seine et d'attaquer la prison pour libérer nos compagnons. Mais nous nous heurtâmes aux troupes, arrivées en renfort. Pour ma part j'avais demandé à l'esclave marcoman que mon père venait d'acheter au boulanger de nous accompagner. Il désarma les légionnaires, les saisit dans ses larges mains et en jeta quelques-uns dans le fleuve, peu profond à cet endroit. Les soldats finirent par reculer, par se disperser, épouvantés par cet Hercule ressuscité, et nous pûmes passer dans l'île. Les deux gardiens de la prison, des esclaves syriens, nous ouvrirent les portes et nous portâmes en triomphe sur des boucliers nos cinq compagnons enfin délivrés, puis nous repassâmes le fleuve, nous empruntâmes la grande voie vers le sud, et nous nous installâmes dans l'amphithéâtre [1] qui pouvait contenir plus de 10 000 personnes. Nous décidâmes d'occuper ces lieux, véritables labyrinthes avec leurs galeries, leurs souterrains jusqu'à la réouverture de l'école du forum.

L'été se passa ainsi, nous nous étions enfermés dans l'amphithéâtre où nous formions une société à part, tandis que Lutèce à nos pieds paraissait nous ignorer. Peu à peu les gradins et les galeries se vidèrent, les habitants des cités et des campagnes regagnèrent leur ferme, leur établi, leur atelier ; ils furent remplacés par des gens inconnus à Lutèce, sales et mal vêtus, anciens compagnons de Maternus qui étaient fort éloignés de notre cause.

Des prostituées vinrent s'installer dans les loges des gladiateurs pour y exercer leur métier, elles trouvèrent en nous des clients nouveaux et particulièrement ardents. Moi-même, je n'échappai pas à leur entreprise de séduction et dans des circonstances amusantes et particulières, je fus en effet un jour abordé par la belle femme que je rencontrais naguère chez le teinturier Syriacus et, qui depuis mon enfance, me souriait et m'embrassait comme si elle me connaissait.

Elle était jeune encore, en dépit des rides qui marquaient son visage. Ses cheveux étaient bouclés et teints en roux. Elle avait des yeux bleus perçants, une bouche bien ourlée, un port majestueux. Elle s'approcha de moi, me sourit. Je me tus, surpris. « Marcus Aurelius ? » me dit-elle. Je lui répondis par l'affirmative, tout rougissant.

1. Rue Monge, rue de Navarre.

Elle me prit alors la main, et m'entraîna. A d'autres moments, j'aurais marmonné quelques excuses, quelque refus, comme je l'avais fait si souvent dans les impasses de Lutèce, lorsque m'abordaient des femmes sous les enseignes des lupanars ou à la porte des bouges d'Autun où mes compagnons tentaient de m'entraîner. J'avais pour seule fierté d'être encore vierge à un âge avancé, comme l'avait été Marc Aurèle.

Pourtant, j'étais si troublé par la vue de quelques camarades de l'école du forum qui déjà lutinaient dans l'ombre des femmes offertes, que je me laissai guider par l'inconnue.

— Je m'appelle Julie, me dit-elle.

Julie ? J'avais déjà entendu ce nom, mais où ? Julie, oui c'était vrai, la fille débauchée de l'empereur Auguste. Mais Julie ? Il y avait aussi cette sœur de mon père, une autre Julie ? Mais non, ce ne pouvait être elle.

Pendant ce temps, Julie me fit défiler devant une rangée de jeunes femmes, dont plusieurs noires de peau. Elle m'indiqua, comme l'eût fait une bonne marchande sous le portique du forum, l'endroit où on pouvait les rencontrer à loisir, mentionna le tarif qu'elles prenaient, et Julie approcha sa bouche vermeille et luisante de mon oreille pour y souffler quelques révélations sur les spécialités qu'on pouvait trouver dans les antres où ces femmes officiaient. *L'Art d'aimer* d'Ovide ne m'en avait jamais autant appris, si les *Epigrammes* de Martial que nous lisions en cachette à l'école du forum m'avaient déjà beaucoup renseigné sur les différentes pratiques des travaux de Vénus.

Autour de moi, chacun faisait son choix et se retirait dans une des loges de gladiateur. Julie m'ouvrit la porte de l'une d'elles. C'est alors qu'apparut dans l'encadrement une femme mince et grande, brune et à la peau couleur d'ambre, vêtue d'une tunique mauve que Julie appela du nom de Lycinna.

Sitôt que Lycinna s'approcha de moi, je sentis le souffle de sa bouche enduite de carmin, et je défaillis sous le regard de ses yeux fardés de noir, je vis se déployer ses grands cheveux noirs, alors j'eus le sentiment d'être emporté dans un univers que je jugeais comparable à celui qu'offraient les Champs-Elysées aux morts glorieux ; et je sombrai sur le lit dans les bras de Lycinna qui s'empressa de pénétrer mon cœur novice de sciences qui lui étaient familières. Je connus l'enlacement de mon cou par les douces chaînes de ses bras. Elle disait des mots d'amour d'une voix agitée et je l'entendis me supplier de ralentir ou de presser ma course. Je lisais dans ses regards affaissés le ravissement de ses sens et mon triomphe, je la voyais languissante et anéantie et je l'entendais demander grâce pour quelque temps à mes caresses. J'étais étonné des paroles qui jaillissaient spontanément de ma bouche, et disaient mes plaisirs. Je regardais mes mains qui ne m'appartenaient plus et mes doigts savaient découvrir le sanctuaire où l'amour trempe ses flèches. Plusieurs fois, je revins vers Lycinna au cours de cette nuit et d'autres que je fis suivre. Elle m'enseigna à ne point hâter le terme de la volupté, à ne pas me réfugier dans une pudeur déplacée, et à l'enivrer d'attouchements toujours renouvelés. Je voyais trembler les yeux de Lycinna, semblables au soleil dont la lumière se réfléchit dans le cristal des eaux, et j'entendis à nouveau les plaintes, les doux murmures, les soupirs voluptueux, les tendres gémissements et, comme le navigateur sur l'océan du lit, nous entrions ensemble au port de l'amour.

La volupté nous avait vaincus, nous y avions succombé en même temps, lorsqu'elle dut partir au petit jour. Julie m'accueillit lorsque je sortis de cette bataille ; elle me chuchota dans l'oreille que Lycinna était peut-être la moins jeune de ses filles mais qu'elle était d'autant plus savante dans l'art d'aimer et que l'expérience avait perfectionné ses talents. Puis elle m'avoua qu'elle était Julie, la sœur de mon père et de mon oncle, ma propre tante, cette Julie dont on ne parlait jamais à la maison si ce n'est le rouge au front et la honte aux joues.

Elle avait quitté notre demeure à seize ans, parce qu'elle aimait la liberté. Elle était partie pour Rome et dans le quartier de Suburre réduite à la misère, elle s'était livrée à la prostitution. Puis elle avait dirigé dans les pays du Rhin, non loin de Trèves, une maison de filles à soldats où elle avait rencontré Gaïus, son frère. Enfin, devenue riche, elle était revenue à Lutèce afin d'ouvrir un lieu de plaisirs. Je l'écoutai avec amour, puis je la serrai dans mes bras avec affection et je retrouvai contre son sein généreux la même chaleur que, lorsque chez le foulon, je l'avais rencontrée dans mon enfance pour la première fois.

L'automne arriva et avec lui le découragement. Nous avions appris que Pescennius Niger avait été battu à différentes reprises. L'amphithéâtre était devenu un lieu de paresse, d'immondices et de prostitution, et je décidai comme beaucoup de mes compagnons de partir et de regagner ma demeure. L'école du forum venait d'être rouverte, Septime Sévère était reconnu dans tout l'Empire, nous n'avions plus de raisons de faire ainsi sécession.

Ainsi s'achevait une révolte qui n'avait point tourné à la révolution, mais qui était le signe d'une discorde que la mort de Commode et les luttes pour sa succession avaient ouverte et qui s'aggrava jusqu'en l'année 197, date à laquelle la cité sombrera pendant quelques semaines dans la guerre civile.

Pourtant je ne regrettais rien, j'avais quitté l'enfance, exécuté mes premiers travaux de Vénus, j'avais affronté ma cité et mon père et j'avais appris à mieux connaître le monde, l'Empire et les affaires publiques.

Chapitre onzième

Je me dois de raconter les deux années terribles ; leur seul souvenir fait trembler ma main sur la peau de brebis sur laquelle j'écris et que je parsème de taches d'encre, témoins de mon émotion. Il me faut parler de celui qui fut le messager de la Tyché grecque, j'ai nommé Clodius Albinus.

Lorsque son nom commença à retentir dans toute la Gaule et à provoquer la révolte et l'incendie, mon oncle Gaïus se trouvait dans notre demeure et il sut nous en parler avec une sorte de haine respectueuse et d'irritation fascinée. L'avait-il connu, comme il le prétendait, au cours de ses nombreuses campagnes militaires ? Ou bien en avait-il entendu parler ? Toujours est-il qu'il nous traça de Clodius Albinus un portrait convaincant et je le revois encore, en ce printemps de l'année 196, parcourant de long en large l'atrium, ayant déposé sa cuirasse et son casque, en faisant retentir sur le marbre les clous neufs de ses semelles que notre voisin le cordonnier venait d'appliquer.

Clodius Albinus était issu, selon Gaïus, d'une des grandes familles de Rome, et mon grand-père le confirma d'un signe d'assentiment. Mais il naquit en Afrique à Adrumète où un de ses ancêtres, vétéran de l'armée, s'était jadis installé. Il marqua un goût prononcé pour la carrière militaire, et il prétendit que sa naissance avait été marquée de nombreux prodiges et présages qui lui promettaient l'Empire. Dans les camps, ces affirmations étaient écoutées avec scepticisme, mais Clodius Albinus affirmait que, le jour de sa naissance, il vint au monde à Adrumète un bœuf tout blanc, avec des cornes de couleur pourpre. Un pêcheur lui fit don d'une écaille de tortue qui lui servit de baignoire lorsqu'il était nouveau-né : or, se vantait Clodius Albinus, seuls les enfants de la famille impériale se lavaient dans des écailles de tortue. Enfin sa nourrice l'avait enveloppé dans des langes de couleur pourpre, comme l'est la toge impériale.

Clodius Albinus avait commandé, comme tribun militaire, aux cavaliers dalmates et il s'était retrouvé en Bithynie pour réprimer l'insurrection d'Avidius Cassius sous Marc Aurèle. Mon oncle l'avait connu et suivi au moment où Commode envoyait des troupes dans les Gaules pour repousser les Frisons qui tentaient de franchir le Rhin ; c'est là qu'Albinus avait cru en sa haute destinée, lorsqu'un oracle qu'il avait consulté à Trèves lui avait cité ce vers de *L'Enéide* : « Cavalier intrépide, il soutiendra dans un grand tumulte la république chancelante et il écrasera l'Africain et le Gaulois indomptables. »

Fort de cette prédiction, Clodius Albinus venait de rassembler une armée et s'était fait proclamer Auguste par les légions de Bretagne. Mon grand-père lui adressa un message de soutien lorsque nous parvint la nouvelle que Clodius Albinus avait reçu l'appui du Sénat de Rome, celui de la Gaule lyonnaise et de la Belgique. Bon nombre des membres de la curie de Lutèce se rallièrent à lui. Mon père qui était président de cette auguste assemblée s'abstint, et Gaïus repartit aux armées sans se prononcer en faveur de Clodius Albinus ou de Septime Sévère.

Il me parut que celui qui était loyal à Rome, à nos ancêtres, à la dignité du Sénat, c'était Clodius Albinus et que Septime Sévère, homme nouveau et sans passé, n'était qu'un usurpateur : et j'approuvais mon grand-père qui pendant plusieurs semaines rallia ses amis à la cause du gouverneur de Bretagne.

L'été approchait, les factions s'étaient mises en place. Les partisans de Septime Sévère, nombreux parmi la plèbe de Lutèce, avaient regagné leurs quartiers, leurs boutiques et leurs échoppes et n'osaient plus s'opposer à la curie favorable à Albinus. Ce dernier recevait l'appui d'une partie de l'armée de Germanie, mais surtout de la XIIIe cohorte urbaine de Lyon qui chassait le légat Tiberius Flavius Secundus Philippianus, ami de Septime Sévère.

Pendant ce temps, Clodius Albinus faisait battre monnaie à son effigie et mon grand-père, en signe de précieuse alliance, reçut un as d'or qui lui avait été spécialement adressé par Albinus. Mon oncle Gaïus nous écrivit qu'il restait un soldat et qu'il avait rallié les légions fidèles à Septime Sévère, en Italie. Ma famille était divisée, et j'imaginais avec terreur, avec horreur, le moment où peut-être Gaïus s'opposerait à Lutèce ou sur quelque autre champ de bataille à mon père.

Le sort en fut jeté, dès lors qu'à l'automne 196, Septime Sévère avait fait proclamer par ses légions Albinus ennemi public et enveloppé dans cette proscription tous ceux qui le soutenaient. Mon grand-père fit partie du nombre des hors-la-loi, dont les noms commencèrent à circuler en décembre 196, mais Lutèce s'étant déclarée en faveur d'Albinus, les partisans de Septime Sévère, de peur d'être massacrés, se gardèrent bien d'agir.

L'année 197 s'ouvrit par un hiver rigoureux, chacun s'enferma chez soi par crainte du froid et de peur de croiser dans les rues les amis d'hier devenus soudain ennemis. Par mon père qui se réunissait avec quelques sénateurs de la curie, nous connaissions le déroulement des événements. C'est ainsi que j'appris qu'un de mes maîtres à Autun, Numerianus, avait levé quelques troupes chez les peuples voisins de Lyon, et était venu harceler les armées d'Albinus. Celles-ci prirent leur revanche en infligeant une sévère défaite au général Lupus que Septime Sévère leur avait dépêché de Pannonie. En réponse, et pour bien marquer sa résolution, Septime Sévère fit proclamer son fils Bassianus, âgé de huit ans, César avec droit de succession.

Février arriva et nous apprîmes que Septime Sévère avait pris en personne la tête de l'armée romaine et, par la Rhétie, avait pénétré en Gaule. Il était secondé dans cette entreprise de restauration de son pouvoir par l'ancien légat de la Lyonnaise, chassé par la XIIIe cohorte.

Aussitôt mon grand-père recruta un contingent de soldats de Lutèce qu'il dépêcha vers Lyon, là où Septime Sévère s'apprêtait à livrer une bataille qui eut lieu le 19 février à Tiburtium, au nord de la capitale de la Lyonnaise. Clodius Albinus fut vite abandonné par ses troupes et trahi par ses officiers qui le tuèrent, dans l'espoir d'obtenir le pardon ou la clémence de Septime Sévère. Celui-ci reçut le corps encore palpitant de Clodius Albinus, il fit trancher sa tête, découper son corps en morceaux, qu'il foula, dans sa rage, sous les sabots de son cheval. Les chiens déchiquetèrent les restes du malheureux et l'odeur de pourriture devint si forte que l'empereur fit jeter ce qu'il restait du cadavre dans le Rhône. Le légat reprit ses fonctions et procéda à une sanglante épuration : il fit même égorger les deux enfants et l'épouse de Clodius Albinus dont les corps furent également jetés dans le fleuve qui baigne la colline sur laquelle Lyon est bâtie. Il se lança ensuite à la poursuite des partisans d'Albinus, aidé par Candidus qui combattit au cours du printemps un certain Lucius Novus Rufus, un Parisien de Lutèce que mon grand-père avait dépêché en Espagne pour mener campagne contre Septime Sévère.

Mais déjà Lutèce s'agitait. Les partisans de Septime Sévère, victorieux, sortirent de leurs caches et de leur réserve, les petits commerçants du pourtour de la ville et les petits employés de l'administration qui se trouvaient dans l'île, commencèrent à parcourir les rues, en criant leur haine des sénateurs et en réclamant en particulier la mort de Marcus Hadrianus Camulogène. Mon père tenta de calmer les furieuses ardeurs de la multitude, mais on lui fit comprendre qu'il était préférable qu'il quitte la ville, s'il voulait conserver la vie sauve, et il se cacha dans la forêt pendant ces temps troublés en attendant des jours plus propices. Epona ne le blâma pas de cette décision, car me dit-elle plus tard « il fallait qu'un père fût conservé à son fils ».

Il avait demandé simplement à ses concitoyens de nous protéger. Mon grand-père attendit la mort avec sérénité, et il approuva la décision de son fils. Il avait installé son lit dans l'atrium, non loin de l'entrée de notre maison dont il avait laissé la porte ouverte.

Comme ils n'avaient point reçu d'ordre précis, les émeutiers, partisans de Septime Sévère, se contentaient de se glisser dans notre demeure à toute heure et d'injurier mon grand-père. La plupart de ses collègues avaient fui la cité, sitôt l'annonce de la victoire de Septime Sévère sur Albinus. J'étais sorti pour regarder l'immense colonne de ceux qui avaient déserté leur famille et la curie du forum et qui partaient par la voie principale, en rangs serrés, sous les quolibets de la foule. Mon grand-père accablé, mais tranquille, ne pouvait plus compter sur ses amis pour le défendre, ni sur ses fils pour le secourir.

Que de cris, que de sanglots s'élevèrent de Lutèce, à la fin du printemps, lorsque Septime Sévère, après avoir confisqué la correspondance d'Albinus, s'aperçut que de nombreux sénateurs de Rome et des provinces de la Gaule et de l'Espagne avaient écrit des messages de soutien à son concurrent : mon grand-père était de ceux-là. Marcus Hadrianus comprit donc que sa mort était proche, lorsqu'il reçut la lettre ironique et cruelle que Septime Sévère avait adressée à tous les sénateurs qui ne l'avaient point rallié. Cette lettre a été conservée dans les papiers de ma famille et je l'ai recopiée pour bien montrer quel était dans ce temps-là le mauvais sourire de l'empereur, et de quels sentiments à l'égard des sénateurs il était animé :

« Il ne pouvait rien m'arriver de plus agréable, Pères conscrits, que de vous voir préférer Albinus à Sévère. J'ai pourvu aux approvisionnements de la République ; j'ai fait pour elle plusieurs guerres ; j'ai procuré au peuple une quantité presque incroyable d'huile. En faisant mourir Pescennius Niger je vous ai affranchis des maux de la tyrannie. Certes, vous avez dignement reconnu, dignement récompensé mes services. Un Africain, un aventurier d'Adrumète, qui se dit de l'ancienne famille des Ceionius, vous l'avez exalté jusqu'à le vouloir pour empereur, pendant mon règne et du vivant de mes enfants. Manquait-il donc à un Sénat si juste un prince que vous puissiez aimer, et qui vous aimât à son tour ? Vous avez comblé d'honneurs le frère de cet homme ; vous attendiez sans doute de lui des consulats, des prétures ; vous en attendiez sans doute toutes les dignités de la magistrature. Vous êtes loin de me montrer les nobles sentiments qui animaient vos ancêtres pendant la révolte de Pison et dont ils ont donné des témoignages à Trajan, et des preuves encore plus récentes pendant la défection d'Avidius Cassius [1].

« Un fourbe, habile à soutenir toutes les impostures, jusqu'à s'attribuer une noble origine, voilà celui que vous m'avez préféré. Il a même fallu entendre Statilius Corfulenus demander en plein Sénat des distinctions pour Albinus et pour son frère. Il ne restait plus qu'à décerner le triomphe à cet illustre capitaine, comme à mon vainqueur !

« Je n'ai point gémi de voir la plupart d'entre vous le louer de son devoir, lui qui, n'occupant son esprit que de contes absurdes, a vieilli sur les Milésiennes puniques de son Apulée, et au milieu de toutes les sottises littéraires. »

A peine mon grand-père achevait-il la lecture de cette lettre menaçante que parvenait à Lutèce la liste des proscriptions établies par Septime Sévère. Soixante-quatre

1. Sous Marc Aurèle.

sénateurs étaient mis en accusation et livrés à la vindicte publique. Cette liste fut placardée sur le mur extérieur du forum où les partisans de Septime Sévère, à la lueur des torches, vinrent la lire, et poussèrent des cris de joie haineuse, lorsqu'ils virent que le nom de mon grand-père y figurait. Mais avant de venir troubler notre demeure, ils décidèrent de s'introduire à l'intérieur du forum dans l'intention de piller les boutiques des riches commerçants qui leur faisaient, disaient-ils, une concurrence déloyale, et dans l'espoir de déloger les quelques sénateurs, partisans d'Albinus, qui s'y étaient retranchés et en avaient fermé toutes les issues.

J'étais sorti de la maison, poussé par la curiosité et je me cachai derrière une fontaine, au bas de la colline, dédiée à Bacchus, d'où je pouvais suivre, sans être vu, la bataille qui se préparait. En effet les assiégés étaient décidés à se défendre et ils étaient montés sur les toits des portiques du temple d'où ils accablaient les partisans de Septime Sévère, de tuiles et de pierres. Ceux-ci répliquèrent en jetant des torches contre l'une des plus vieilles portes en chêne, située en haut du forum, non loin de la curie. La porte se consuma rapidement et les assiégés, à court de munitions, détruisirent quelques autels et quelques statues, monuments de gloire de nos ancêtres, et les entassèrent devant la porte en flammes pour en faire un rempart improvisé.

Les assaillants mirent le feu aux maisons d'alentour qui avaient, comme la plupart des demeures de Lutèce, leur premier étage en bois. Une fumée âcre se répandit sur le forum, rabattue par la brise d'ouest et on entendit les malheureux assiégés tousser. Des flammèches volèrent dans les airs et retombèrent sur le portique du temple de Jupiter et d'Auguste qu'elles attaquèrent. L'incendie gagna de l'ampleur et se communiqua aux aigles en bois qui soutenaient le toit et qui alimentèrent ainsi l'embrasement.

On entendit alors le roulement des sabots des chevaux qui remontaient la grande voie et qui débouchèrent en haut de la colline : c'était la cohorte romaine qui venait des bâtiments de l'île et qui s'était ralliée à Septime Sévère. Au milieu des flammes et dans les lueurs des incendies les assiégeants acclamèrent les cavaliers qui pénétraient sur le forum et qui sautèrent avec leur monture par-dessus les pauvres remparts derrière lesquels s'étaient retranchés les assiégés.

Je m'avançai et me mêlai à la foule, imprudemment, car je pouvais être reconnu par l'un des émeutiers mais ceux-ci, tout à leur crime, s'engouffrèrent à la suite des cavaliers et, armés de leurs instruments ou de leurs outils de travail, marteau, tenaille, serpette, ils se répandirent dans la cour du forum et commencèrent à fouiller les bâtiments avec rage pour découvrir les retraites des proscrits. Les hurlements des femmes violées, des sénateurs égorgés, et le cri de mon maître poignardé, alors que je me dissimulais derrière la colonne d'un portique pour suivre ces scènes barbares, me firent fuir.

Je courus vers ma maison, un peu à l'écart de l'agitation, mais déjà j'entendais derrière moi une troupe de quelques soldats qui criaient : « A mort, Camulogène. » Je me précipitai dans l'atrium, appelai les esclaves et avec eux entassai du mobilier contre la porte. Les soldats ébranlèrent celle-ci avec un bélier et pénétrèrent dans le petit couloir qui menait à l'atrium.

Nos trois esclaves tentèrent de s'opposer aux intrus, mais ils furent tous tués. Je me tenais avec Epona près du bassin. Les émeutiers couverts de sang nous demandèrent où se trouvait Marcus Hadrianus Camulogène, et l'un des soldats, un ancien artisan à qui mon grand-père avait acheté, en ma compagnie, une bague d'opale et d'émeraude pour l'offrir à sa belle-fille, brandit la liste des proscriptions où le nom de mon grand-père était souligné en rouge. Il allait ordonner à sa petite troupe de fouiller la maison, lorsque derrière moi s'ouvrit la porte de la salle à manger. Je me retournai et je vis mon grand-père qui s'avançait majestueusement. Il avait revêtu sa grande toge de sénateur romain, bordée du laticlave pourpre et il avait peigné soigneusement ses cheveux blancs en les ramenant sur son front, à la manière de César.

Nous le laissâmes passer devant nous et s'avancer vers ses bourreaux qui, stupéfaits, s'étaient tus. Epona m'entraîna alors dans une des chambres qui donnaient sur le péristyle pour ne pas assister au sanglant spectacle qui suivit : j'entendis le bruit d'une chute et quelques cris des assassins, mais aucune plainte.

Nous retrouvâmes mon grand-père la poitrine et le dos percés de plusieurs coups de poignard. Une petite dague était fichée dans son cœur avec la liste de proscription signée par l'empereur. J'ai conservé cette liste, encore tachée du sang de Marcus Hadrianus Camulogène. Certes, je sais que les sénateurs étaient fort hostiles à tout changement et je me garderai aujourd'hui d'accabler Septime Sévère qui a montré son autorité et repris le sceptre brisé par Commode. Sous le règne de Septime Sévère j'ai servi moins l'Empire, il est vrai, que ma cité de Lutèce, mais j'adresse chaque soir aux dieux lares une prière où je cite le nom de mon grand-père, pour que ses mânes soient enfin apaisés ; par sa bravoure et par sa loyauté envers lui-même, il avait bien mérité de son ancêtre, le vaillant Camulogène.

Une fois de plus un Camulogène était mort en héros, pour témoigner que la toge avait dû, hélas, céder aux armes. Ainsi, à mes yeux s'achevait la paix romaine devant le corps inanimé de mon grand-père. Ainsi commençaient à cliqueter les armes, à sonner les trompettes des combats ; une époque de prospérité s'achevait que nous ne retrouverions jamais plus.

Dans la nuit, tandis que crépitaient les brasiers allumés par les émeutiers et qu'une partie du forum achevait de se consumer, nous lavâmes le corps de mon grand-père et nous l'enterrâmes dans le petit jardin intérieur où naguère, enfant, j'avais joué et où mon grand-père m'avait raconté sa vie bien remplie à Lutèce et à Rome pour lesquelles il manifestait un enthousiasme si émouvant et si pur. Puis Epona et moi nous partîmes à pied par de petites ruelles vers la Seine. Mes yeux étaient secs, comme ceux de ma mère. Nous, les Gaulois, nous savons garder nos émotions et nous n'aimons guère manifester notre peine par des larmes. Ma mère s'était enveloppée d'une tunique de laine et avait caché son visage sous un capuchon. Moi-même j'avais jeté sur mes épaules un manteau et mis sur ma tête un petit bonnet.

Nous croisions parfois des foules en colère qui poursuivaient des malheureux, coupables d'avoir prononcé un jour quelques mots en faveur de Clodius Albinus ou même des innocents dont se débarrassaient des voisins irascibles ou jaloux. Nous suivions la troupe de ces émeutiers pour leur faire croire que nous étions des leurs, puis nous les quittions à la faveur d'un croisement de rues, pour nous enfoncer dans la nuit d'une impasse, en attendant de reprendre notre chemin vers le mont Mercure. Epuisés et bouleversés par les spectacles atroces dont nous avions été les témoins, Epona et moi-même nous parvînmes par un petit sentier peu connu à notre villa, après avoir grimpé à travers les buissons nous pénétrâmes sans faire de bruit dans la demeure.

Le cellier, creusé dans le tuf, contenait de nombreuses provisions, des poissons séchés, de l'huile, des olives et du miel, et un puits nous assurait l'eau nécessaire. Nous demeurâmes plusieurs semaines à la villa, enfermés dans la salle à manger, évitant de paraître dans le jardin, et de nous faire remarquer par nos voisins. Nous n'allumions ni les lampes à huile ni les candélabres et, à la tombée du jour, nous nous couchions. Comme le printemps était tardif et le froid encore rigoureux, nous nous enveloppions de couvertures de laine, afin d'éviter d'allumer l'hypocauste dont la fumée aurait pu avertir les habitants du mont Mercure de notre présence dans la villa Camulogène.

L'incendie avait cessé à Lutèce mais, même de loin, nous pouvions apercevoir des pans calcinés et noircis de monuments sur la colline. Nous ignorions si notre demeure n'avait pas été mise au pillage, si nos dieux lares n'avaient pas subi les outrages des émeutiers et nous implorions le dieu Mercure de faciliter le retour de mon père.

Un jour, on frappa à la porte de notre villa. Etions-nous découverts ? Je regardai par une des fenêtres qui donnaient sur le péristyle : Mercure nous avait exaucés ! Mon père avait pu nous rejoindre. Il avait évité Lutèce, mais il avait marché à pied jusqu'à Melun où chez les Sénons, traditionnellement alliés aux Parisiens, il avait des amis sûrs, puis il était revenu par la rive droite de la Seine, accomplissant quelque cinquante lieues. Nous lui apprîmes la mort de Marcus Hadrianus : il ne s'en étonna pas, même si la pâleur de la douleur passa sur son visage.

Quelques jours plus tard, Gaïus nous retrouvait. Il avait un peu perdu de sa vanité. Mais comme il le répéta souvent, il était un soldat et il était naturel qu'il ralliât un empereur qui, comme lui, avait vécu dans les camps et dont il avait pu apprécier la valeur et le courage. Nous aurions pu à nouveau nous déchirer et le maudire, mais nous préférâmes d'un même élan du cœur nous affliger ensemble sur les malheurs du temps et sur les ruines de notre cité.

Gaïus, il est vrai, nous transmit quelques bonnes nouvelles qui achevèrent de nous apaiser. Venu de Lyon où il avait participé au sac de la ville après la victoire de Septime Sévère sur Clodius Albinus, il avait gagné Lutèce et il avait constaté que notre maison était demeurée intacte. Il avait appris par un boulanger que tout l'îlot s'était massé devant notre demeure, lorsque les émeutiers avaient voulu la piller. En revanche, la moitié du forum avait été dévorée par les flammes.

Septime Sévère, qu'il venait de quitter à Lyon, en ce mois de mai, avait célébré dans cette ville un sacrifice solennel sur l'autel de Rome et d'Auguste pour son salut, pour celui de son fils Caracalla, et pour la prospérité de la Lyonnaise. Il avait pris à cette occasion une mesure de clémence et avait demandé à Gaïus Camulogène de transmettre aux autorités installées dans le palais de l'île un

message où il déclarait que Marcus Antonius Camulogène, mon père, devait être réintégré dans toutes ses fonctions parce qu'il n'avait jamais comploté contre l'empereur. Nous fûmes heureux de cette grâce et de pouvoir
revivre après tant de drames.

Chapitre douzième

Les passions s'étaient éteintes, en même temps que les incendies. Les boutiques avaient rouvert et mon père avait décidé de reconstruire une partie de la basilique et du forum. Il offrait ces travaux à sa ville et à ses habitants pour les remercier d'avoir gardé sa demeure pendant la révolte, en même temps qu'il faisait élever une statue au nouvel empereur Septime Sévère pour la grâce que celui-ci lui avait accordée. Pourquoi l'aurions-nous blâmé ? Le fils du grand Camulogène ne s'était-il pas rallié à l'empereur Auguste et son petit-fils n'avait-il pas contribué à l'édification du monument aux nautes sous Tibère ? Les Gaulois avaient survécu parce qu'ils ne portaient pas la rancune dans leur cœur. L'amour de leur cité et de leur province était toujours plus fort que leur ressentiment.

La paix civile voulue par l'empereur contribua rapidement à l'apaisement des dissensions. Septime Sévère avait convoqué son armée pour entrer dans Rome et Gaïus l'avait rejoint une fois encore. Nous recevions toujours de lui quelque message qu'il nous faisait porter par l'intermédiaire de la poste impériale qui avait pris un grand développement. Il faisait sans cesse l'éloge de Septime Sévère, de sa prestance, et nous le décrivait de grande taille, le visage caché sous une grande barbe bouclée, la peau tannée par les soleils d'Afrique et d'Asie et les yeux clairs et grands. Il est vrai que Septime Sévère comblait les soldats d'honneurs et de faveurs. Il leur permettait de porter l'anneau d'or et il autorisait les légionnaires à vivre en dehors des camps avec une femme et à ne se rendre sous les tentes que pour le service. Gaïus se réjouissait de pouvoir vivre enfin avec une Ethiopienne, une pérégrine qu'il aimait depuis longtemps et qui était installée à Rome où elle prédisait l'avenir.

Passèrent les années 198 et 199 sous les consulats de Saturninus Gallus, de Quintus Amicius Faustus, de Publius Cornelius et de Marcus Aufidius, tandis que mon oncle guerroyait en Judée, au bord de l'Euphrate, à Babylone et à Séleucie, puis faisait le siège d'Atra. Mon père fut occupé à reconstruire, selon sa promesse, la ville qui avait subi les violences de la longue guerre civile. Celle-ci était effacée dans le droit, depuis que Tiberius Flavius Secundus Philippianus avait été confirmé comme légat de la Lyonnaise pour la seconde fois. Il avait édicté plusieurs mesures de clémence en faveur des partisans de Clodius Albinus et il avait ramené peu à peu la paix civile.

Mon père me conduisit pour la première fois au sud de Lutèce sur la route d'Orléans, dans la carrière qui était la propriété des Camulogène depuis si longtemps. Lorsque je parvins sur les lieux de l'extraction des pierres, je fus saisi d'orgueil devant l'immense puits à ciel ouvert que plusieurs générations avaient creusé en gradins et où s'activaient une foule d'esclaves, de manœuvres, d'ouvriers spécialisés, de contremaîtres. Pendant plusieurs semaines, mon père m'initia aux différentes phases de l'extraction de la pierre jusqu'à son chargement sur un véhicule tiré par des bœufs qui prenaient la route de la voie principale. Sur chaque gradin, les esclaves armés de pics, qui étaient souvent des condamnés pour des crimes ou des délits de fuite, détachaient un certain nombre de blocs de différentes grosseurs qui étaient sciés selon l'usage qu'on voulait en faire. Deux esclaves, couverts de sueur, dans un mouvement de va-et-vient se servaient d'une lame de scie sans

dents sous laquelle un troisième ouvrier plaçait régulièrement de la limaille et du sable. Parfois la dureté de la
pierre, nécessaire à des monuments qui devraient défier
le temps, exigeait une autre technique : à l'aide d'un tré-
pan qu'un seul esclave faisait tourner grâce à un système
de fils enroulés, on creusait des trous régulièrement dans
le bloc de pierre puis on enfonçait dans ces trous des
coins en bois de sapin et on les arrosait d'eau. Le bois
gonflait peu à peu et faisait éclater la pierre.

Une fois débités, les blocs de pierre étaient présentés
à l'architecte qui donnait l'ordre aux sculpteurs de les
façonner suivant l'usage qui en serait fait pour la reconstruction de la basilique, du portique et du temple et de
leur donner grossièrement la forme appropriée. L'un des
ouvriers mesurait avec un compas la longueur et la lar-
geur choisies, un autre tapait avec une massette sur une
grosse aiguille pour sculpter la pierre, un autre encore se
servait d'une règle et d'un calibre. Des esclaves, semblables à des fourmis affairées, empruntaient les rampes en
bois qui montaient le long du puits de la carrière du bas
jusqu'en haut sur le plateau.

De grands palans en bois actionnés par une roue creuse
à l'intérieur de laquelle on avait placé deux esclaves,
comme les deux écureuils qui tournaient dans leur cage
à la devanture d'un marchand de Lutèce, levaient par
un système de poulie et de treuil, tirés également par
des manœuvres, les pierres pour les déposer dans des
chariots de bois traînés par des bœufs qui se dirigeaient
alors vers la voie proche et gagnaient Lutèce. Des sculpteurs, souvent anciens soldats, qui avaient servi dans les
légions d'Orient et avaient été influencés par les monuments construits sous les successeurs d'Alexandre le Grand
au temps des Diadoques, prenaient plaisir à dessiner dans
la pierre des bas-reliefs représentant des scènes mytholo-
giques de Phrygie et c'est ainsi qu'à Lutèce, sur le fronton du temple reconstruit, figurèrent la Grande Mère,
Cybèle, et Atys, le berger qu'elle aima, coiffé du bonnet
phrygien. Les sommets des colonnes naguère austères de

106

la basilique furent transformés en feuilles d'acanthe, de palmier, de citronnier et d'oranger par les artistes qui, derrière Hadrien, Marc Aurèle, Commode et Septime Sévère, avaient séjourné dans les palmeraies africaines de Timgad, de Lambèse ou asiatiques de Palmyre, de Pétra et d'Antioche. De nouvelles charpentes remplacèrent celles qui avaient été brûlées lors de l'incendie.

Des villes voisines comme Melun, Sens, Reims, Orléans dépêchèrent des ouvriers, des esclaves pour aider à la reconstruction du glorieux forum et des demeures qui avaient souffert de la guerre civile. La ville de Lyon envoya des peintres et des mosaïstes qui avaient appris leur art à l'école des Grecs et des Romains. Ils arrivèrent par bateau et s'installèrent sous des tentes dans la cour du forum. Lorsque mon père ne m'emmenait pas à la carrière pour m'initier à la gestion de cette grande entreprise et me faire connaître ses esclaves et ses contremaîtres qui seraient bientôt sous mes ordres, j'avais plaisir avec quelques anciens compagnons de l'école du forum que j'avais retrouvés et auxquels s'était joint Verecunda, époux d'une Lutécienne qu'il avait connue chez moi, et devenu professeur de rhétorique et de philosophie, à regarder les mosaïstes qui dessinaient sur le pavement du temple les figures des douze dieux de l'Olympe autour desquels ils avaient également tracé le portrait des principales divinités de la Gaule dans un geste émouvant de paix entre Rome et notre province, entre la Lyonnaise et notre Lutèce. Les mosaïstes étaient entourés de petites boîtes où se trouvaient des centaines de cubes de différentes couleurs : ils les taillaient, les usaient avec des limes pour les adapter les uns contre les autres, afin de suivre le contour d'un dessin tracé avec du bois brûlé ; les cubes étaient liés entre eux par un ciment fait de résine et de gomme.

La statue de Septime Sévère avait été élevée devant la curie comme pour rappeler aux décurions de cette assemblée que le nouvel empereur les surveillait encore et que le pouvoir civil cédait désormais devant les militaires.

Comment aurait-il pu en être autrement, lorsque déjà aux portes de l'Empire et sur les bords du Rhin et du Danube, les incursions des Barbares harcelaient les légions en poste ? C'est en Septime Sévère, enveloppé de sa cuirasse, et qui brandissait son glaive, que Rome se reconnaissait et qu'elle saluait son sauveur suprême.

Gaïus, une fois de plus, revint, et avec lui la plus grande partie de l'armée romaine fut mise au repos. La paix était revenue, et le monde changeait. Lutèce ne pleurait plus ses morts, tant il est vrai que les Gaulois n'ont jamais versé de larmes sur leur passé. A la fin de l'année 199, une grande statue voilée de blanc avait été dressée secrètement au cours d'une nuit. Elle devait remplacer celle d'un bienfaiteur de la ville qui avait construit sous Auguste le premier forum. Les assiégés, lors de la guerre civile, avaient utilisé cette vieille statue pour s'en faire un rempart, mais en vain, elle avait été brisée par la rage des assiégeants.

Un matin d'hiver froid et beau, comme il en est souvent sous nos ciels, nous assistâmes à la grande cérémonie d'inauguration du nouveau forum, aux pierres jaunes, aux fûts cannelés. Il avait perdu de son ancienne lourdeur ; les magasins avaient été agrandis : une fête de l'unité pour Lutèce. Le grand pontife de Lutèce immola les victimes dans le temple en présence de tous les sénateurs assis sur les sièges curules et d'une foule venue de tout le territoire de la cité, à laquelle je me mêlai avec Verecunda et son épouse Domna ; puis la foule descendit les marches du temple, et entoura la mystérieuse statue. En vain avais-je plusieurs fois interrogé mon père, il s'était tu avec un sourire. Lorsque le drap fut retiré, je compris alors : dans l'airain, dans les orbites au fond desquelles brillaient des yeux d'améthyste, dans le bronze de la tunique gauloise, apparut mon père lui-même, immobile, éternel déjà ; j'en fus ému et je vis dans cette apparition comme un présage de mort.

Ces pressentiments occupèrent mes nuits, mais rien dans la santé de mon père ne sembla dans les semaines qui suivirent annoncer sa fin prochaine. Les travaux du forum s'achevèrent dont les décorations ressemblaient, prétendaient les commerçants asiatiques et les légionnaires, aux monuments de Baalbek que le divin Hadrien avait fait bâtir, et à ceux d'Antonin le Pieux construits à Carthage. L'abondance des chapiteaux décorés et la profusion des représentations des divinités orientales donnaient au forum une splendeur inégalée. Et l'éclat des pierres neuves qui avaient été extraites de nos carrières tout comme la lumière nouvelle des pierres anciennes que mon père avait fait laver et gratter faisaient du forum et de la colline de Lutèce l'un des plus beaux ensembles de toute la Gaule.

Pour remercier ses concitoyens de la statue qui lui avait été élevée, mon père donna pendant plusieurs jours des spectacles grandioses à l'amphithéâtre ; depuis la villa du mont Mercure, j'apercevais à l'est l'immense construction de l'amphithéâtre face au soleil levant ; je maudissais les Romains qui avaient introduit ce monument de mort dans notre cité et dans nos mœurs et j'exécrais les Parisiens, les peuples gaulois voisins, dont j'entendais les hurlements monter de cette enceinte tragique.

Rome nous avait réunis dans sa paix et dans son unité, pourquoi exigeait-elle que, sur les gradins, nous criions à la haine ? Pourquoi donnait-elle à mon père ce rôle d'ordonnateur des œuvres de Pluton ? Epona refusa de nous accompagner et un matin de l'été 199 je fus contraint de gagner à pied l'amphithéâtre qui était adossé sur le côté sud de la colline face au soleil levant et à la boucle d'une petite rivière [1], qui avait jadis protégé Lutèce provisoirement contre les armées de Labienus.

Cet édifice avait été construit sous le règne de l'empereur Tibère auquel il était dédié. Même enfant, même adolescent, même parvenu à l'âge mûr, je ne m'en étais jamais approché, redoutant de rencontrer la foule hurlante qui s'en déversait par les sorties les jours de fête

1. La Bièvre.

et dont les visages rouges d'avoir crié et les voix éraillées ou brisées d'avoir proféré des menaces et des injures me remplissaient de frayeur. Bien des compagnons avaient tenté de me raconter les péripéties des spectacles qu'ils avaient vus, je les avais toujours arrêtés d'un geste de la main, au bord de la nausée.

Mais j'étais bien contraint d'admirer le déploiement de ce monument, l'un des plus grands de la Gaule, et qui pouvait accueillir non seulement l'ensemble de tous les habitants de la seule ville de Lutèce, mais encore nombre des habitants du territoire des Parisiens. A l'extérieur, il était de forme ovale et son ellipse comprenait quarante et une baies — je les comptai en en faisant le tour — séparées par des demi-colonnes reposant sur des socles. Ces dernières supportaient une corniche dorique à consoles. La pierre était nue. Aucun marbre, aucune mosaïque ne venait rompre l'impression de sobriété dans la grandeur que donnait l'édifice.

Lorsque nous pénétrâmes, mon père et moi, par l'une des baies à l'intérieur de l'édifice, peu de monde y avait encore pris place. J'eus tout loisir d'admirer la scène que fermait le demi-cercle formé par les gradins, comme à Autun, et comme dans la plupart des villes de la Gaule, ce qui le différenciait des modèles romains et du plus gigantesque d'entre eux, le Colisée. Nous prîmes place sur l'un des gradins où était inscrit le nom de Camulogène qui nous était réservé depuis plus de cent cinquante années, depuis l'inauguration de l'amphithéâtre sous le règne de l'empereur Tibère en 37 après Jésus-Christ. La pierre était déjà chaude et je retrouvais, au contact de mes mains, son grain si particulier à celui des pierres de nos carrières.

Si l'amphithéâtre de Lutèce était d'une austère simplicité, en revanche la scène était majestueuse. Elle se dressait sur un podium et elle était formée de neuf niches beaucoup plus nombreuses que celles de notre théâtre de la rue des Potiers. Ces niches étaient alternativement rectangulaires et semi-circulaires. Mais cette originalité de l'architecture était compensée par le classicisme des lignes et par la constance du diamètre des niches. La décoration de l'ensemble me parut un peu lourde. Les chapiteaux doriques étaient ornés de feuilles en collerette et les fûts des chapiteaux corinthiens, qui occupaient la façade centrale, avaient été sculptés d'écailles. Les corniches étaient à modillons, et chacune des neuf niches abritait une statue. Je n'eus pas de mal à reconnaître celle de l'empereur Tibère qui avait été le promoteur de l'amphithéâtre et le bienfaiteur de Lutèce, comme l'indiquait l'inscription en lettres d'or gravée sur le socle de la statue. A droite, on voyait la statue du petit-fils du grand Camulogène qui avait fait don à sa cité des pierres de la carrière pour la construction de l'édifice. On pouvait aussi reconnaître les statues des divinités qui protègent le spectacle : Mars parce que le cliquetis des armes des gladiateurs se fait entendre sur la scène et dans l'arène, Pluton parce que la mort viendrait lui apporter bon nombre de combattants, Apollon et les muses de la tragédie, de la comédie et de la musique parce que sur la scène de cet amphithéâtre se produisaient des histrions, des musiciens, des acteurs, des poètes populaires, des mimes, des danseurs et des danseuses, des déclamateurs qui sortiraient tout à l'heure par les portes qui s'ouvraient dans les niches. Un des gardiens de l'amphithéâtre parlait à un soldat qui se trouvait en haut des gradins et je le comprenais parfaitement. Je savais, par les livres qui me l'avaient enseigné, que les niches amélioraient encore la portée du son. D'autres divinités se dressaient à l'ombre des corniches, gauloises celles-ci, que je reconnus et dont je me récitais les noms en écoutant à l'intérieur de moi-même la voix de ma mère qui me les avait apprises : la déesse Artio et son sanglier, les trois déesses mères, Silvain le seigneur des forêts et de la chasse.

Des manœuvres tiraient le vélum dont la mâture en bois était encastrée dans des trous creusés dans la pierre de la corniche à intervalles réguliers ; il nous donnait de l'ombre, ainsi qu'aux autres personnalités de la ville, mais il laisserait la moitié des gradins au soleil. Des esclaves ratissaient l'arène. L'amphithéâtre se remplissait d'une foule agitée qui ne ressemblait guère à celle qui, un jour de printemps 192, avait assisté au théâtre aux spectacles de tragédie qui nous avaient été offerts. Je constatais que peu d'habitants de Lutèce y figuraient, à part les petits artisans et les commerçants qui avaient pris part aux émeutes en faveur de Septime Sévère et qui nous regardaient avec une certaine hostilité : leur attitude me blessa. Surmontant notre peine, nous nous étions ralliés à l'empereur afin de pacifier les esprits et de ne pas nuire à l'unité de notre cité. Mon père avait fait distribuer aux plus indigents de l'argent. Aujourd'hui il les invitait à un spectacle gratuit. Qu'exigeaient-ils de plus ? Je fermais les yeux pour ne point avoir à reconnaître en eux les assassins de mon grand-père !

Des hommes vêtus de tuniques, encore lourdes de terre séchée, d'autres qui avaient passé leur vêtement de fête ou s'étaient enroulé le corps dans une grossière couverture, d'autres enfin vêtus de blouses brunes, se sentaient mal à l'aise, vociféraient et montraient des visages ridés par les morsures du froid et les brûlures du soleil : sans doute des bergers des villages voisins, des intendants et leurs esclaves, à qui on offrait cette distraction. Des ouvriers des carrières vinrent nous saluer ; des hommes, vêtus de peaux de bête, qui vivaient dans la forêt et coupaient les arbres, taillaient les branches nécessaires aux charpentes de nos temples et de nos maisons, s'installèrent également sur les gradins, en plein soleil, le visage mangé par d'épaisses barbes blondes, les yeux clairs, éblouis par la lumière, eux qui sortaient si peu de l'ombre des forêts qui entouraient notre cité. Ils n'osaient pas toujours s'asseoir et demeuraient debout, figés, la bouche ouverte ; ceux qui n'avaient connu que les étables, les huttes et les chaumières s'extasiaient devant l'immensité de l'édifice en pierre et la richesse des sculptures de la scène et de la corniche.

De loin en loin, à mesure que l'amphithéâtre se rem-

plissait, apparaissaient les jeunes femmes de l'aristocratie de Lutèce qui, filles ou femmes des décurions, formaient, avec leur chevelure bouclée, leurs vêtements de
fine soie aux couleurs éclatantes, des taches colorées parmi le public plutôt pauvre. Elles semblaient s'être baignées
dans des parfums et des épices, tant elles répandaient
autour d'elles des senteurs étranges que je humais avec
délectation, y découvrant l'odeur capiteuse de la chair
féminine attirante.

Un héraut, torse nu, muni d'une trompette recourbée,
déboucha d'une des « sorties », et après une sonnerie qui
fit taire la foule bruyante, il annonça les réjouissances et
fit acclamer le nom de Marcus Antoninus Camulogène,
mon père, qui « offrait gratuitement au peuple des Parisiens et aux habitants de Lutèce un spectacle digne d'un
empereur ». Seuls quelques cris, quelques sifflets surgirent
des gradins occupés par les plus pauvres. Mon père se
leva et salua la foule.

Apparut alors dans l'arène une troupe de mirmillons,
armés du petit bouclier rond gaulois, d'une courte épée
recourbée et la tête recouverte d'un casque où figurait
un poisson. Ils portaient également des jambières en
métal doré. Puis entrèrent des rétiaires sans casque, ni
arme, ni cuirasse, mais armés d'un immense trident et
d'un filet qu'ils portaient sur les épaules.

Le héraut sonna pour la seconde fois de sa trompette
et, au milieu des rires de la foule, il expliqua que les
rétiaires-pêcheurs allaient attraper au filet des mirmillons-
poissons et les capturer en les transperçant de leur trident.
« Bien entendu, ajouta-t-il, les poissons peuvent arriver
à s'enfuir, à se défendre, et à devenir des requins ! Chacun
a sa chance. Bonne pêche », dit-il, se tournant vers les
rétiaires. Puis s'adressant aux mirmillons : « Et vous,
poissons, peut-être dévorerez-vous vos pêcheurs ! »

Aussitôt le combat s'engagea par petits groupes dans
tout l'espace de l'arène. J'évitais de regarder le spectacle,
et je me disais : « Mon corps est peut-être ici, mais
personne ne peut obliger mon esprit et mes yeux à se

fixer sur de tels spectacles ; j'y suis, sans y être. » Mais les bruits qui m'entouraient suffisaient à m'écœurer. J'entendis les plus sauvages passions de la foule se déchaîner, d'immenses clameurs passaient en rafale au-dessus de ma tête. Je fermais les yeux, prétextant quelque sommeil subit ou la réverbération trop forte du soleil contre les gradins de pierres blanches. Pourtant tous, autour de moi, et plus particulièrement les femmes, se passionnaient de ces luttes criminelles, et s'enivraient de sanglantes voluptés.

Celles qui hurlaient le plus fort étaient les courtisanes, qui appelaient certains mirmillons par leur prénom. L'une d'elles, qui se trouvait non loin de mon fauteuil, criait le nom de Sergiolus qui tentait d'échapper au filet du rétiaire. Je m'attendais à voir le fils d'Apollon en personne, à en juger par les gloussements des jeunes Gauloises. Mais ce Sergiolus était aussi laid que l'homme qui, déguisé en Charon, le nocher du Styx, attendait une masse à la main de donner le coup de grâce aux gladiateurs blessés et condamnés à mort par la foule. Sergiolus avait un bras tout taillardé par d'anciennes blessures, une grosse bosse au milieu du nez le défigurait ; le sang coulait d'une estafilade à sa poitrine qu'une des dents du trident lui avait faite ; et je ne comprenais pas l'ivresse, le délire, la colère de ces femmes que j'avais souvent croisées dans les rues de Lutèce, calmes et souriantes et qui oubliaient soudain, enfant, patrie, frère, sœur et amant !

Je prétextai quelque besoin pressant pour aller me réfugier dans la latrine publique où devisaient les uns en face des autres quelques spectateurs sur les mérites respectifs des mirmillons et des rétiaires, avec une telle passion qu'ils ne remarquèrent pas ma présence et, qu'assis sur mon siège en pierre, je pus reprendre mes esprits en écoutant l'eau qui coulait sans cesse à mes pieds. J'entendis au loin la foule qui exigeait la mort d'un blessé ou qui demandait la grâce d'un autre, à mon père qui accorda, je l'appris, la vie aux deux combattants. Je remontai dans l'arène lorsque commençait à sécher le sang des morts. Mon oncle Gaïus nous rejoignit alors : il venait d'apporter à grands frais un éléphant capturé par ses légionnaires aux confins du royaume des Parthes et des pays plus lointains. L'énorme bête, transportée par mer et conduite par un cornac au teint cuivré, faisait son entrée par la plus vaste des portes dans l'arène qui n'avait encore jamais accueilli un animal de cette taille et de ce poids.

Rares étaient ceux qui, à Lutèce, avaient vu un éléphant et seuls ceux qui comme moi avaient lu les récits de Tite-Live sur les éléphants d'Hannibal lancés contre les légions romaines en connaissaient au moins l'existence. Un taureau, attaché par une solide corde à un énorme anneau planté dans l'arène, pour qu'il ne puisse se dérober, fut rendu furieux à la vue de l'éléphant et il s'élança vers le monstre. L'animal se cabra, le taureau tenta de lui percer le ventre de ses cornes, mais les pointes semblèrent glisser sur la peau rugueuse. Plusieurs fois le taureau chargea, mais il s'épuisa vite et l'écume moussait sur son mufle. C'est alors que l'éléphant bondit sur lui et, de ses deux pattes avant, l'écrasa, l'aplatit de sa lourde masse. Le taureau en répandant ses viscères fit entendre un dernier mugissement et, de sa trompe, l'éléphant envoya la dépouille sanglante de l'animal sur la scène à la grande joie des spectateurs qui s'étaient reculés et avaient gagné, comme je l'avais fait, les gradins les plus élevés, tant l'éléphant les effrayait.

Ah ! certes, il ne ressemblait pas au sanglier, au cerf, au lièvre des forêts gauloises ! Je maudissais ces jeux qui nous étaient étrangers et cette Rome, que j'aimais pourtant pour sa gloire et pour la paix qu'elle nous avait donnée, avait fait de nos vaillants guerriers de jadis, de nos chasseurs, de nos héros, de nos aventuriers, des spectateurs et des bêtes humaines.

Je profitai d'une pause à l'heure de midi pour quitter l'amphithéâtre qui exhalait au soleil une odeur de sang fade et je regagnai ma demeure pour y retrouver Epona qui m'avait appris à respecter l'homme et qui, en refusant d'accepter sans esprit critique les mœurs romaines, m'avait enseigné une philosophie de la vie proche, sans qu'elle le sût vraiment, de celle de Sénèque et de Marc Aurèle.

Epona reposait dans le jardin où nous avions enterré mon grand-père et nous parlâmes de lui, de son amour immodéré pour Rome qui avait été si mal récompensé, de ses naïvetés si charmantes, lorsqu'il parlait de « la Ville » comme il disait, de sa toge qu'il ne quittait jamais.

Puis je retournai dans la soirée à l'amphithéâtre pour voir évoluer sur la scène une danseuse dont les gestes d'amour me faisaient rougir : la foule retenait son souffle et les visages des vieux sénateurs s'empourpraient, lorsque la jeune danseuse à peine vêtue faisait entendre de longs soupirs plaintifs, comme j'en avais entendus de semblables sur la couche de Lycinna.

Chapitre treizième

Et voici que j'aborde au seuil de l'année 200. Mon oncle Gaïus combattait avec Septime Sévère à l'armée d'Orient qui faisait le siège d'Atra. Nous avions, avant son départ, passé ensemble chez Julie la nuit autour de quelques gobelets de vin. Le lendemain il devait gagner Marseille afin de s'embarquer pour Alexandrie où Septime Sévère comptait se rendre à la fin de l'année, avec son épouse Julia Domna et son fils Caracalla. Moi-même je devais prendre mes premières fonctions officielles de questeur de Lutèce.

Mon père m'avait suffisamment instruit de la gestion des affaires de notre carrière de pierre pour que j'envisage sans crainte d'administrer les finances municipales. Rome, par l'intermédiaire de ses agents fiscaux, entretint avec moi pendant la durée de ma charge des rapports qui ne furent pas toujours faciles. Les campagnes de Septime Sévère en Orient et l'importance qu'il accordait à l'armée entraînaient de grandes dépenses et j'étais contraint de discuter avec le représentant du légat pour l'instruire des charges qu'avaient entraînées la restauration du forum et la rénovation du quartier de la ville qui l'entourait. Celles-ci avaient été supportées par les grosses fortunes, parmi lesquelles la mienne, mais aussi par les contributions des commerçants qui s'étaient installés dans les nouveaux marchés du portique. En même temps, je

117

lui montrais que nous avions travaillé à la gloire de l'Empire et que la dédicace à Septime Sévère inscrite sur le fronton du temple consacré à Jupiter et à Rome témoignait de notre fidélité et de notre soumission, alors que peu de temps auparavant beaucoup, parmi les Parisiens, avaient acclamé le nom de Clodius Albinus.

Mais il est vrai aussi que les sommes perçues au péage du pont sur la Seine étaient pour une part encaissées par la corporation des nautes, et pour une autre part versées au trésor municipal et que l'activité intense des transports d'armes et de soldats sur les bateaux du fleuve était source d'enrichissement.

Pour marquer les six premiers mois de ma questure municipale, je décidai d'organiser une chasse. De tout temps les Gaulois avaient aimé la chasse et les activités qui les entraînaient au fond de leurs forêts où vivaient leurs divinités et leurs génies : comme la déesse Artio et son ours ou la déesse Arduinna montée sur un sanglier ; ils y voyaient une sorte d'exercice sacré qui réclamait toutes les vertus de l'effort, de l'endurance et du courage. Autant je méprisais les chasses dans l'arène de l'amphithéâtre, où on faisait combattre des archers contre des tigres, et où on enlevait à la chasse son attrait sportif pour la transformer en un massacre organisé, où les bêtes ne pouvaient ni fuir ni échapper, autant j'avais du goût pour traquer le gibier dans les forêts qui, à l'ouest, s'élevaient sur les collines non loin de notre cité. Plusieurs fois j'avais participé à des chasses en compagnie de décurions et de leurs enfants dont je cultivais l'amitié.

Mon père, un des plus remarquables et des plus adroits chasseurs de Lutèce, nous accompagna un matin d'automne 200 où nous partîmes vers une forêt qui surplombait la Seine, au-delà des collines où étaient morts les derniers compagnons de mon ancêtre Camulogène pourchassés par les soldats de Labienus [1].

1. Sans doute les forêts de Marly et de Saint-Germain-en-Laye.

Nous étions une douzaine à cheval, mon père se trouvait en tête de la petite troupe et moi je la fermais. Six gros chiens, des seguses de la célèbre race gauloise aux oreilles pendantes, nous suivaient. Nous longeâmes le cours de la Seine vers l'ouest et, au bout de dix lieues, nous suivîmes un sentier qui montait sur la colline où s'étendait une vaste forêt : j'avais participé naguère en ces lieux à une chasse au sanglier. Cette forêt était composée de hêtres et de chênes et, dans les sous-bois, s'élevaient de hautes fougères. Nous étions heureux, la paix était revenue après quatre années terribles et les nouvelles parvenues d'Orient par l'intermédiaire de Gaïus, notre courrier personnel et le chroniqueur des campagnes de Septime Sévère, étaient bonnes. L'empereur venait de traverser la Palestine et il avait rendu à Pompée, quelque deux cent cinquante années après sa mort, les honneurs funèbres : Pompée, l'ennemi de César, celui qui défendait la République et le Sénat contre l'ambition du commandant en chef. Mon père y voyait un signe nouveau de respect en faveur du pouvoir civil, comme si l'empereur voulait par ce geste apaiser les mânes de tous ceux qu'il avait fait exécuter sans procès, sans jugement.

Les chiens étaient tenus par des esclaves que nous avions loués avant d'entrer dans la forêt. Les seguses étaient particulièrement entraînés pour la chasse au lièvre et nous laissâmes cerfs et chevreuils que nous voyions bondir devant nous ainsi que les sangliers que nous entendions grogner au loin. Ils échappèrent ainsi à nos traits et à nos pieux.

Nous débouchâmes bientôt dans une vaste plaine, non loin du territoire des Veliocasses (Vexin), à peine arrondie par quelques petites collines. La chasse au lièvre commença, que nous pratiquions bien avant l'installation des Romains sur nos terres et selon des coutumes qui nous étaient propres. Nous fîmes tout d'abord une halte pour laisser reposer nos chevaux et nos chiens qui flairaient déjà les pistes et qui furent attachés à un arbre. Les esclaves partirent au loin et choisirent l'endroit où la

119

piste se trouvait resserrée entre deux vallons pour tendre un filet, fait de cordes entrecroisées, en le fixant sur deux pieux solidement plantés.

Ces esclaves se trouvaient à environ deux lieues de nous, ils grimpèrent sur le flanc de la colline et de là nous firent des signes pour nous indiquer que tout était prêt. Nous enfourchâmes à nouveau nos chevaux piaffants, et nous nous déployâmes le long de la plaine, avant d'éperonner nos coursiers et de nous élancer vers l'endroit où se trouvait tendu le filet. Bien que ne présentant ni fossé, ni levée de terrain, ni rocher, le sol n'était pas uni et nos chevaux, assez lourds, trébuchèrent plusieurs fois, désarçonnant même un des cavaliers, qui heureusement ne fut pas blessé. Nous continuâmes notre course, et peu à peu devant nous les lièvres commencèrent à sauter à travers un champ de blé et un pré. Ils tentèrent de fuir en courant les uns à droite, les autres à gauche, mais mon père d'un côté et moi de l'autre nous poussâmes nos chevaux et nous les rabattîmes à nouveau vers le petit défilé qui se rapprochait. Les lièvres s'y engouffrèrent et une dizaine d'entre eux vinrent buter contre le filet, essayant en vain de passer à travers les mailles et incapables de franchir l'obstacle en dépit de leurs bonds désespérés.

Nos chiens qui suivaient arrivèrent, et leur barrèrent toute fuite en arrière, en aboyant furieusement et en montrant les dents. Nos valets de chasse prirent alors dans leurs besaces des petits maillets et nous nous rapprochâmes du filet où les bêtes épuisées cherchaient une dernière fois à nous échapper. Trois d'entre eux, mus par la force du désespoir, firent ensemble un tel bond qu'ils purent franchir le filet et disparaître dans un bosquet. Un autre, tout jeune encore, avec ses griffes et son museau réussit à élargir une des mailles du filet et à passer. J'en fus presque heureux. C'était une chasse loyale, et non point un massacre comme dans l'amphithéâtre où on venait de donner le spectacle d'esclaves et de prisonniers déguisés les uns en lapins et d'autres en chasseurs ; les seconds avaient tous tué les premiers.

Au milieu de la meute des chiens qui nous encourageaient nous réussîmes à assommer les lièvres qui restaient. Les esclaves allumèrent de grands feux, dépouillèrent et dépecèrent les bêtes et les firent griller, avant d'offrir leurs foies sur un autel improvisé, formé de quelques pierres, à la déesse Diane la chasseresse qui nous avait aidés. Une petite pluie fine avait succédé à la lumière du matin.

Nous reprîmes le chemin de Lutèce, en repassant par la forêt et nous laissâmes la liberté à nos chiens. Ce fut une erreur. Nous ignorions en effet qu'ils avaient été également dressés pour la chasse à de plus gros gibiers et ils disparurent tous dans les profondeurs de la forêt.

Nous tentâmes de les suivre, de les rattraper, de les appeler, et nous finîmes par les retrouver, guidés par leurs jappements autour du fourré qu'ils encerclaient. Quel gibier allait se lever ? Un chevreuil ? Un daim timide ? Une biche, la plus douce des bêtes ? Non, mais bien un sanglier, énorme, que jamais chasseur n'avait suivi, masse de chair formidable, au cuir souillé et hérissé, dont les soies se dressaient sur le dos en forme d'arête. Il ressemblait sans doute au sanglier d'Erimanthe que dut vaincre un jour Hercule. Le monstre partit, écumant de rage, faisant claquer ses redoutables dents, l'œil en feu, terrible et prompt comme la foudre. A droite, à gauche, il éventra à coups de boutoir les chiens assez hardis pour le joindre, culbuta du premier choc les filets que nous avions hâtivement dressés autour du fourré, et poussa au loin une percée. Nous reculâmes, nous cachant derrière les chênes et les hêtres pour laisser passer l'animal furieux. Mais nous entendîmes soudain la voix de mon père qui se moquait de notre couardise : « Quelle peur vous a saisis, disait-il, laisserons-nous une si belle proie s'échapper de nos mains ? Montons à cheval, suivons la trace. Armez-vous de vos pieux, je prendrai ma lance. » Sans plus tarder nous voilà en selle, et nous suivons l'animal de tout le train de notre monture. Le sanglier, fidèle à son instinct de férocité, fit tête. Il sembla par le mouvement de ses défenses interroger quel ennemi il assaillerait d'abord. Mon père enfonça sa lance dans le dos du monstre, mais l'animal coupa les jarrets de derrière du cheval, le coursier ploya, se renversa en arrière, et malgré lui désarçonna son cavalier. Le sanglier se rua alors sur mon père, déchira ses vêtements, et l'atteignit d'une blessure mortelle, au moment où il tentait de se relever, puis s'enfuit.

Avec des branchages, les esclaves improvisèrent une litière où ils étendirent mon père mort. Pas un son ne sortit de ma bouche, pas même une plainte, je me serais exclamé : « Diane, sois maudite pour ta trahison ! » mais je ne m'en souvenais plus. En revanche, je jetai au loin mes chaussures de chasse où étaient fixées deux lunules en bronze en l'honneur de la divinité qui nous avait abandonnés.

A l'orée de la forêt qui surplombait la Seine, nous aperçûmes au loin Lutèce où brûlaient déjà les torchères du forum qu'allumaient toujours pour la nuit les esclaves municipaux. Mais déjà la nouvelle s'était répandue devant nous. De quelle manière ? Je ne l'ai jamais su. Toujours est-il que sur notre chemin nous croisâmes des gens éplorés et qu'à notre entrée dans la ville, une délégation de la curie nous attendait suivie par des pleureuses en vêtements de deuil qui se griffaient le haut des seins et se lamentaient. Epona, ma mère, accueillit son époux mort, les yeux secs, mais le cœur désespéré, comme il sied à une vaillante Gauloise. Celui qui avait été une des plus hautes autorités de la ville, qui avait représenté Lutèce à Lyon comme son délégué, parcourait le long chemin de l'initiation mystérieuse qui le conduirait du royaume des morts aux Champs-Elysées. Regrettant ma colère, je priai Diane toute la nuit devant l'autel des dieux lares et je lui fis l'offrande d'un des lièvres pour apaiser son courroux. Mon père devait voguer alors sur la barque invisible qui dans le ciel rejoint les étoiles et la lune.

Le corps de mon père revêtu d'une tunique neuve fut exposé toute la nuit sur un petit lit qu'on avait installé dans la salle des ancêtres. Là, à la lueur des torches, sous les regards bienveillants de tous ceux qui nous avaient précédés dans cette maison et dans la vie, défilèrent les représentants de la cité, le grand pontife et les décurions, les fonctionnaires municipaux, les quelques Romains présents. Tous louèrent la probité, l'esprit d'entreprise et la haute piété du disparu ; mes amis les forgerons, les boulangers, les potiers et même les saltimbanques vinrent m'embrasser.

A la nécropole, mon père fut enterré au milieu des stèles dédiées à tant de Camulogène dans un vaste terrain qui nous appartenait et qui était entouré d'arbres fruitiers, de vignes et d'un bassin où nageaient carpes et truites. Mon père m'avait demandé que son corps ne fût point brûlé, mais inhumé, afin, disait-il, de pouvoir rendre à la terre sa chair pour la nourrir et aussi, ajoutait-il gravement, pour pouvoir participer au repas funèbre. Son corps, enveloppé dans une grande tunique de lin, fut placé sur des dalles de pierre et recouvert de tuiles comme s'il se trouvait dans une nouvelle demeure. Une foule importante nous entourait. Le gardien de la nécropole, un esclave, alla cueillir les fruits de l'automne, des pommes et des poires, attrapa avec un filet des poissons dans le bassin et coupa quelques grappes de raisin pour les placer autour de la tombe, où après avoir fait des libations à Pluton et à Perséphone, Epona, moi-même, nos serviteurs et le grand pontife, les sévirs et les trente décurions de la cité firent un repas en signe de vie et de reconnaissance pour celui qui était parti.

De temps en temps, nous jetions dans la tombe un quartier de fruit, un grain de raisin violet, et un morceau de poisson puis les terrassiers recouvrirent de terre la demeure désormais souterraine de mon père. Le lendemain les décurions, réunis à la curie, décidèrent de donner à mon père une riche sépulture aux frais de la municipalité. Ils chargèrent un sculpteur de façonner la cuve en marbre de Carrare du tombeau définitif et la stèle qui le surmonterait : un croissant de lune sur l'un des côtés de la

123

cuve, et l'image de Diane sur l'autre côté, attesteraient de la croyance de mon père à se retrouver dans l'empire de l'astre nocturne, au milieu des heureux et des privilégiés et témoigneraient de sa paix avec la divinité. Sur la stèle « *Sub ascia* » seraient inscrits, sous la double formule « Aux dieux mânes », le nom de mon père, sa filiation, ses fonctions, notamment celle de délégué de Lutèce au sanctuaire fédéral de Lyon en 192, l'âge auquel il était mort, et la mention des décurions de Lutèce qui lui avaient élevé ce tombeau en signe d'hommage et de gratitude. Cette stèle votive reposerait sur une grande frise où le sculpteur, selon les vœux que je fis entendre à l'assemblée en ma qualité de questeur, représenterait une chasse au lièvre. Celle-ci fut exécutée rapidement par l'un des meilleurs sculpteurs de la Lyonnaise, Claudius Vibonius, qui sur plusieurs panneaux sut rendre le mouvement à des lièvres bondissant dans les filets, et aux chiens lancés à leurs trousses. L'artiste avait orné cette frise d'un amour qui retenait les chiens tandis qu'un esclave tenant en laisse un autre seguse, s'apprêtait avec un bâton à donner le coup de grâce aux animaux piégés.

Chapitre quatorzième

Je demeurais seul avec Epona dans la demeure de Lutèce. Elle était présente mais discrète. Ses cheveux avaient blanchi et elle ignorait de plus en plus les mœurs romaines. Lorsqu'elle me parlait, le gaulois lui venait aux lèvres tout naturellement. Sur l'autel aux dieux lares, elle avait remplacé les statuettes de Diane et des divinités romaines de l'Olympe par des images des dieux et des déesses gaulois. Elle aimait particulièrement Sucellus, le dieu au maillet, qui exprime à la fois la force féconde et la mort à travers la renaissance qui suit toute fin. Peu à peu sa raison sombra dans une sorte de crépuscule où elle avait oublié mon père et où elle vivait seulement dans le souvenir du temps de son enfance à Sens où elle était née et où son père était un naute.

Pour ma part je voyais souvent Aurelia Dextriana, fille d'un curateur du cens à Auxerre qui avait terminé sa carrière dans les bureaux de l'île au milieu de la Seine. Elle vivait modestement dans une petite demeure à la gauloise, une pièce ronde, flanquée de chaque côté d'une salle. Dans l'une d'elles, elle avait installé un métier à tisser, et elle vendait ses étoffes de laine aux commerçants du portique. Elle était brune et ne ressemblait guère à une Gauloise. Elle prétendait qu'un de ses lointains ancêtres devait faire partie d'un corps d'auxiliaires de l'Orient dans l'armée de César ou dans celle de Labienus et qu'il s'était installé à Auxerre à la fin de la lutte des Gaulois pour leur indépendance. Je finis par la préférer à toutes les courtisanes que me proposait Julie. Je menais ainsi une double existence entre Epona qui s'était déjà enterrée dans le sein de la terre gauloise et ignorait même que Rome eût existé, et Aurelia qui révélait un tempérament et une fantaisie amoureuse qui me charmèrent et me firent vaciller d'ivresse.

Je n'avais guère d'amis et de confidents, si j'excepte Verecunda d'Autun qui, devenu plus tard décurion comme moi, fut de toutes mes joies et de toutes mes peines. Si je fréquentais, en raison de mes fonctions et de la carrière des honneurs que je parcourus selon les lois, bon nombre de Lutéciens et de Parisiens, si j'étais d'un abord aimable et d'une conversation plaisante, j'aimais le soir et une partie de la nuit me retirer dans ma bibliothèque, ou bien venir rêver dans la salle des ancêtres. J'avais du goût pour l'écriture et je prenais des notes qui m'ont servi dans la rédaction de ces souvenirs. J'avais aussi quelque attirance pour l'Histoire et pour ce que m'avaient laissé mes ancêtres, papyrus, parchemins, tablettes ; quand le temps ou une trop grosse chaleur ne les ont pas effacés, ils m'ont permis de réinventer ma famille et de l'imaginer dans cette demeure qui commence à se fissurer, dont les portes et les fenêtres ferment mal, et dont aujourd'hui le jardin, faute de jardinier, tombe quelque peu à l'abandon ; mais mon grand-père y gît toujours sous le hêtre qui a dépassé les toits de la ville et qu'on aperçoit à plusieurs lieues à la ronde.

Plût au ciel que je puisse achever ces rouleaux où j'écris lentement les lettres à la romaine d'une plume hésitante, car j'approche de mes quatre-vingts printemps. Mais c'est assez de me sentir vieux, je reviens à mes vingt-quatre ans, en l'année 201.

Mon oncle Gaïus avait appris en Egypte la mort de mon père. Il continuait à m'adresser de cette province romaine, riche en blé, des lettres qui traversaient la Méditerranée sur quelque felouque et réussissaient à me parvenir au bout de plusieurs mois grâce aux courriers officiels de l'Empire, puisque ces messages étaient adressés à moi-même, c'est-à-dire à Marcus Aurelius Camulogène, édile de Lutèce. En effet, devenu édile, je pus entreprendre et mener à leur terme de vastes travaux à Lutèce, en raison de la paix restaurée par Septime Sévère et de la richesse des échanges commerciaux entre Lutèce, la Gaule, la Bretagne, les pays du Rhin et même Marseille et au-delà avec tout l'Orient.

Sur les jardins, où enfant, je m'amusais à regarder les danseuses, les acrobates, les montreurs d'ours, les avaleurs de sabre ou de feu, je décidai avec mes conseillers d'édifier des thermes monumentaux, puisque ceux de l'est avaient besoin d'une réfection et que ceux du forum étaient trop exigus. Pour financer cette immense construction, dont les plans avaient été établis par un groupe d'architectes gaulois et romains, la corporation des nautes proposa d'avancer plusieurs millions de sesterces. Le curateur financier des nautes fut chargé d'étudier le coût de la construction et il en accepta le financement, après que les bateliers en eurent délibéré, mais à la condition que deux salles parmi les plus grandes pourraient être réservées à leurs assemblées et que l'ensemble de la construction, à travers certaines décorations de l'architecture, témoignerait de la participation des nautes à cette grande entreprise si bénéfique à la cité tout entière. Il fut ainsi décidé que les consoles qui supporteraient les voûtes du frigidarium et du tepidarium auraient la forme d'une proue de navire, semblable aux grosses barques ventrues qui sillonnaient la Seine. Des tritons seraient sculptés en bas-relief sur les flancs de ces navires de pierre. Et, pour bien montrer que l'Empire était gouverné par un officier, par Septime Sévère, on représenterait des navires chargés d'armes et de pièces d'équipement militaire : casques, boucliers, cuirasses, javelots et jambières.

Construit à flanc de la colline, la partie nord de l'édifice qui regardait vers la Seine et vers le mont Mercure, comportait une cave. La partie sud reposait sur la terre battue ainsi que les salles de l'ouest et de l'est. L'originalité de la construction, d'après les plans qui furent soumis à toutes les autorités de la ville depuis le préteur jusqu'aux décurions, et discutés au cours de nombreuses assemblées dont les Gaulois ont l'habitude et dont César se moquait lorsqu'il parlait des mœurs de nos ancêtres qui n'avaient guère changé, cette originalité tenait au côté circulaire des thermes dont les salles tournaient autour d'un axe imaginaire et se présentaient face aux quatre horizons selon l'usage.

Les premiers coups de pic pour les fondations furent donnés par une troupe d'esclaves que nous avions fait venir des villes voisines, nos carrières de pierre fournirent les éléments de la construction des thermes du nord, en attendant les commandes qui avaient été passées, notamment en Italie à Carrare, pour le marbre qui serait embarqué par mer pour aboutir à Marseille, remonter le cours du Rhône, et d'autres fleuves, jusqu'à la Seine, même au prix de plusieurs transbordements. La population de Lutèce travailla à nourrir et à loger les architectes, les ouvriers, les terrassiers, les maçons, les mosaïstes et les décorateurs ; les décurions me nommèrent curateur des eaux afin que je pusse entreprendre les constructions nécessaires à une meilleure alimentation en eau de l'ensemble des thermes ; ainsi à 25 ans, en 202, je disposais d'un pouvoir important sur la ville et sur son fonctionnement. Mais on connaissait ma sagesse, on savait que j'avais été élevé dans une famille honorable, riche et connue depuis longtemps par nos concitoyens. Je n'abuserais pas de ces multiples fonctions. Bien des fois je serais contraint de puiser dans mon trésor personnel pour alimenter celui de la ville. Dans le jardin où mon grand-père s'était mêlé à la terre, poussaient les fleurs des champs ; en donnant à Lutèce des monuments dignes de Rome et des plus grandes villes de l'Empire, je demeurais fidèle à l'ambition romaine de Marcus Hadrianus Camulogène.

En ma qualité d'édile, j'étais également chargé de veiller à la police de Lutèce. Comme la ville s'était grossie depuis l'avènement de Septime Sévère de nouveaux habitants, et notamment d'affranchis et d'esclaves souvent étrangers à notre cité, des troubles éclataient parfois dans les rues la nuit, et de véritables batailles rangées s'engageaient entre les ouvriers qui sortaient des cabarets et des lupanars et les passants. Des vitres furent brisées, des portes enfoncées, de nombreux pillages commis de jour comme de nuit dans les marchés et les boutiques.

Aussi décidai-je de demander aux autorités romaines des renforts pour faire respecter l'ordre. De Lyon, nous parvint un détachement de troupes auxiliaires prélevé sur la cohorte qui tenait garnison dans la principale ville de la Lyonnaise. Ces soldats, de grades inférieurs, se formèrent en patrouilles qui sillonnaient les rues et intervenaient dès qu'ils entendaient des cris, des appels ou des bruits suspects. Certains d'entre eux portaient des torches et je fis installer aux principaux carrefours de la ville, en haut du forum, devant chaque monument, au théâtre et aux thermes, de grands flambeaux fixés sur les murs et qui baignaient dans un baquet d'huile. Les esclaves municipaux chargés de la voirie furent également astreints à veiller au bon fonctionnement de ces éclairages.

Hormis les grandes voies qui étaient régulièrement balayées et nettoyées, il y avait entre les îlots de nombreux passages qui n'étaient pas pavés et se transformaient en boue l'hiver et en poussière l'été. Ces cloaques répandaient une odeur insupportable, d'autant plus que les habitants des quartiers les plus pauvres, non loin de l'amphithéâtre, ou au bord de la Seine, jetaient leurs ordures et le contenu de leur pot de chambre dans la rue, du haut même des premiers étages.

Fidèle à Vespasien qui avait été un des empereurs les plus favorables à Lutèce, et sous le règne duquel avaient été construits de nombreux monuments, je décidai d'accroître le nombre des latrines publiques, notamment dans les îlots de Lutèce éloignés des établissements et des monuments qui en possédaient. Un décurion qui avait longtemps séjourné à Stabies en Italie, célèbre pour la qualité de ses latrines, nous donna des conseils et fit de mémoire un plan de ces édicules ; sur ce modèle, j'en fis construire six. De forme voûtée, chacun comprenait deux grands bancs en bois percés chacun de trois sièges. Ils étaient disposés au-dessus d'une rigole en pente où coulait de l'eau constamment ; six éponges étaient fixées à l'extrémité d'un bâton qui permettaient de s'essuyer et l'usager replaçait l'éponge dans un petit chenal, où de l'eau coulait, au pied des sièges.

Mais contrairement à l'empereur Vespasien qui fit payer son invention, les latrines publiques de Lutèce restèrent gratuites et ce fut sur mon argent personnel que je pris en charge les frais de construction et d'entretien de ces édifices indispensables qui devaient contribuer à la salubrité de Lutèce. Je fis également récurer les égouts et en construire de nouveaux, vider les puits taris où on avait versé des détritus de toutes sortes. Je fis creuser d'autres puits en attendant que soit amenée dans de nouvelles conduites l'eau de l'aqueduc.

En effet, plus encore que les thermes du nord dont les nautes étaient les principaux actionnaires et bénéficiaires, l'aqueduc que je fis reconstruire totalement au-dessus d'une petite rivière [1] et reprendre dans tout son cours, restera la grande réalisation de ma vie et de ma carrière d'édile et de curateur des eaux de Lutèce. J'ai le sentiment que cet aqueduc dont les arches en grosses pierres s'élèvent au sud de Lutèce résistera au temps et aux Barbares qui se rapprochent : il me paraît aussi indestructible que le nom de Camulogène inscrit à jamais par le cruel et prodigieux César dans ses *Commentaires sur la guerre des Gaules.*

Que d'heures j'ai passées près des sources que nous avons captées à onze lieues non loin de la voie d'Orléans,

1. La Bièvre à Arcueil-Cachan.

non loin de la frontière qui nous séparait du peuple des Carnutes (Chartres). Des potiers étaient installés depuis longtemps le long de la vallée, sur la rive droite de la petite rivière, et il y avait plusieurs grands bâtiments qui ne ressemblaient pas aux boutiques d'artisans de Lutèce mais à de vastes et véritables fabriques. Elles étaient spécialisées dans la céramique sigillée qu'avait introduite un maître potier venu des célèbres ateliers de la Graufensenque chez les Rutènes (Rodez). C'était dans ces ateliers que les Parisiens venaient chercher les ustensiles et les objets de luxe. A Lutèce, mes amis les potiers faisaient leur travail avec amour et talent mais leur production de série était surtout destinée aux voyageurs, commerçants, visiteurs de passage.

Les tuiles qui ornaient nos temples et nos maisons provenaient d'une grande tuilerie installée non loin des sources que je faisais capter. Avec ses colonnes, ses murs décorés de carreaux de céramique, son four, elle était d'autant plus imposante que de nombreuses habitations d'artistes, de peintres, d'ouvriers, de mosaïstes l'entouraient. Je devins vite l'ami du patron, Vidobianus, originaire de Lezoux, et ce fut lui qui me parla des poteries de cette région contiguë au pays des Arvernes, et des Aquis Callidis (Vichy), cette ville où on buvait une eau qui donnait la santé aux hommes et la fécondité aux femmes : un jour j'irai m'y faire soigner et je raconterai plus loin cette expérience.

Sur le tracé de l'aqueduc que je confiai à des architectes renommés de Lyon, s'installèrent des petites boutiques et des auberges où venaient manger, boire et faire une pause les nombreux ouvriers des chantiers : on y croquait des galettes, des pains et des noisettes, et le commerce de la région se trouva favorisé. Une sorte de petite Lutèce provisoire se construisit le long de l'aqueduc et bientôt des autels dédiés aux génies des sources et des eaux furent dressés, d'autant plus émouvants qu'ils étaient taillés d'une manière rustique dans la pierre et dans le bois et sculptés par des artistes qui n'étaient pas des professionnels, mais passaient leur temps libre à faire ressortir dans la pierre leurs croyances venues du fond de notre ancienne indépendance, laquelle n'avait jamais été totalement oubliée.

Les deux années que je passai ainsi, à quelques lieues de Lutèce furent pour moi parmi les plus fatigantes et les plus exaltantes que j'ai connues au cours de mon existence. Monté sur une mule, je retournais parfois à Lutèce. J'y retrouvais les caresses et la tendresse d'Aurelia ; Epona peu à peu perdait le sens du jour et de la nuit ; elle était presque morte.

La tuilerie s'était agrandie et désormais toute une partie du bâtiment fut consacrée à la fabrication du ciment qui servait à la construction de la canalisation. Celle-ci était recouverte de dalles de pierre ou de brique et enterrée afin d'éviter toute impureté. Parfois, lorsque la canalisation traversait des lieux aérés et sans habitations, elle était découverte. Au fur et à mesure que le travail progressait depuis les sources [1], les ingénieurs trouvaient et captaient d'autres eaux pour gonfler le débit de l'aqueduc qui suivait une pente faible et régulière. Nous avions été obligés de reprendre et d'élargir la précieuse canalisation, construite sous Antonin le Pieux, parfois même de modifier le tracé pour se rapprocher d'un point d'eau nécessaire à l'augmentation du débit.

Nous n'avions pas attendu d'être parvenus au point où la canalisation devait passer sur la rive gauche de la rivière pour entreprendre la construction de l'aqueduc. Celui-ci, certes, existait, mais il fallut l'élargir et construire un étage d'arches supplémentaires. Il menaçait en plusieurs endroits de s'écrouler et une bonne partie en bois dut être détruite puis reconstruite avec des fondations puissantes en petite maçonnerie de moellons non taillés, alternant avec des chaînages composés de trois rangs de briques. La proximité immédiate de la carrière de pierre

---

1. Captées sur le plateau délimité par la Seine, l'Orge, l'Yvette et la Bièvre.

et celle de la tuilerie facilitèrent le travail et en dimi-
nuèrent la durée.

Je me passionnais pour l'art des ingénieurs qui avaient
dessiné sur un plan la coupe du terrain ; ils utilisaient des
instruments de nivellement, les chorobates, qui étaient
constitués pour chacun par une sorte de petit banc en
bois à quatre pieds aux quatre coins duquel étaient fixés
quatre fils à plomb. Ceux-ci, lorsqu'ils étaient parallèles
aux pieds, indiquaient que le terrain choisi était bien
horizontal. D'autres ingénieurs vérifiaient cette horizon-
talité en versant de l'eau dans une rainure creusée sur la
planche du petit banc. L'égale répartition de l'eau indiquait que l'instrument était au bon niveau.

D'autres, enfin, utilisaient un instrument portatif, la
groma, pièce de bronze qu'on plantait en terre et qui, à
son extrémité, était formée de quatre branches d'où pen-
daient quatre fils à plomb. Ainsi le nouvel aqueduc eut-il
un bon tracé et les piles de ses fondations furent-elles
construites en toute sécurité. Je passais souvent l'inspection des travaux ; je levais la tête vers le ciel pour admirer
la manière ingénieuse dont les arches étaient construites
à partir d'un coffrage en bois, taillé dans les chênes des
forêts voisines, qui, une fois enlevé, laissait l'impression
que les pierres des voûtes tenaient grâce à la puissance
des dieux, alors qu'elles avaient été taillées pour s'épauler
les unes aux autres et former un arrondi si gracieux que
l'ensemble de l'aqueduc, avec ses arches à deux étages,
semblaient tenir à la voûte du ciel et non pas être fixé
sur les piles.

La canalisation continuait vers Lutèce par la rive
gauche, elle empruntait un moment le bord de la voie
principale qu'elle avait rejointe et elle aboutissait en haut
de la colline dans un château d'eau. J'avais engagé les
forgerons de Lutèce à abandonner provisoirement le travail du fer pour celui du plomb. En effet, à partir de ce
château d'eau partaient des dizaines de canalisations en
plomb qui nécessitèrent d'importants travaux dans le sol
de Lutèce, sous les maisons et les monuments, et qui

conduisaient aux nouveaux thermes du nord encore ina-
chevés, aux thermes de l'est, restaurés, aux fontaines, et à
un certain nombre de demeures les plus riches, parmi
lesquelles celles des décurions ; ma maison reçut ainsi
l'eau que j'avais réussi à capter à onze lieues de chez
moi.

La jonction entre la rive droite et la rive gauche de
la petite rivière par l'aqueduc fut un jour de fête pour
Lutèce tout entière et pour la cité des Parisiens : aristocrates et petit peuple mêlés, esclaves, affranchis, ouvriers,
artisans se rassemblèrent autour d'un autel construit
sous une arche de l'aqueduc où officiait le grand pontife
de la ville qui sacrifia aux divinités des eaux protectrices
de cet ouvrage. Un des bœufs blancs, qui avaient tiré
pendant plusieurs mois les chariots remplis de briques, de
dalles, de pierres, fut sacrifié par le couteau du prêtre.
On me porta en triomphe et une inscription me fut
consacrée sur l'une des piles de l'arche où j'étais désigné
comme « le restaurateur de l'aqueduc », qui avait donné
à Lutèce et à toute la cité des Parisiens l'eau de la
vie et de la fécondité.

Chapitre quinzième

Pendant les deux années que durèrent les travaux, Epona s'enfonça peu à peu dans l'absence. J'avais heureusement pour la soigner une jeune esclave qui avait été capturée lors d'une campagne militaire contre les Germains. Elle lui était toute dévouée et dirai-je que parfois j'allais partager sa couche. Elle m'accueillait dans ses bras roses et dans la touffeur de son ample chevelure blonde. Je n'en oubliais pas pour autant Aurélia ; mais Epona l'avait chassée et maudite, une nuit où elle m'avait trouvé avec elle dans ma chambre et sa violence avait été telle que je ne voulus pas qu'Aurélia fût victime d'une nouvelle crise de ma mère. Elle le comprit et nous nous vîmes chez elle dans les deux petites pièces qu'elle occupait à côté de son atelier dans le quartier situé entre le théâtre et la Seine, non loin de la rue principale.

Mon oncle continuait la tradition familiale qui voulait que l'art d'écrire fût pour nous une manière de délassement. Il avait été admis à l'état-major de Septime Sévère, non sans mal, parce que l'empereur considérait malgré tout avec méfiance ce fils d'un sénateur proscrit. Mais les états de service de Gaïus dans l'armée romaine, depuis Marc Aurèle, avaient fini par donner confiance au souverain. C'est donc une véritable chronique de l'Empire que, dans le silence de la nuit et sous sa tente, rédigeait mon oncle et je relis souvent ses lettres.

En 204 s'achevèrent mes fonctions d'édile et de curateur, ainsi que la construction de l'aqueduc et des thermes. J'avais souvent fréquenté ceux de l'est et ceux du forum, mais je les trouvais exigus et encombrés d'une foule énorme. Ceux qui s'élevaient désormais entre la voie montante, la rue principale et la grande voie avaient une harmonie imposante et apparaissaient comme les thermes les plus modernes de toute la Lyonnaise. La corporation des nautes qui en avait été la généreuse donatrice montrait ainsi sa puissance financière et son rôle dans la vie quotidienne à Lutèce et sur les rivières de notre province.

Que de fois je me suis rendu à la fin d'un après-midi dans les thermes du nord après une journée de travail à la carrière ou à la curie. La foule se pressait à l'entrée ouest en face du théâtre, mais elle était disciplinée, et elle se laissait conduire vers les bains, puis plus tard vers les palestres ou vers les salles de lecture. A présent que les Barbares approchent, j'aimerais faire partager à mes lecteurs de demain ce voyage quotidien que je faisais à Lutèce dans les thermes où tous se mêlaient, les plus humbles et les plus grands, les plus riches et les plus pauvres, les plus laids et les plus beaux dans une nudité qui effaçait les rancœurs lorsque, après avoir pénétré par une porte à l'ouest dans l'immense édifice, nous abandonnions au vestiaire nos vêtements de lin rêche ou nos soies où couraient les fils d'or, nos souliers de cuir fin, ou nos simples semelles cloutées. Ainsi nous avions tous le sentiment de pénétrer dans une sorte de temple dédié à la concorde, tel que nos pères, au temps de notre indépendance, n'auraient jamais pu l'imaginer. Les thermes du nord devinrent le cœur de Lutèce et avant peut-être que celui-ci ne s'arrête de battre sous les coups des Barbares, je vous invite à me suivre dans un itinéraire qui tentera de rendre les thermes à leur richesse et à leur gloire.

Après avoir confié nos vêtements aux esclaves qui étaient préposés à leur garde dans l'apodytérium, je pénétrais dans le tepidarium dont les murs en briques étaient tièdes et où étaient encastrées des baignoires au fond de niches en demi-lune. L'air chaud était produit par une chaufferie, centrale et souterraine, alimentée en bois ; cet air chaud circulait à travers des briques empilées au sous-sol ou des tuiles creuses, encastrées dans les murs. Une cuve placée au-dessus du foyer alimentait en eau chaude les piscines dans certaines salles. Dans le tepidarium, nous étions baignés par une douce chaleur et une petite piscine pouvait nous accueillir, mais les nautes avaient obtenu le privilège, en raison de leur participation financière, de posséder quelques baignoires privées en marbre qui étaient encastrées dans les murs. C'est à Gaïus, mon oncle, que j'avais demandé de passer commande, alors qu'il se trouvait en Phrygie, du célèbre marbre des carrières de la ville de Synnas qui ornait la partie non chauffée du tepidarium. Ce marbre avait la particularité d'être d'une blancheur éclatante surtout lorsque le soleil couchant passait par les larges baies vitrées et il était veiné de rouge. On racontait, à ce propos, que le dieu Atys, amoureux de Cybèle, et devenu fou, s'était mutilé, que son sang avait giclé sur la pierre et l'avait ainsi ensanglantée.

Une fois délassés, nous passions dans des petites salles de plus en plus chaudes, étuves où nous transpirions, assis sur des petites banquettes de pierre disposées en gradins à trois rangées ; et c'est alors que nous parvenions dans le caldarium dont les fenêtres s'ouvraient au sud et bénéficiaient l'été de la chaleur des rayons du soleil. Nous prenions dans une piscine un bain bouillant. C'est là que je retrouvais Aurélia et plusieurs de ses amies, ainsi que bon nombre de femmes qui avaient remarqué que cette chaleur était bienfaisante à leur corps et leur donnait la minceur souhaitée. On pourrait s'étonner de ce mélange des sexes ; en effet j'avais fait rénover les thermes de l'est et je les avais réservés aux bains des femmes, mais il arriva que l'évolution des mœurs abolît dans les thermes la différence entre les sexes.

Au début, il avait fallu quelque hardiesse à Aurélia et à ses compagnes pour pénétrer dans les salles habituellement réservées aux hommes, mais tout le monde s'habitua. Certes, nous éprouvions tous quelque émotion à contempler un beau corps de femme dans la transparence de l'eau de la piscine ou bien à voir surgir de la vapeur, telle Vénus hors des eaux, une Aurélia toute brune de cheveux et de peau au milieu des blondes filles de Lutèce...

Une fois lavés de nos sueurs et des poussières de la journée, nous pénétrions dans la vaste salle du frigidarium qui avait été construite spécialement pour les nautes et dont les voûtes reposaient, comme prévu, sur des consoles en forme de proues de navire, sculptées dans la pierre. En regardant cette salle solide, il m'a toujours semblé qu'elle serait indestructible et que dans des centaines d'années, elle s'élèverait encore sur le désert que sera devenue peut-être ma chère Lutèce.

Sur les murs du frigidarium étincelaient de grandes mosaïques, tandis que les dalles étaient taillées dans des marbres importés de Numidie aux couleurs foncées qui alternaient avec ceux venus d'Alexandrie aux couleurs plus claires. Les pourtours de ces dalles étaient soulignés par des filets d'émail de couleur bleue et or ; des mosaïques représentaient des dauphins et le dieu fleuve Seine monté sur un char conduit par des coursiers galopant sur les flots de la rivière, complétait ce décor que bien des thermes de grandes villes de l'Empire pourraient nous envier. La salle était rectangulaire, mais elle se prolongeait vers l'est d'une grande piscine d'eau froide qui pouvait être vidée lorsque le frigidarium était transformé en lieu de réunion pour les nautes. Comme dans le tepidarium et le caldarium, des vasques accueillaient les baigneurs qui venaient rafraîchir leurs mains et leurs bras et s'asperger le visage. L'eau coulait dans les baignoires par des robinets d'argent et des statues dont celle d'Amnorix, chef de la corporation des nautes, et celle de Septime Sévère, ainsi que les colonnades surmontées de chapiteaux ornés d'oiseaux, de fleurs et de grandes palmes, ornaient l'ensemble de cette salle qui aurait pu être construite pour le palais d'un empereur.

Lorsque nous avions ainsi franchi les trois étapes de ce voyage au pays des eaux salutaires, nous nous rendions, les soirs d'été, vers la vaste piscine découverte qui se trouvait contre le mur des thermes qui longeait le Decumanus. Les murs qui surplombaient cette piscine étaient peints selon un décor en trompe-l'œil. On pouvait voir, comme dans la ville ensevelie de Pompéi, des scènes qui représentaient les dieux de l'Olympe et les divinités tutélaires de la Gaule et notamment les trois Mères, symbole de l'abondance. Elles alternaient avec des peintures ocre sur fond noir où on voyait des amours traîner de petits chars fleuris. L'ensemble de ces couleurs rouge, jaune, bleu et or donnait à ces murs, sous nos climats parfois brumeux, une lumière agréable aux yeux. La piscine se trouvait dans un renfoncement de la cour où s'étendait la double palestre, avec des galeries et des colonnes. On s'y livrait à différents sports et à des jeux. Une partie de la palestre était couverte et on y jouait à la paume contre un mur plat : les joueurs se déplaçaient sur un plancher de bois de chêne afin que les balles rebondissent facilement. Ces balles étaient faites de morceaux de vessie de porc, cousus de telle façon qu'elles avaient une forme arrondie et elles étaient bourrées de plumes de poulet ou de canard. La salle était entourée de gradins où se pressaient les spectateurs.

Je préférais pour ma part le jeu de boules qui se pratiquait sur une piste en ciment qui séparait la piscine de la palestre à ciel ouvert. Sur cette dernière on s'exerçait aux haltères ou au lancer du poids en plomb ou bien à courir, ou à faire des mouvements réguliers et rythmés avec ses bras et ses jambes. Contre un poteau de bois planté au milieu de la palestre, un jeune homme s'exerçait à l'épée et des jeunes gens se poursuivaient pour s'arracher une grosse balle qu'il fallait tenir contre soi le plus longtemps possible. Les gymnastes étaient la plupart du temps nus, et ils enduisaient leur corps d'huile ; d'autres, qui se livraient à des jeux paisibles comme celui des osselets ou des noix, avaient revêtu leur tunique.

Lorsque la fatigue se faisait sentir, nous nous rendions dans une petite salle où, sur des tables, des esclaves nous enduisaient de parfum et nous frictionnaient la peau avec des serviettes de douce laine, puis je passais dans la bibliothèque qui avait été décorée de marbre de l'Eurotas, le fleuve qui coulait à Sparte, et dont la couleur vert d'eau tranchait avec la blancheur des voûtes ; des petites salles de conférences étaient également installées sous les portiques et les estaminets offraient du vin de nos coteaux du mont Mercure. Il existait aussi un salon où on pouvait converser.

L'ensemble de ces petits bâtiments se trouvait au centre des quatre grandes salles formées par le tepidarium, le caldarium, le frigidarium et la palestre. Leur sol était recouvert de mosaïque où on pouvait voir représentés par nos artistes les génies de nos forêts et de nos eaux.

Certes, au moment des fêtes et des jours fériés les thermes accueillaient une foule si nombreuse qu'il fallait s'isoler dans la bibliothèque pour ne pas entendre les champions de la palestre qui, en remuant leurs haltères et leur plomb, geignaient, soufflaient bruyamment, et pour éviter la clameur des spectateurs qui applaudissaient leurs joueurs favoris à la paume ; parfois un bruit ininterrompu de claquement réussissait à transpercer les murs épais de la salle : les masseurs donnaient des tapes de la paume de leurs mains sur les corps des gymnastes et des baigneurs dans les salles de friction. Des querelles éclataient entre joueurs, des disputes s'élevaient au moment des compétitions, des voleurs pris dans les vestiaires en train de vider les poches des tuniques étaient malmenés par les esclaves préposés à la garde, et hurlaient. Les plongeurs dans la piscine faisaient entendre un énorme bruit d'eau remuée. Il y avait aussi les épileurs qui se promenaient de salle en salle pour proposer par leurs cris d'arracher les poils des aisselles ou des jambes ou même d'endroits plus intimes, notamment chez les femmes qui imitaient ainsi les coutumes orientales. Comme ces épilations ne se faisaient pas sans souffrance, c'était au tour des clients des épilateurs de crier. Les marchands de boissons faisaient entendre des sifflements sur diverses notes et les boulangers vendaient leurs petits pains en hurlant leurs noms, sans oublier les garçons qui, sous les portiques, indiquaient l'arrivée d'un vin fameux de Falerne ou de l'Aquitaine ou une cervoise particulièrement fraîche, tout en poussant des exclamations selon une modulation caractéristique.

Si parfois j'étais irrité par ces rumeurs, je m'en réjouissais aussitôt : Lutèce n'était jamais plus vivante que dans ces thermes, et je préférais voir ses habitants rassemblés dans ces lieux de rencontre, de sport et de loisir, plutôt qu'amassés dans l'amphithéâtre autour de quelques malheureux gladiateurs ensanglantés, véritables bêtes vouées à la mort.

Aurélia s'était installée dans ma demeure et y avait apporté son métier à tisser. Dans sa douce démence ma mère Epona ne soupçonna plus les liens amoureux qui m'unissaient à Aurélia que je venais d'épouser. Les larmes aux yeux, ma mère regardait ma compagne filer et tisser, comme elle le faisait naguère. Elle reçut même Julie et ne la reconnut point. Elle ne fut même pas surprise des fards que mettait ma tante pour colorer ses joues, ni des vêtements transparents dont elle parait son corps. Pour la guérir de cette folie j'aurais pu invoquer Junon, protectrice des époux, des mères et des foyers. Mais pourquoi rendre Epona à la raison ? L'oubli, le silence lui donnaient la joie qu'elle avait perdue au moment de la mort de mon père. Elle me parut soudain éternelle, et lorsque Pluton l'enleva un matin d'hiver de l'année 210, je ne fus point attristé ; le temps me l'avait ravie et elle était depuis longtemps dans le pays de la félicité ; pour elle rien ne changeait et pour moi elle ne cesserait jamais d'être ma mère très aimée qui m'avait lié à ma patrie gauloise, à ma province de la Lyonnaise et à ma ville des Parisiens. Grâce à elle, j'étais demeuré un Camulogène, avant d'être un Romain.

Aurélia mit au monde un fils auquel nous ne donnâmes pas, malgré l'usage, le nom de l'empereur régnant. La méfiance que m'inspirait Septime Sévère, que je rendais responsable à juste titre de la mort de mon grand-père et l'amour que je vouais à Aurélia, me portèrent à donner à notre enfant le nom d'Aurélien. Dans notre demeure où la mort depuis plusieurs lustres était entrée si souvent, pénétrait enfin la vie et notre existence en fut transformée. Je présentai mon fils aux dieux lares et Aurélia le plaça sous la protection de la déesse Epona, pour honorer ma mère. Je me souviens de ma joie d'autrefois avec d'autant plus d'amertume qu'elle a succédé à beaucoup d'illusions et de désillusions. Le fils vénéré n'a pas donné les promesses que nous en attendions, sa mère et moi : il a commis le sacrilège de refuser nos dieux et je sais, à cette heure où tremble la terre sous les chevaux hirsutes des cavaliers barbares, que je ne le reverrai probablement plus.

Pourtant j'ai toujours cherché à le comprendre, à excuser son rejet de nos coutumes. N'est-il pas né en effet dans un temps d'inquiétude ? N'a-t-il pas vécu sous les règnes d'empereurs débauchés et déments dont les administrateurs et les gouverneurs se faisaient les esclaves ? Terribles exemples qui ont influencé la révolte de mon fils Aurélien et l'ont conduit peu à peu à fuir notre demeure et nos divinités pour se réfugier dans les souterrains enfumés de Lutèce afin d'y célébrer un culte à une idole qui a pour nom Christ !

La Tyché grecque ne nous aura pas épargnés, nous les Camulogène. Les chrétiens de Vienne et de Lyon gémirent et moururent sous les supplices, après avoir insulté l'empereur, le divin Marc Aurèle, alors que je jetais mon premier cri et voici qu'en 211, Aurélia accouchait d'un fils au moment où ceux qu'on appelle les chrétiens prospéraient dans notre monde et s'apprêtaient à s'emparer des esprits fragiles de notre jeunesse, troublée par l'incertitude des temps. A chaque étape de sa vie, Aurélien marquera son refus tenace et son opposition à nos formes de croyance et d'existence, je le dirai par la suite, et par souci de franchise, sur mes parchemins.

Chapitre seizième

A l'âge de trente ans, je fus nommé duovir par la curie municipale en même temps que mon ancien compagnon Verecunda des écoles méniennes. Après avoir exercé la charge de questeur et celle d'édile, j'occupai les fonctions de préteur municipal chargé des procès civils et de la répression des délits mineurs. C'est aux représentants de Lyon, siégeant dans l'île, qu'il appartenait de juger les grands criminels et de veiller aux exécutions capitales qui se faisaient généralement non loin de l'amphithéâtre, quand les condamnés à mort n'étaient pas livrés aux bêtes.

Je siégeais souvent avec Verecunda au tribunal qui était installé dans une des salles du nouveau forum à côté de la curie. Des commerçants venaient se plaindre de n'avoir pas été payés par certains de leurs clients, des voleurs pris sur le fait par les vigiles étaient envoyés pour quelques jours dans la prison qui se trouvait dans l'île pour prévenir toute fuite.

Je n'aimais guère exercer cette fonction, même si elle me permettait d'observer l'âme humaine dans ses erreurs. Je ne me sentais pas le droit de juger — Marc Aurèle non plus — et j'étais plus indulgent que Verecunda. Mais j'étais devenu avec ce titre de duovir un des personnages les plus importants de Lutèce et j'avais mon siège particulier au théâtre et à l'amphithéâtre ; j'étais également accueilli dans tous les lieux publics avec des honneurs. Je profitais de cette charge pour m'instruire dans l'art du droit, relire les plaidoiries de Cicéron, afin de me familiariser avec celles des avocats qui défendaient les prévenus à mon tribunal et je m'initiais aux livres des grands juristes qui, tel Ulpien, avaient vécu à l'époque de l'empereur Hadrien.

J'entretenais de nombreux rapports avec les sévirs augustaux, six magistrats choisis par les décurions parmi les petits commerçants et les ouvriers et qui étaient chargés d'entretenir le culte d'Auguste et celui de Rome. Ces sévirs renouvelés chaque année avaient fini, au cours des âges, par devenir une sorte de corporation puissante. Loin de m'en affliger, je me réjouissais que le petit peuple de Lutèce fût ainsi représenté dans une association qui avait pour nom les augustales et qu'il eût le pouvoir de discuter avec les autorités de la ville ; ainsi s'atténuaient les jalousies et les rancœurs entre les différentes classes de notre cité. De plus, le peuple de Lutèce devenait le garant de la fidélité de notre municipe à l'Empire. Et c'est aux augustales que le légat de la Lyonnaise s'adressait ; c'est à eux plus qu'aux décurions et qu'aux magistrats, qu'il transmettait les ordres de l'empereur.

De ces transformations, j'ai bénéficié certes et les milliers de sesterces que m'a procurés la vente des pierres de mes carrières ont fait de moi l'homme le plus riche et le plus puissant de ma cité. Je n'en ai point de regret ni de remords, puisque j'ai tenté jusqu'à mon dernier souffle qui approche et que je rendrai à Thanatos, de me souvenir des leçons de simplicité et de sobriété de Marc Aurèle et de gaieté de ma mère.

La présence d'Aurélia à mes côtés, l'amour que nous nous vouons, comme Philémon et Baucis, en ce soir de notre vie, et le respect que nous portons à nos traditions anciennes, à nos dieux, à l'artisanat au point qu'Aurélia continue, passé soixante-dix années, à tisser et que moi j'ai appris à faire tourner le tour du potier, à peindre les jattes, les gobelets et les petites vasques et à les cuire dans un four, l'amitié que je continue à entretenir avec les forgerons qui sont souvent les petits-fils de ceux que j'ai connus enfant, cette fidélité aux Camulogène qui montent la garde dans la salle des ancêtres, cette vénération envers Lutèce, glorieuse bien avant l'Empire, nous permettent, Aurélia et moi, de nous respecter nous-mêmes : nous ne nous sommes jamais compromis, même si nous avons toujours salué la lumière de Rome qui veille sur nos pierres et sur nos tombeaux. Aurélia a dans la maison un rôle important, comme l'avait naguère toute femme de la Gaule : elle gère mes biens, elle donne des ordres à nos esclaves, autant que je le fais, elle participe à mes côtés à toutes nos fêtes et nos banquets, depuis plus de quarante années.

Quarante années ! Il me semble qu'elles ont passé plus vite que la flèche qui traverse le ciel au cours d'une bataille, et que pour les écrire mon stylet de roseau ne s'usera pas : il me suffira de peu d'encre et de quelques parchemins.

Mon oncle Gaïus vieillissait dans les camps et, s'il continuait à m'adresser ses rapports sur l'état de l'Empire, il ne venait plus à Lutèce et préférait prendre ses congés là où l'avait conduit l'armée romaine. Pourtant il vint encore nous voir, alors que Septime Sévère, parti de Rome pour mener une campagne en Bretagne, passait par Lyon, avant de gagner, avec ses deux fils Geta et Caracalla la mer à Boulogne. Gaïus quitta l'armée alors qu'elle traversait Auxerre et arriva en l'été 208 dans notre ville. Ses cheveux avaient blanchi, il était amaigri mais ses yeux bleus brillaient lorsqu'il nous racontait l'Orient et les femmes qu'il avait séduites, là-bas. Nous faisions semblant de le croire parce que nous l'aimions, Aurélia, Julie et moi, et qu'il nous apportait le souffle de l'Empire. Il gagna Lillebonne sur un bateau des nautes et traversa la mer. Il rejoignit Septime Sévère et Caracalla qui venaient d'obtenir plusieurs victoires sur les Barbares calédoniens, tandis que Geta prenait le commandement de la Province.

Nous reçûmes de Gaïus un message écrit en plein hiver

à l'extrémité septentrionale de l'île de Bretagne, au milieu des brumes, et des glaces « au bout de notre monde, écrivait-il, au point que je crois voir le gouffre qui entoure notre terre plate » ; mais, ajoutait-il avec fierté, « l'aigle impérial a été planté et les bannières de nos armées flottent dans le vent du nord ».

En 209, Tiberius Flavius Secundus Philippianus, un des fidèles de Septime Sévère, occupa à nouveau les fonctions de légat propréteur de la Lyonnaise qu'il avait exercées à l'époque tragique des années 197-198, marquée par la sédition de Clodius Albinus et l'assassinat de mon grand-père. Mes préventions à l'égard de cet homme que j'avais rendu longtemps responsable de la mort de Marcus Hadrianus Camulogène s'étaient estompées et j'obtins de lui quelques milliers de sesterces supplémentaires qui nous manquaient afin d'achever l'embellissement de Lutèce et la construction des dernières maisons autour du forum. Il me les accorda avec générosité dans une lettre et il s'abstint d'évoquer le passé.

Les deux années 209 et 210, Gaïus demeura au quartier général à York, il était triste, désabusé, les deux fils de Septime Sévère, les deux frères ennemis, nouveaux Etéocle et Polynice, se disputaient déjà le pouvoir et, au début de l'année 211, profitant de la maladie de son père, Caracalla avait tenté de soulever l'armée. Le 4 février, Septime Sévère mourut dans cette île de Bretagne où il n'était jamais parvenu à établir la paix, et où jadis Hadrien s'était heurté aux Barbares sans succès.

J'annonçai solennellement la nouvelle de ce deuil impérial au forum, puis aux thermes. Mais personne ne sembla regretter l'empereur défunt. La guerre civile que son règne avait allumée à Lutèce avait laissé malgré tout de mauvais souvenirs.

Pendant le temps qui me resterait à vivre, je tenterai avec le concours de toutes les autorités de Lutèce, avec les magistrats et les décurions, avec les édiles, les préteurs, les questeurs, avec les sévirs et les duovirs qui formaient tout le conseil de la municipalité, de protéger Lutèce des convulsions produites par les successions sur le trône impérial. Mon prestige me servait de bouclier. J'étais le descendant d'une famille illustre et d'un héros de l'indépendance, j'avais en quelque sorte bâti la ville et chaque pierre des demeures était sortie de mes carrières. Dans l'île, le pouvoir romain, avec ses seuls représentants du fisc, ses sévirs, nommés d'autorité, essayait de multiplier les impôts et de prélever notamment sur nos fortunes et sur les sommes versées aux nautes, de plus en plus d'argent.

Les campagnes et les forêts autour de Lutèce étaient parcourues de brigands et d'esclaves en fuite avec leurs patrons ruinés. Les voies romaines n'étaient pas toujours sûres et, sur la route de Sens comme sur celle d'Orléans, les voyageurs et les commerçants se faisaient dépouiller ou assassiner. Les monnaies, enfin, étaient sans cesse changées et leur poids en or et en argent diminuait régulièrement ainsi que leur valeur.

Pourtant, de toutes les villes des Gaules, je suis certain que Lutèce était demeurée l'une des plus heureuses et la mieux protégée. Elle se trouvait loin des frontières où on se battait, elle n'était pas traversée par les incursions incessantes des hordes barbares. Située aux confluents de trois fleuves, elle restait un lieu de passage commercial particulièrement aisé entre la mer et les villes du sud. Aux limites de la Lyonnaise et de la Belgique elle accueillait les marchands, les soldats qui, de l'ouest à l'est, veillaient au salut de l'Empire et venaient s'y reposer, jouer aux thermes sur la palestre, fréquenter son théâtre, son amphithéâtre, ses auberges et ses lieux de plaisirs. Peu de villes dans l'Empire auront eu un destin aussi brillant que celui de Lutèce en ces temps de peur et de guerre civile.

Je m'honore d'avoir été le gardien vigilant de ce bonheur de vivre dont Lutèce était le symbole. Mercure, du haut de son temple, semble nous avoir protégés, et nos dieux si souvent invoqués devant les autels de nos demeures ont entendu nos prières.

Nous n'avons point accueilli à la curie de Lutèce, avec

l'enthousiasme qui a saisi les peuples de la terre, l'édit de Caracalla, contenu dans la Constitution antonine, qui accordait en 212 le droit de cité à tous les sujets de l'Empire. Des fêtes, certes, marquèrent cette décision importante mais nous savions tous à la curie que cette mesure avait été dictée dans un souci de considérer tous les habitants de l'Empire comme des citoyens désormais soumis à l'impôt sur les successions et bien vite les petits commerçants étrangers, les artisans, les affranchis qui s'étaient réjouis de devenir en droit les égaux de cette aristocratie de Lutèce qu'ils avaient souvent jalousée, comprirent que cette citoyenneté nouvelle était honorifique et leur coûtait des milliers de pièces de monnaie en argent, que Caracalla créa en 212 devant le prix de l'aureus dont la teneur en or avait été pourtant réduite.

Tous les cinq ans, nous faisions appel aux anciens magistrats de la ville, à ceux qui avaient les plus grosses fortunes, pour combler les places laissées vides par la mort des sénateurs. C'est ainsi que j'avais été choisi pour siéger à la curie, en raison de la carrière des honneurs que j'avais parcourue et qui m'avait donné l'expérience approfondie de la justice, de la police et des finances publiques et aussi parce que j'avais su achever avec succès la nouvelle construction de l'aqueduc et celle des thermes du nord.

Je ne vis jamais, comme dans d'autres villes des Gaules, les hommes choisis se dérober à leur devoir et refuser la charge de décurion parce qu'elle était coûteuse ; si bien que le pouvoir impérial ne fut jamais contraint de nous imposer des magistrats, et de transformer nos fonctions en charges héréditaires. Lutèce avait montré l'exemple de son civisme et, une nouvelle fois, à sa façon, sauvé son indépendance.

Les décurions avaient de nombreuses tâches administratives, comme celles de réglementer les corvées, c'est-à-dire les temps de travaux publics que tout citoyen devait à la cité, en général cinq jours par année, entre l'âge de quatorze ans et celui de soixante ans, l'établissement du cens et des registres d'impôts, le recouvrement des impôts municipaux, le service de l'annone et de l'approvisionnement, les services dans la milice municipale, les travaux publics, comme l'entretien des temples, la poste, la surveillance des approvisionnements militaires, ou bien l'obligation de loger les soldats et les fonctionnaires impériaux. Nous devions aussi contrôler les jeux romains qui étaient placés sous l'autorité des édiles et des duumvirs, nommer les envoyés de Lutèce auprès du légat de la Lyonnaise, lorsqu'une question importante, dépassant le cadre de la cité, était soulevée. Nous nous érigions également en tribunal pour juger les procès en appel. Nos activités étaient multiples et nous nous réunissions souvent dans la curie, en haut du forum dans l'enceinte de la basilique face à l'ouest et au temple de Jupiter, aux monuments et aux statues votives, qui racontaient l'histoire de notre cité depuis la colonne des nautes jusqu'à la statue de Camulogène, mon père, avant que quelques années plus tard, sous le règne de Philippe l'Arabe ne soit inaugurée une autre statue qui reproduirait mes traits et me désignerait sous le nom de « Restaurateur et Bienfaiteur de la Ville ». Mais Aurélia, que j'aime, m'est témoin que je n'ai jamais cherché les honneurs pour eux-mêmes. Ils sont toujours venus à moi par la chance et grâce à ma naissance.

Le 11 août 213, l'empereur partait en expédition contre les Chattes et les Alamans. Mon oncle Gaïus nous écrivit au début d'octobre qu'une grande bataille se préparait contre les Alamans, barbares nouveaux et plus féroces que les précédents, qui tentaient de franchir en force le Rhin. Puis ce fut l'annonce de la victoire de Caracalla le 6 octobre et désormais pour vingt années les champs Décumates, où l'Empire s'était affronté si souvent depuis Auguste à ses ennemis, serait à l'abri des attaques de cette peuplade dont aujourd'hui, nous entendons, proche de Lutèce, la rumeur.

Hélas, mon oncle Gaïus y laissa la vie, transpercé par la lance d'un Alaman. Son corps fut transporté à Lutèce et il fut enseveli dans la nécropole, au milieu des vignes et des arbres fruitiers, treize années après son frère. Une nouvelle stèle vint orner le jardin de nos tombes et dans la salle des ancêtres un nouveau buste vint prendre place à côté de celui de ma mère. Désormais seules des ombres me tiendraient compagnie. Mais heureusement Aurélia vivait dans la maison, chantait le soir pour nos convives, interprétait même à la fin des repas quelques danses gauloises ; des amis, des collègues de la curie, se succédaient chez moi. J'avais fait décorer de fresques la nouvelle salle à manger et réparé la toiture de l'atrium. J'avais même affranchi les esclaves de ma mère qui demeuraient à notre service et habitaient dans une maison à côté que j'avais fait construire à la place d'une boutique incendiée lors de la guerre civile en 197 et qui comprenait plusieurs étages ; étaient nés des enfants dont j'assurais l'éducation et parfois la subsistance et qui seraient, si les dieux le voulaient, de futurs citoyens de l'Empire. J'espérais qu'Aurélien, mon fils, en serait un tout dévoué, hélas il n'en sera rien et je n'aurai pas assez de tout le reste de mon existence pour m'en lamenter.

Chapitre dix-septième

En l'an 219, Héliogabale, nouvel empereur, fit son entrée à Rome, derrière la pierre noire d'Emèse, après avoir vaincu tous ses concurrents. Cette même année, je fus envoyé comme délégué des Parisiens à l'assemblée du Confluent à Lyon, le 1ᵉʳ août, vingt-six années après mon père. Ainsi avais-je la charge de représenter ma cité à cette importante cérémonie de loyauté à l'égard de Rome et de l'empereur qui se déroulait au sanctuaire des Trois Gaules.

Transporté par une voiture à quatre roues, attelée à deux chevaux, et accompagné d'un esclave et d'un secrétaire municipal, je me souvins du voyage que j'avais accompli avec mon père, je passais à nouveau par Auxerre où s'étaient rassemblés la plupart des délégués qui me témoignèrent du respect et me firent l'hommage de leur amitié. Puis je quittai Auxerre pour Lyon au carrefour même où, en l'année 192, j'avais vu s'éloigner mon père, tandis que j'empruntais la voie qui conduisait à Autun.

Un convoi de plusieurs dizaines de voitures qui toutes portaient le nom de la cité et celui de son délégué gravés sur la bâche de cuir, prit un chemin de terre qui nous permit, en raison de la clémence du temps, de traverser les campagnes et d'atteindre le plus rapidement possible

Lyon ; je ne saurais nommer toutes les cités représentées :
à mesure que nous avancions vers Lyon, d'autres véhicules
se joignaient à nous, venus de cités plus lointaines, mais
ce fut aux portes de la ville située sur une colline baignée
par les ramifications du confluent de la Saône et du
Rhône, au milieu desquelles émergeaient deux grandes
îles, que nous vîmes arriver les Helvètes d'Avenches, que
je saluai tout particulièrement en souvenir de cette aïeule
que je n'avais pas connue et qui était née aux limites des
Alpes.

J'entrai à Lyon par la porte ouest, Lyon dont mon père
et mon grand-père m'avaient si souvent parlé que je
croyais connaître cette cité, mais il y a loin de ce qu'on
entend par la voix et de ce qu'on éprouve.

J'étais ému de me trouver dans cette ville où tant des
miens, tant de mes concitoyens, étaient passés, cette ville
de la Lyonnaise aimée d'Auguste et de sa dynastie, cette
ville élue des dieux. Le grand rassemblement auquel je
participais pour l'année 219 la transformait en une des
villes les plus peuplées de l'Empire. Mais je n'oubliais
pas non plus le souvenir d'Epona, ma mère qui, lorsque
mon père était parti avec moi en 192, m'avait raconté que
le 1er août était consacré jadis, au temps des Gaulois, au
culte du dieu Lug, le soleil ; et je voyais encore son sourire
un peu moqueur lorsqu'elle ajoutait devant mon grand-
père que les Romains, en établissant le culte impérial
à Rome et à Auguste ce jour-là n'avaient guère innové,
et j'entendais la voix de mon grand-père, pendant que je
pénétrais à Lyon, dans le bruit des roues, qui louait la
tolérance des Romains, vainqueurs des peuples de la
Gaule et leur bienveillance à l'égard de divinités qui leur
étaient pourtant étrangères. Et les acclamations de la
foule massée le long de la voie de l'Océan ne m'empê-
chaient pas d'entendre mon grand-père s'écrier : « Quel
conquérant victorieux a eu dans le passé une attitude aussi
noble ! » Et c'est vrai que la ferveur dont j'étais témoin
ne démentait pas les propos du vieux Marcus Hadrianus
Camulogène, et je pus constater que les liens entre les

soixante délégués des Trois Gaules et le légat de la Lyonnaise Tiberius Claudius Paulinus, venu à notre rencontre, étaient profonds, sincères, respectueux mais aussi empreints de franchise.

Le légat, de grande stature, était entouré de licteurs qui portaient les cinq faisceaux, symboles de sa charge. Il était suivi par un détachement de la garnison de Lyon, formée depuis Septime Sévère par des auxiliaires de certaines légions de Germanie. Je fus surpris lorsque le légat se dirigea vers mon véhicule d'où je descendais pour le saluer, comme tous mes collègues. Il me déclara combien il était heureux de me voir ; que la réputation que j'étais un bienfaiteur de ma ville était parvenue jusqu'à lui ; il rendit hommage à mes mérites et à ma famille qui avait su servir l'Empire et ne point garder rancune à Rome. Cette salutation fut remarquée, de nombreux délégués entourèrent mon véhicule et entendirent ainsi les paroles de louanges de Tiberius Claudius Paulinus.

Puis le légat reprit la tête de la procession des véhicules et nous traversâmes tous ensemble la ville, gigantesque avec ses rues innombrables, ses statues, ses deux théâtres, et son temple dédié à Cybèle, son forum et son capitole, miroir de Rome planté au cœur des Gaules où je me sentais quelque peu perdu, une ville qui m'écrasait par sa magnificence et me donnait à regretter quelque peu Lutèce dont tant d'habitants étaient mes amis.

La cérémonie au sanctuaire des Trois Gaules, le 1er août, avait attiré à Lyon de nombreux Gaulois des cités voisines, et même des représentants de la Narbonnaise. Ils se mêlaient aux commerçants des pays orientaux, aux soldats des frontières du Rhin. Que d'étrangers on y croisait, que de langues on y entendait parler, que de bousculades, que de bruits qui m'étourdissaient, à tel point qu'aujourd'hui je vois Lyon dans mes souvenirs, envahie par la brume de chaleur qui montait des fleuves vers la colline, par les nuages de poussière soulevés par les roues des chariots et par les sabots des chevaux, par les escortes militaires et par les troupes d'esclaves et de secrétaires.

Pour nous rendre au matin du 1er août sur les lieux de la cérémonie, nous empruntâmes la grande voie qui, comme à Lutèce, traversait la ville du nord au sud, puis nous prîmes la rue principale qui passait le long d'un temple dédié à Mars, et le long du marché. Celui-ci nous conduisit à l'extrémité de la colline qui surplombait quelques ruisselets du Rhône et la Saône, avec laquelle le fleuve formait un confluent. Nous descendîmes la colline par la voie du Rhône qui passait à travers un petit bois et nous nous arrêtâmes quelques instants devant un temple consacré aux Trois Mères, que j'avais croisées souvent sur ma route, trois femmes représentées l'une avec un épi de blé, l'autre avec une coupe et la troisième avec une corne d'abondance. Nous reprîmes notre marche et nous parvînmes au bord du fleuve sur une place autour de laquelle étaient bâties quelques demeures et au centre de laquelle s'élevait un sanctuaire dédié au fleuve Saône, précédant le pont en pierre qui franchissait les eaux tumultueuses.

Après nous être inclinés devant la statue du génie de ces lieux, armé d'une rame, qui préside aux joutes entre les nautes du Rhône et ceux de la Saône, et qui se dressait sur un éperon rocheux, nous nous engageâmes sur le pont qui gagnait, sur l'autre rive, le bourg de Condate, où s'élevait sur une place un temple consacré à Diane. Là un chœur d'enfants vêtus de tuniques de lin blanc et la tête ceinte d'une couronne de lierre pour les garçons, tandis que les filles portaient dans leur chevelure un diadème en forme de croissant de lune, entonna alors un hymne à Diane : « Nous qui sommes voués au culte de Diane, jeunes filles et jeunes garçons au cœur chaste, jeunes filles et jeunes garçons, célébrons ses louanges. O puissante fille de Latone et de Jupiter, toi que ta mère enfanta sous les oliviers de Délos, toi destinée en naissant à régner sur les monts, sur les forêts verdoyantes, sur les mystérieux bocages et les fleuves aux flots retentissants, toi que les femmes invoquent, comme une autre Lucina, dans les douleurs de l'enfantement ; puissante Hécate, toi à qui le soleil prête sa lumière. Toi, qui mesures le cercle de l'année dans ton cours mensuel, et remplis d'abondantes moissons la grange du laboureur sous quelque nom qu'il te plaise d'être adorée, reçois nos hommages et accorde-nous comme toujours, ton appui tutélaire. »

Les demeures de ce bourg m'étaient familières parce qu'elles ressemblaient à celles de Lutèce, simples, rustiques. Une autre colline surplombait ce rivage en forme de croissant qui suivait la courbe du fleuve Saône, nous y accédâmes par une voie dallée dont la pente était raide et qui aboutissait à une place triangulaire où nous nous arrêtâmes tous pour nous reposer et deviser. Une nouvelle fois, Tiberius Claudius Paulinus s'approcha de moi pour me présenter à son successeur de l'année 220 qui venait d'être désigné, Marcus Aedinius Julianus, qui n'appartenait pas à l'ordre sénatorial, mais était d'ordre équestre et ne pouvait porter le titre de légat : on lui donnait le nom de procurateur. Cette marque de confiance et d'amitié doublement répétée me toucha. Nous parlâmes de Lutèce, je lui exposai les problèmes qui se posaient à notre ville, la sécurité des routes et des fleuves qui étaient sillonnés par des bandes armées, ce dont souffraient les commerçants, et les nautes. Le légat promit de faire venir des auxiliaires en renfort de la frontière du Rhin afin de créer des postes militaires dans plusieurs villes de la Lyonnaise. Nous bûmes ensemble l'eau d'une fontaine ornée d'une tête de cyclope qui avait été érigée par deux légionnaires et dédiée à « Jupiter très grand et très bienveillant », sous le règne de l'empereur Claude en 48 après Jésus-Christ. Puis nous quittâmes le bourg de Condate et nous nous engageâmes vers l'est par une rue qui traversait un quartier plus riche où pour chacun des délégués des cités et des prêtres du sanctuaire fédéral avaient été réservées demeures et chambres.

Nous nous réunîmes ensuite aux thermes dans la grande salle du frigidarium, comme nous le faisions à Lutèce. Nous devions désigner le grand prêtre de Rome et d'Auguste pour les trois provinces d'Aquitaine, de Lyonnaise et de Belgique. Le délégué des Sénons (Sens) se leva alors pour demander que je fusse candidat. Je n'eus pas le temps de refuser, comme ma modestie me poussait pourtant à le faire, que déjà les acclamations de l'ensemble des délégués faisaient trembler les voûtes de l'édifice. On louait tour à tour mon édilité et on donnait la construction de l'aqueduc comme un modèle pour toutes les Gaules. Ainsi, en quelques instants, je devenais le personnage le plus important de ma province et de la Gaule après le légat de Rome. Je savais que cet honneur n'était pas sans responsabilités morales et que cette fonction n'était pas sans énormes charges financières. Aussitôt, des servants et des prêtres voués au culte impérial m'entourèrent et s'inclinèrent, tandis que les délégués me félicitaient, j'embrassai Allorix, le délégué des Sénons.

Je regagnai, au milieu d'un cortège de gens en liesse, ma demeure avec mon esclave et mon secrétaire aussi joyeux que j'étais grave ; je pris quelque repos et mangeai frugalement. Je regrettais que mes parents et mon grand-père ne fussent pas présents à mes côtés. Ils auraient été fiers de ma réussite et même Epona ne me l'eût pas reprochée puisque le fils de Lucter, compagnon de Vercingétorix, avait été prêtre en son temps à l'autel fédéral, comme l'indiquait une inscription honorant ce cadurque célèbre.

L'après-midi se déroula la cérémonie, à mi-pente de la colline où s'étendait une grande terrasse dallée, face au midi, à l'éternel soleil qui, sous la protection d'Apollon, éclaire l'univers tout entier. Nous y parvînmes par deux rampes. J'étais suivi par tous les délégués et précédé seulement par le légat entouré de ses licteurs qu'accompagnait le procurateur nommé pour l'année suivante, Marcus Aedinius Julianus. Je me trouvais alors face à deux autels, le premier situé au centre, dédié à Rome et à Auguste. Cet autel était orné d'un bas-relief qui représentait en son milieu une couronne de chêne, avec de chaque côté une branche de laurier et un trépied surmonté d'une couronne de laurier. Les leçons de mon maître à l'école du forum revinrent alors à ma mémoire, elles m'avaient appris que ces couronnes avaient été décernées jadis à Auguste, le triomphateur des ennemis de Rome, le pacificateur de l'Empire, celui qui avait fait régner la concorde entre tous les citoyens romains.

Je m'approchai de l'autel, après avoir revêtu une grande tunique blanche dont j'avais ramené un pan sur ma tête. Les délégués des soixante cités m'assistaient. Ils avaient posé sur l'autel des trépieds sur lesquels étaient fixés des couronnes et des orbes. Des moutons, les pattes liées, furent amenés et chacun des délégués en égorgea un. Je fus contraint, assisté par un aide, d'assommer un bœuf blanc, avant de lui ouvrir les veines du cou du tranchant d'un couteau que me présenta le légat pour bien témoigner des rapports privilégiés entre les trois Gaules et Rome et de l'allégeance des unes à l'autre. Le sang chaud de l'animal mourant s'écoula dans une rigole, creusée dans la pierre, qui ceignait l'autel. Je ne regardais pas trop les geste qui s'accomplissaient autour de moi et je levais les yeux vers les deux victoires ailées qui encadraient l'autel. Elles étaient dressées sur de hautes colonnes en syénite grise. Ces deux statues en bronze doré avaient été vêtues par l'artiste et le fondeur de la tunique talaire. Elles tenaient de la main droite une couronne lemnistique et de la main gauche une palme appuyée sur leur épaule.

Pendant que les moutons bêlaient et râlaient, je me recueillis devant la majesté sans froideur de ces deux statues, j'admirai leur grâce qui contribuait à l'émotion religieuse de la cérémonie rituelle pour célébrer l'unité de l'Empire.

Ainsi les trois Gaules, si divisées jadis, étaient réunies par ce sacrifice commun, sous l'éclat des ailes aux larges ramages de ces victoires protectrices, de ces femmes de bronze qui, sous la lumière forte de cet après-midi d'août, paraissaient presque s'animer devant mes yeux.

Un autre autel, de plus petite dimension, se trouvait sur ma gauche. Il était décoré de guirlandes en forme de feuilles de chêne avec leurs glands. On pouvait y lire les noms des soixante cités représentées au culte impérial du confluent. Lutèce y figurait, et j'étais fier que son nom en ce jour où je la représentais solennellement et où elle était particulièrement honorée, la rappelle à l'attention de la foule fervente, ainsi qu'à la piété et à la gratitude de tous.

Je tournai mon regard vers la foule des délégués qui se trouvaient au pied des soixante statues représentant les cités, disposées à intervalles égaux, le long du mur d'enceinte qui fermait la place contre la colline. Lutèce y était figurée sous la forme d'une divinité à la tête surmontée d'une couronne murale qui tenait une barque dans ses bras pour rappeler l'importance de la corporation des nautes parisiens dans le trafic fluvial en Gaule lyonnaise.

Je fis le tour de la place, afin de répandre le sang des victimes, recueilli dans des urnes, au pied des autres édifices votifs dédiés à nos divinités et élevés par mes prédécesseurs, les grands prêtres de Rome et d'Auguste au sanctuaire fédéral. Puis je déposai l'encens sur l'autel sacrificiel, avant de passer devant de petits temples, des autels de toutes formes et de toutes dimensions, devant des colonnes de toutes tailles, dons des fidèles et des voyageurs, et présents des cités qui avaient élevé ces monuments en l'honneur ou à la mémoire des grands prêtres.

Je me recueillis devant la grande statue équestre de l'empereur Claude, né à Lyon. Encastrée dans son socle se trouvait une grande plaque de bronze, en deux parties, dont mon grand-père m'avait parlé et sur laquelle était gravé le texte du discours prononcé par l'empereur au Sénat qui autorisait les sénateurs gaulois à siéger dans l'enceinte de la curie romaine, en dépit des oppositions des vieux Romains. Je rendis hommage, par quelques paroles, à cet empereur que la renommée n'avait point défendu et dont les défauts étaient devenus au cours des temps des crimes imaginaires. Il était bègue et laid, mais s'il connaissait l'histoire de son passé et la langue des Etrusques, il ignorait la rancune. Notre famille lui devait sa fortune et, grâce à cet empereur généreux, le nom de Camulogène ne serait plus jamais un sujet de réprobation dans l'Empire.

Proche du mur de la terrasse qui bordait la colline, un temple de style ancien, sans décor, d'une simplicité austère, accueillit les délégués des nations réunis en assemblée et les représentants du pouvoir impérial, le légat, le procurateur, les curateurs, les décurions de Lyon, les officiers de la cohorte prétorienne et les agents du cens et du fisc.

Avant de pénétrer dans l'édifice et de me retrouver à la présidence de l'assemblée, je me retournai vers les fleuves et le confluent, vers la colline qui s'élevait en face, vers l'acropole où avaient été bâtis les principaux monuments de la ville : théâtre, odéon, temple consacré à Cybèle. A ma droite, j'apercevais l'ellipse de l'amphithéâtre où je devais organiser, comme l'exigeait la coutume, des combats de gladiateurs et offrir à mes frais des spectacles à la population comme je l'ai écrit au commencement ; cet amphithéâtre avait été naguère, le jour de ma naissance, le lieu où avaient été sacrifiés des chrétiens, une certaine Blandine et ses compagnons, parmi lesquels un citoyen romain, Attale.

Puis je pénétrai dans le temple où déjà les délégués étaient installés sur des gradins. Assis sur un tabouret entouré du légat Paulinus et du procurateur Julianus, j'écoutai les orateurs qu'un héraut nommait : celui des Calètes à Lillebonne se plaignit des taxes trop nombreuses que les Romains imposaient aux marchandises transitant sur la Seine. Le délégué d'Avenches fit état de l'insécurité de la région, suivi en cela par les délégués de Strasbourg et de Trèves qui souffraient des incursions des Barbares. A leur suite, les représentants de la Belgique, des Médiomatriques, des Rauraques prirent la parole, dénonçant le manque d'effectifs militaires et l'insuffisance du nombre des légions. Ils mirent en cause, avec une certaine violence, l'inertie de l'empereur lui-même et celle du légat qui empêchait les commandants des légions et des cohortes de prendre des initiatives et de poursuivre sur leurs territoires les Barbares qui avaient franchi les frontières ou les fleuves de l'Empire.

160

Enhardi par cette contestation générale, le délégué des Rutènes (Rodez) éleva la voix et dénonça ce qu'il appelait le mépris dont témoignait Tiberius Claudius Paulinus à l'égard des cités gauloises. Il fut approuvé par quelques acclamations venues de l'assemblée. Je ne pouvais admettre ce qui apparaissait déjà comme une rébellion, d'autant plus que les délégués d'une part et le légat d'autre part se tournaient vers moi pour me demander de trancher le différend. Les premiers m'avaient élu grand prêtre du sanctuaire fédéral, et le légat réclamait mon appui parce qu'il m'avait accordé, dès mon arrivée à Lyon, sa confiance. Le risque d'une révolte ouverte des trois Gaules contre le représentant du pouvoir impérial n'était pas négligeable et je ne pouvais prendre la responsabilité de déclencher une nouvelle guerre civile, comme celle que nous avions connue en 197. Je me devais donc de me ranger aux côtés du légat et je le dis dans un discours ferme, grave, mais serein. Il fut d'abord interrompu par les murmures de quelques-uns qui, je le compris, me reprochaient de trahir la leçon d'indépendance de mon ancêtre Camulogène. Mais bientôt la colère de l'assemblée se calma. Je fis remarquer que, sur soixante cités, pas plus d'une dizaine avaient demandé par motion la mise en accusation du légat. Aussi étais-je autorisé à poser la question préalable, en vertu des pouvoirs que ma fonction me conférait, et à m'opposer au vote de cette motion. M'adressant à tous les délégués, je m'exclamai : « La confiance que vous m'avez accordée doit-elle m'être retirée soudain dans cette enceinte sacrée, après une cérémonie qui a montré la fidélité de nos trois provinces envers l'empereur et envers Rome ? Me faites-vous assez crédit, ajoutai-je, pour me croire encore ? »

Je leur dis aussi qu'à Lutèce, et dans bien d'autres cités, on ne s'était jamais plaint du légat et de son administration, et que ceux qui avaient pu approcher Paulinus n'avaient eu que des éloges à exprimer par la suite sur sa compétence, son autorité et sa bienveillance. Je ne doutais pas qu'il y eût dans certaines cités des mécontentements, notamment à la suite des périodes troublées que nous avions vécues et je me faisais l'interprète des délégués des cités pour exposer en détail les points litigieux au légat, tout comme j'exhortai l'assemblée à croire à l'affection que leur vouait Paulinus dont je me portais garant. Les rumeurs cessèrent, les délégués se rassirent, l'agitation sur les gradins s'apaisa et l'ensemble des soixante cités décida d'abandonner les accusations.

Lorsque Tiberius Claudius Paulinus me donna l'accolade, nous fûmes acclamés. J'avais réussi à conserver la confiance de mes concitoyens et celle du légat. L'unité des trois Gaules et ses liens avec l'Empire avaient été maintenus et le péril détourné. Marcus Aedinius Julianus, qui devait prendre ses fonctions l'année suivante, me serra les mains au moment où, après m'avoir raccompagné à ma demeure, il me saluait et m'assurait de son amitié.

Le lendemain et les jours qui suivirent se déroulèrent dans l'amphithéâtre trente-deux combats de gladiateurs et, pendant quatre jours de suite, je dus assister à ces luttes sanglantes et vaines, à ces massacres sans espoir. Je vis avec tristesse mes collègues, les délégués et le peuple de Lyon hurler leur haine et leur joie, manifester leur cruauté et leur violence, et même le légat, homme pondéré, qui assista à quelques-uns des combats, semblait prendre plaisir à ce spectacle bestial, et plusieurs fois même, pour contenter le peuple, il refusa d'accorder la grâce aux vaincus restés à terre et baissa le pouce, autorisant ainsi l'égorgement des malheureux blessés.

Je décidai également de fournir au trésor des nautes une somme assez considérable pour que les thermes que j'avais fait construire à Lutèce pussent être restaurés à perpétuité. Au moment où j'écris ces lignes et où approchent les Barbares, je mesure l'inanité d'une semblable décision, et j'entends se moquer le destin qui, en toutes choses, décide.

Chapitre dix-huitième

Dès mon retour à Lutèce, j'ordonnai la construction d'un hippodrome à mes frais, en l'honneur de l'empereur Héliogabale, dont le culte qu'il vouait au soleil, symbolisé par l'ellipse du monument et la course des chevaux, n'était pas étranger à ma décision.

Tandis que se déroulait à Lutèce et à la curie les discussions sur ce projet, je fus appelé auprès de Tiberius Claudius Paulinus qui venait de quitter ses fonctions de légat de la Lyonnaise et occupait le poste de légat à propréteur de la légion IV de Bretagne inférieure. Je l'assistai en qualité de tribun militaire pendant six mois dans une petite ville, non loin de York où était mort l'empereur Septime Sévère.

Je quittai pour la première fois les rivages de la Gaule pour les contrées sauvages de l'île de Bretagne, à plus de quarante ans, je fis la connaissance de l'Océan et de l'empire de Neptune. Je songeais à mon oncle Gaïus qui avait foulé le sol de ce pays et qui, comme moi, avait vu ces horizons pleins de nuages et ces landes pleines de pluie ; la tristesse de cet exil que je devais pourtant à l'amitié de l'ancien légat de la Lyonnaise, je l'oubliai vite, à un poste qui ne réclamait guère de talent militaire, mais demandait surtout une grande expérience de l'administration. Comme j'étais de rang sénatorial, je reçus le titre de laticlave. J'avais été chargé spécialement des finances de la légion, notamment du trésor de l'intendance, des fournitures et de l'entretien de la troupe en armements, en vêtements, en cuirasses, en chaussures que je fis parvenir de Lutèce, grâce à mes relations d'amitié avec les nautes qui acceptèrent de franchir l'Océan sur leur bateau pour obéir à mes ordres. Je m'occupai également de la solde des soldats. J'étais assisté d'un petit état-major composé d'un corniculaire, Caïus Geminius Artillus, que m'avait conseillé le légat, de comptables et d'un commentaire, Respectius Hilarianus, qui avait exercé ses fonctions d'archiviste-secrétaire à Lyon l'année précédente ainsi que d'un bénéficiaire, Secundius Constans, qui était préposé aux missions spéciales.

Lorsque je quittai mon poste au bout de six mois, je reçus à Lutèce que j'avais regagnée une lettre de félicitations et d'amitié ainsi que des présents de Claudius Paulinus :

« Bien que tu mérites des cadeaux plus nombreux, m'écrivait-il, je te prie de bien vouloir accepter le peu que voici de ma part puisqu'on te l'offre à l'occasion du poste dont tu as été honoré : une chlamyde de Canusium, une dalmatique de Laodicée, une fibule en or enrichie de pierres précieuses, deux manteaux, un vêtement breton, une peau de veau marin [1]. » Il avait ajouté à ces présents la solde de 25 000 sesterces payée en or et il terminait sa lettre par ces lignes :

« Grâce à la faveur des dieux et de la sainte majesté de l'empereur, tu obtiendras plus tard des récompenses plus dignes en rapport avec les mérites de ton affection à mon égard. »

Cette affection née le jour où j'avais défendu Tiberius Claudius Paulinus à l'assemblée du Confluent, il devait me la renouveler. J'avais en effet trouvé la curie de Lutèce très agitée par les discussions qui concernaient l'emplacement du futur hippodrome. J'avais prononcé un

1. Phoque.

discours sévère où je leur disais que je resterais éloigné de Lutèce tant qu'une décision définitive n'aurait pas été prise à ce sujet. Je renouvelais mon engagement généreux de payer entièrement la construction de l'hippodrome et je partis pour Rome afin de rejoindre Aedinius Julianus qui avait succédé à Tiberius Claudius Paulinus comme procurateur de la Lyonnaise et, après avoir été préfet d'Egypte, venait d'accéder à la fonction capitale de préfet du prétoire. Je m'honorais de son amitié et de sa confiance depuis notre rencontre au sanctuaire fédéral de Lyon, et je lui demandais de m'appuyer auprès du nouveau procurateur de la Lyonnaise, Badius Comnanius, afin d'être nommé pour une année dans une légion. Je possède la lettre qu'il écrivit où il évoque la dramatique séance de l'assemblée des trois Gaules. Elle me fut favorable puisque Badius Comnanius m'envoya à Lambèse à la IIIᵉ légion Auguste en Numidie auprès du tribun militaire Marcus Valerius Florus qui la commandait. Je traversai la mer et j'abordai à un rivage où la lumière, la chaleur étaient vives. Je revois Lambèse où se trouvait le camp de la légion et la ville bâtie au pied des montagnes mauves qui se détachaient sur le ciel toujours bleu. J'occupais les mêmes fonctions que dans la légion IV de Bretagne, mais elles étaient plus considérables et je fus en fait chargé de toute l'administration financière de la ville. Je ne regrette pas d'avoir servi directement Rome au cours de cette année 224 puisque la Numidie était calme en ce temps-là et que les indigènes s'étaient peu à peu convaincus de l'utilité de l'alliance et de l'amitié avec le peuple romain. Mais je fus cependant heureux de revenir à Lutèce sous le règne de l'empereur Alexandre Sévère. J'y admirai l'hippodrome presque achevé sur la presqu'île formée par le confluent de la Seine et d'une petite rivière [1] sur laquelle au sud passait l'aqueduc. Ce terrain était parfaitement plat, mais il avait l'inconvé-

---

1. La Bièvre. L'hippodrome occupait l'emplacement de la halle aux vins.

nient d'être inondé lors des crues du fleuve en hiver ou au début du printemps.

C'est par la rue principale qui passait le long des thermes du nord et de ceux de l'est, qu'on atteignait l'hippodrome inauguré sous le règne d'Alexandre Sévère, issu d'une dynastie vouée au culte du soleil. Phœbus n'était-il pas représenté, parcourant le ciel sur un char d'or traîné par quatre chevaux et n'était-il pas le protecteur des quadriges qui prendraient part aux courses et qui lui étaient consacrés ? Lors de l'inauguration de l'hippodrome je passerai toute ma journée à rêver devant cette course de chars à laquelle j'assistais et qui évoquait bien des images du ciel et du soleil, telles que nous en parle Suétone dans un livre qu'il a consacré au cirque [1]. Des gradins bordaient la piste très allongée sur trois côtés. Au fond s'ouvraient les douze portes des loges, semblables aux douze mois que le soleil traverse au cours d'une année, par où sortiraient les quadriges, au signal d'un homme qui s'installait au centre de la piste et s'apprêtait à se couvrir la tête d'un masque de Janus au double profil, la divinité gardienne des portes : il tenait déjà dans sa main un étendard.

La tribune où je pris place était surmontée d'un toit en pente pour protéger les spectateurs privilégiés du soleil ou de la pluie. Au milieu se trouvait la spina, sorte de trottoir, qui séparait la piste en deux, dans sa longueur. A l'est et à l'ouest, cette partie centrale s'arrondissait et se terminait par trois bornes qui indiquaient le lever et le coucher du soleil. Au centre un obélisque, arraché par les conquérants romains à la terre d'Egypte, était consacré au soleil. A côté des trois bornes s'étendait un fossé plein d'eau qui signifiait la présence de l'Océan au-dessus duquel passe l'astre d'Apollon. Trois autels étaient consacrés respectivement à Cérès, à Pluton et à Proserpine. Une statue de l'empereur Alexandre Sévère, à cheval, et recouverte d'or, comme il sied à un empereur

1. Le livre auquel Camulogène fait allusion a été perdu.

d'une dynastie protégée par la brillance solaire, complétait l'ensemble de la spina. Je remarquai également sur les côtés est et ouest de la spina deux séries de sept boules, chacune en bois et deux séries de sept dauphins en bronze, le tout monté sur des hampes au bas desquelles se tenait un esclave. A quoi servaient-elles ? Je l'apprendrai bientôt.

Sept tours étaient prévus pour ceux qui devaient participer à la course. Sept, le chiffre magique, qui comprenait les sept planètes, Mercure, Vénus, le Soleil, Mars, Jupiter, Saturne et la Lune ; sept qui incluait les sept jours de la semaine. Quatre factions s'étaient entraînées pour la compétition dont les cochers seraient vêtus, d'après le programme qu'on venait de nous distribuer, de tuniques de couleurs différentes, la première verte pour évoquer le printemps, la terre, les fleurs et Vénus, la seconde rouge, pour l'été, le feu et Mars, la troisième bleue pour l'automne, l'air du ciel ou l'eau de la mer, Saturne et Neptune, et la quatrième blanche, l'hiver, les zéphirs et Jupiter. Chacune de ces factions formait une corporation puissante avec ses charrons, ses selliers, ses cordonniers, ses tailleurs, ses médecins et ses vétérinaires, ses maîtres d'équitation et ses palefreniers. Lutèce n'avait pas eu de difficulté à recruter cochers et employés pour les écuries. Depuis toujours les Gaulois étaient d'excellents cavaliers. Ils aimaient, bien avant que Rome ne les conquière, se déplacer sur des chars, ils en connaissaient la conduite.

La foule, qui avait pris place sur les gradins, était agitée et chacun discutait avec son voisin, parfois avec violence. J'en vis même en venir aux mains, séparés bientôt par la milice municipale dont les hommes se trouvaient en haut des gradins surmontés par une galerie couverte où, aux entractes, on pouvait s'abriter, boire, manger, se délasser. Cette agitation et ces mouvements d'humeur étaient dus aux différents paris qu'on pouvait prendre en faveur des factions. Je préférais ces disputes aux violences de l'arène et ces compétitions sportives où le meilleur et le plus adroit gagnait aux combats de gladiateurs où seule la mort était victorieuse.

Une trompette résonna, la rumeur de la foule s'apaisa, lorsque débuta, avant la course, la procession pour laquelle un héraut juché sur la spina demanda le silence et le recueillement. Le préteur municipal monté sur un char ouvrait la procession. Il avait revêtu une tunique de couleur pourpre comme savent les faire les tisserands de Tyr. Une délégation de décurions le suivait. Puis venaient, portés sur des chars ou des brancards tirés par des chevaux ou des esclaves, les statues des grandes divinités du ciel dont le cirque était l'image sur la terre et Alexandre Sévère, le représentant de l'astre le plus célèbre, le soleil lui-même. Lorsque la statue de Neptune passa devant les nautes, elle fut particulièrement applaudie. Mais ce fut devant les vétérans et les légionnaires que Mars, dieu de la guerre, eut le plus de succès.

Ce ne fut pas sans tristesse et sans regret que je vis passer Diane qui avait abandonné mon père à la mort au cours de la chasse tragique. La statue de Minerve, divinité des arts, fut acclamée par les artisans, si nombreux dans notre cité, et les cultivateurs qui étaient venus des environs montrèrent qu'ils étaient nombreux en se levant et en faisant claquer leurs mains, lorsque Cérès, déesse des moissons, et Bacchus, dieu des vignes, passèrent devant eux. Mais ce fut un cri de joie unanime, lorsque nos propres dieux défilèrent devant nous, Taranis, dieu du ciel, Teutatès, dieu de la guerre, Esus, des forêts, Tarvos Trigaranus, le dieu Taureau aux trois grues, Cernunnos le taureau aux bois de cerf, Smertios, Ogmos et tant d'autres. La foule entière se leva des gradins et les cris des spectateurs se répercutèrent, roulèrent contre la colline et au bord du fleuve qui bordait le cirque. Les statues des Dioscures, Castor et Pollux, furent dévoilées pour que par leur présence elles puissent présider aux jeux du cirque.

Par les douze portes, on vit des esclaves contenir les quarante-huit coursiers des douze quadriges qui piaffaient et dont les crinières étaient tressées et décorées. Ils flattaient de la main les chevaux impatients qui s'ébrouaient, s'agitaient, tiraient sur les guides, se cabraient parfois et frappaient d'un sabot rageur la piste.

Enfin les sons éclatants de la trompette du héraut appelèrent les quadriges, les esclaves se retirèrent et apparurent les attelages montés chacun par des cochers, revêtus de leur tunique de couleur. Les traits de la foudre impétueuse, la flèche lancée par l'arc du Scythe, le sillon de l'étoile filante, la grêle des balles de plomb tombant des frondes des tireurs des Baléares ne fendirent pas le vide avec plus de rapidité. Les roues dévorèrent l'espace, l'air fut jauni par la poussière de la piste que soulevaient les chars. Les conducteurs debout, penchés en avant, frappaient de leur fouet les coursiers écumants. Leur vitesse sur la piste était telle qu'on se demandait si c'était le timon qui les portait ou l'essieu.

Je les suivais des yeux, les premiers quadriges parvinrent à la première courbe ; c'est un quadrige, occupé par un cocher de couleur bleue dont les chevaux avaient également le cou et la crinière entourés de rubans bleus, qui amorça le tournant en serrant les trois bornes le plus près possible pour gagner du temps et du terrain. Les hurlements de la foule redoublèrent. Je fus étonné que des milliers d'hommes s'intéressent non pas tant à la rapidité des chevaux, ou à l'habileté des cochers mais seulement à leur habit bleu, rouge, vert ou blanc. C'est ce vêtement seul qu'on applaudissait et lorsqu'un quadrige aux couleurs vertes le doubla dans le sens ouest-est et le fit passer à la seconde place on ne l'acclama plus, mais on le siffla. Ceux qui suivaient restaient attentifs aux fautes des adversaires, ils tentaient de se faufiler dans un passage à droite que deux quadriges de tête avaient ouvert en se portant à gauche afin de contourner au plus près les trois bornes du côté est.

Le premier tour fut bouclé, et des deux servants sur la spina, le premier tira la tige d'une des sept boules de bois et l'autre retourna le dauphin d'airain. Ils firent de même après chacun des sept tours prévus.

Des cochers, notamment les blancs, modérèrent leurs coursiers, ne les épuisèrent pas dès les premiers tours, et ne prirent pas de risque, en attendant les derniers tours. Les autres pressèrent leurs chevaux du geste et de la voix, et arrosèrent le sol de leurs gouttes de sueur. La course enflammait leur ardeur, et la peur, on le voyait, les faisait pâlir à chaque tournant. Ainsi s'achevèrent les premier, second, troisième et quatrième tours. Les roues des quadriges commençaient à fumer, tant le frottement de la jante sur le fer et sur le moyeu en bois était fort. Comme la roue risquait de prendre feu, des employés du cirque munis d'un seau se précipitaient au passage des chars et jetaient régulièrement de l'eau froide sur les roues.

Les verts étaient toujours en tête, suivis des bleus, des rouges et des blancs. Au cinquième tour, les trois quadriges verts sur lesquels avaient porté les paris de la grande majorité des spectateurs renoncèrent soudain à lutter, les chevaux étaient épuisés en dépit des exhortations du public. Le sixième tour vit alors la lutte entre les bleus et les rouges. Les bleus, pensant n'avoir plus d'adversaires à redouter, poursuivaient la course, sans se préoccuper d'un quadrige monté par un cocher rouge qui, la poitrine tendue, rassemblait les rênes. L'un des quadriges bleus arriva à la borne, mais le quadrige rouge le serra de près. La foule s'était tue, impressionnée, terrifiée. Le cocher, aux couleurs du ciel, rata le virage et ses chevaux emportés sur l'autre extrémité de la piste perdirent toute chance de gagner et le rouge réussit à passer. L'autre bleu se porta trop à droite et perdit du terrain et le rouge alors le doubla dans la ligne droite, mais il fut bientôt rejoint et pressé par un concurrent à la tunique blanche qui s'était placé à sa suite et tentait de le doubler. Une mauvaise manœuvre jeta son quadrige contre l'autre. Les coursiers, déséquilibrés, s'abattirent sur la piste et entraînèrent le cocher dans leur chute, tandis que le char se retournait.

Mais déjà le rouge en tête s'apprêtait à boucler son dernier tour de piste, le cocher prit des risques, enivré par les acclamations et il serra de trop près la borne ; l'essieu de la roue gauche de son char la heurta et se brisa. Le char s'effondra et les chevaux libérés s'enfuirent dans la poussière, entraînant le cocher qui avait enroulé les rênes autour de son torse et qui n'eut pas le temps de prendre le poignard fixé à sa ceinture pour les couper et pour se dégager.

Ce fut donc un cri d'horreur qui s'éleva, et lorsqu'au bout de la piste des palefreniers réussirent à se saisir des chevaux et à les arrêter, ce fut un homme, le visage en sang et les membres brisés, qu'on découvrit derrière eux, un cocher mort. Ce fut donc le quadrige blanc, resté prudemment en arrière pendant toute la course, qui franchit en vainqueur l'arrivée, signalée par le président de la course : celui-ci du haut de la tribune d'honneur où je me trouvais lança une bannière sur la piste.

Ceux qui avaient misé sur les blancs étaient peu nombreux et ils manifestaient leur contentement parce qu'ils allaient toucher de grosses sommes.

Le cocher mort qui s'appelait Scorpus eut droit à une prière publique prononcée par le grand pontife qui, du haut de la tribune, à mes côtés, lança une supplique dont j'ai retenu l'essentiel, tant je l'ai trouvée émouvante et belle :

« Que la victoire désolée brise ses palmes iduméennes ! Faveur, frappe impitoyablement ta poitrine nue ! Honneur, prends le deuil ! Gloire, jette aux flammes les couronnes qui parent ta chevelure ! O forfait ! Tu meurs, Scorpus, dans la fleur de la jeunesse, et tu vas, si tôt, atteler les noirs coursiers des Enfers ! Pourquoi dépasses-tu les bornes de la vie, aussi vite que ton char dépassait et franchissait les bornes du cirque ? La jalouse Parque t'a ravi à vingt-sept ans. »

Les chevaux vainqueurs furent honorés et firent un tour de piste avec le cocher victorieux, un nommé Corax, monté sur le quadrige. Il recueillit des mains du président de la course les palmes de la victoire. Mes voisins racontaient sur ces chevaux une histoire : ils avaient déjà couru à Lyon et leur maître, le même Corax, avait un moment perdu l'équilibre et il était tombé à terre. Aussitôt les chevaux, sans s'affoler de sentir les rênes flotter sur leurs flancs, prirent la tête de la course et la gardèrent, s'opposant, s'élançant, et faisant contre leurs rivaux tout ce qu'ils auraient pu faire avec le plus habile conducteur, et on rougissait de voir des chevaux l'emporter en habileté sur des hommes : eux, cependant, après avoir accompli le parcours, s'arrêtèrent à la ligne d'arrivée marquée à la craie.

Puis on sacrifia, sur l'autel dédié à Epona, un des chevaux vainqueurs et sa tête fut suspendue quelques heures à la porte du cirque.

Chapitre dix-neuvième

Plus de trente années ont passé depuis cette mémorable inauguration qui sembla marquer la fin du bonheur de Lutèce et le début d'une ère marquée de troubles et de guerres. Pendant ces trente années, j'administrai Lutèce et je veillai à ce que la belle cité ne souffre pas trop des événements tragiques qui se succédèrent après l'assassinat d'Alexandre Sévère.

Mon fils Aurélien, que j'avais tenté d'élever selon les principes d'une éducation qui avait donné à notre famille la sérénité et assuré sa gloire, devenait un rebelle. A l'école du forum, il avait montré peu d'assiduité et il était revenu souvent les doigts rougis par les coups de baguette que lui infligeait le maître. Aurélia et moi-même tentâmes de nous opposer à son indolence et à sa paresse, mais il nous présentait toujours un visage si pur, entouré de boucles blondes, des yeux pâles si étonnés de nos reproches, que les réprimandes restaient le plus souvent au fond de nos gorges. Il est vrai qu'il témoignait, au milieu d'une société de plus en plus féroce, d'une égalité d'âme, d'une patience qui nous inquiétaient. Alors que l'ère où nous vivions réclamait de la vigueur et de l'audace, Aurélien passait son temps à regarder les étoiles et il ne répondait jamais aux violences de ses compagnons d'études ; nous le voyions rentrer les joues griffées et le front bosselé par la brutalité des autres qui l'accablaient d'injures devant sa passivité.

En vain nous l'incitions à se défendre, mais il nous regardait et nous souriait comme s'il était dans un autre monde. Dans la rue, il était toujours prêt à aider un vieil homme à traverser au milieu de la foule des colporteurs et des charrettes. Il rendait visite à nos voisins malades ou affligés, il leur portait de la nourriture et il allait passer quelques moments avec le forgeron de mon enfance qui ne pouvait plus quitter son lit.

Lorsque Aurélien accéda à l'âge de l'adolescence il conserva ses qualités d'âme qui nous ravissaient et nous inquiétaient à la fois, mais il refusa de sacrifier chaque matin aux dieux lares, de se prosterner devant la statue de l'empereur et même d'assister aux repas où j'invitais les membres de la curie et l'aristocratie de Lutèce.

Des discussions nous opposèrent bientôt où Aurélien me reprocha mon allégeance à un empire moribond selon lui, et à ses dieux qui pratiquaient l'inceste, l'adultère et le crime et se montraient incapables de nous protéger des luttes civiles. J'étais suffisamment averti de la présence d'une communauté de chrétiens dans la ville et de leurs arguments pour m'apercevoir qu'Aurélien était certainement devenu un membre de cette secte odieuse et un de ses zélateurs fanatiques. Je le déplorais. Aurélia tenta de l'envoyer chez des parents à Sens afin de lui apprendre le négoce du grain, mais il s'échappa, revint dans notre demeure qu'il quittait chaque soir pour rentrer fort tard dans la nuit. Aussi décidai-je une nuit de le suivre.

Aurélien se dirigea vers le quartier populaire de Lutèce au sud du forum et non loin de l'amphithéâtre. J'aperçus d'autres personnes sortir de leurs demeures, jeunes pour la plupart et dans leur majorité des esclaves ou des affranchis. Je me mêlai à eux, après avoir caché mon visage dans les plis de ma tunique de laine. Certaines personnes s'arrêtaient et, à l'aide d'un silex coupant ou d'un poignard, traçaient sur la pierre d'un monument ou le socle d'une statue la forme d'un poisson. J'avais souvent remarqué ce genre d'inscription sur les colonnes du forum et sur le mur extérieur du temple consacré à Jupiter. L'édile en exercice m'avait affirmé qu'elles avaient été gravées par les chrétiens : il s'employait depuis lors à les effacer des murs de Lutèce, et faisait gratter la pierre par les esclaves municipaux.

Je pénétrai à la suite de mon fils et d'autres Parisiens qui l'avaient rejoint dans une demeure où, par une trappe, on accédait à une grande cave creusée dans la pierre sur laquelle et avec laquelle les Camulogène depuis plusieurs générations avaient bâti notre cité. Des lampes à huile furent allumées dans ce labyrinthe ténébreux et je me cachai dans un recoin. J'assistai à des scènes étranges où il était question de Sauveur, de Roi du monde et d'un Dieu unique qui avait donné son fils Christ pour racheter nos fautes et nous conduire au paradis. Je ne compris pas le sens des paroles qui furent répétées avec ferveur par toute l'assistance, ni le sacrifice qu'on fit avec du pain et du vin, mais où il n'y avait ni bœuf ni agneau. Je trouvais étrange et inutile le repas sacré où chacun but et mangea. Aurélien que j'apercevais, éclairé par une chandelle, paraissait heureux et, au premier rang de l'assemblée, dirigeait les chants. Avant la fin de la cérémonie je quittai le souterrain et me hâtai de rentrer chez moi.

Ainsi, c'était vrai ! Une société secrète dont nous ne connaissions ni le nombre de ses membres, ni le sens de ses activités, prospérait sous la Lutèce de nos ancêtres et gagnait peu à peu les souterrains, envahissait la terre sacrée, et mon fils en faisait partie !

La menace d'un tremblement de terre ne m'eût pas autrement ému. Que complotaient ces esclaves et ce petit peuple dans les entrailles de notre cité ? Certes, j'avais pu constater qu'ils ne sacrifiaient pas des enfants comme on l'avait prétendu et qu'ils ne se livraient pas à des orgies, comme l'affirmaient les autorités. Leurs cérémonies étaient pacifiques, mais elles étaient interdites parce qu'elles se tenaient en dehors des lois sacrées de l'Empire et n'étaient point liées au culte de l'empereur.

Je préférai cacher à Aurélia mes découvertes et l'embarras affligeant dans lequel je me trouvais soudain plongé. Les hautes fonctions que j'exerçais à Lutèce, l'honneur et la gloire qui étaient attachés à mon nom, la vénération que je vouais à nos dieux indigènes et à ceux de Rome m'interdisaient toute réconciliation avec un fils qui s'était placé de lui-même en dehors de notre cité. Je le dis à Aurélien le lendemain au cours d'une âpre discussion où il tenta de me convertir à son Dieu et je le conjurai une ultime fois de rester fidèle à nos divinités et aux lieux de nos cultes : je ne parvins pas à le convaincre ; il ne put me faire fléchir. Aurélien comprenait mes raisons, il les attribuait, non sans insolence à mon âge, il m'invitait à quitter mes fonctions, mes dieux, pour le rejoindre au sein de la fraternelle communauté des chrétiens. Il demandait à sa mère qui était apparue dans le vieil atrium aux murs décrépis de suivre le même chemin, celui de la liberté et de la vraie vie. De mon côté, je persistai à l'inviter à ne pas déserter le toit de ses ancêtres et, dans un moment où l'empire vacillait, rester fidèle à nos modes de croyance et d'existence. Mais nous ne parlions plus le même langage. En ce fils qui ressemblait à mon grand-père et qui aurait pour son Dieu la même dévotion que Marcus Hadrianus Camulogène avait eue pour Rome, en cet Aurélien intransigeant comme l'avait été naguère mon ancêtre qui avait combattu Labienus, l'officier de César, je reconnaissais malgré tout mon sang et ma race. Mais voici qu'il se tournait vers un autre univers, vers une autre cité que Lutèce, vers un royaume qu'il appelait céleste et qui, prétendait-il, n'était pas de ce monde. Quel déchirement pour moi d'être obligé de le traiter d'insensé et de rêveur. Aurélia nous supplia à genoux de ne point offenser par des paroles impies et coléreuses les liens d'affection qui devaient malgré tout nous unir. Alors nous tombâmes dans les bras les uns des autres en pleurant, moi sur un fils qui m'était devenu étranger, lui sur un père qu'il avait le sentiment fallacieux d'abandonner aux divinités infernales, et Aurélia sur notre famille malgré tout brisée.

Sans rien emporter, il quitta notre maison, à laquelle pourtant il avait paru attaché, ni ses vêtements ni les souvenirs de son enfance. A mes proches, mes amis, mes collègues de la curie, j'affirmai qu'Aurélien était parti pour Rome afin de poursuivre des études et, plus tard, j'ajoutai qu'il s'était marié à une Romaine et s'était installé comme négociant sur le Palatin.

Je dois dire que jamais Aurélien ne chercha à me compromettre et, dans la vie clandestine qu'il devait mener, il prit soin de teindre ses cheveux et sa barbe qu'il avait laissée pousser pour qu'on ne le reconnût pas comme mon fils. Même si je déplorais son impiété entêtée, je lui sus gré de cette déférence filiale. De temps en temps, il me donnait de ses nouvelles d'une manière discrète, le plus souvent par l'intermédiaire d'un message qu'il glissait ou qu'on faisait passer sous ma porte et une fois il fut mêlé à une affaire dramatique dont je fus le témoin et au cours de laquelle il faillit périr : je raconterai en son temps cette péripétie qui aurait pu nous perdre tous les deux.

Pour me consoler de cette rupture qui brisait mon cœur de père et avait fait blanchir les cheveux d'Aurélia, je travaillais davantage encore à l'administration de Lutèce, à son bien-être comme pour me racheter de la faute d'avoir engendré un fils qui rêvait de détruire notre cité par son infâme croyance.

Je veillais aussi à la qualité des rapports entre l'administration impériale et les autorités locales, entre nos décurions, nos fonctionnaires et les légats qui se succédaient à la tête de la Lyonnaise. Parmi ceux-ci certains devinrent des amis parce qu'ils surent ne pas accabler Lutèce d'impôts. Comme ancien grand prêtre au sanctuaire fédéral, j'avais sur mes collègues de la curie de Lutèce une prééminence et c'était à moi qu'étaient confiées toutes les négociations avec les envoyés des légats ou des procurateurs qui avaient alors le titre de vice-gouverneur.

C'est ainsi que j'assistais, notamment dans l'île, aux conseils réguliers que tenaient les émissaires venus de Lyon, les corniculaires, les bénéficiaires, ceux qui avaient la charge de l'approvisionnement de la Province.

Parfois, lorsque l'agitation politique et les troubles provoqués par les successions des empereurs enflammaient Lutèce, je réclamais quelques secours en auxiliaires à Sens qui possédait un poste militaire afin d'éviter le retour d'incidents semblables à ceux de 197 et de protéger les monuments, les magasins à blé, les entrepôts du port. J'avais vu également passer à Lutèce un certain nombre de curateurs du cens chargés d'établir la liste des citoyens de la Province et de définir leur position sociale dans la cité. Ils étaient généralement suivis par une troupe d'esclaves qui allaient de demeures en villas pour poser des questions aux familles sur le nombre de leurs enfants, sur leurs biens.

Mon père avait reçu l'un de ces procurateurs, Hedius Rufus Lollianus Gentianus, qui avait déjà fait une belle carrière et qui en avait parlé au cours d'un dîner que nous lui avions offert. Il avait été successivement questeur, préteur, légat de la légion XIII primigène et consul sous le règne de Commode, puis il avait occupé les postes de curateur de Pouzzoles et de Velites. Ensuite Septime Sévère l'avait nommé légat et censiteur de l'Espagne citérieure, avant qu'il ne devienne en sa qualité de comes (compagnon) de Septime Sévère, censeur de la Lyonnaise l'année suivante.

C'était un juriste pointilleux qui connaissait parfaitement les lois et l'administration romaines. Il nous avait instruit sur les circonscriptions. J'avais ainsi appris que les Eduens formaient une circonscription, mais que les Parisiens étaient rattachés aux Sénons (Sens), aux Tricasses (Troyes), et aux Meldes (Meaux). Il était maigre, grand et sec comme un sarment de vigne : je me demande aujourd'hui si l'Empire n'est pas en train de mourir et Lutèce avec lui parce qu'il y a eu trop de Gentianus enfermés dans les bureaux et incapables de comprendre

178

les réalités et les transformations du monde. Je devais apprendre en 201 que Gentianus était devenu proconsul d'Asie. L'Empire a été ainsi parcouru par des administrateurs dévoués qui, tel Gentianus, de Lutèce à l'Asie, de Pouzzoles à l'Espagne, ont donné du pouvoir une image à la fois digne et sèche.

Un autre préposé au cens pour la Lyonnaise, Rutilius Pudens Crispinus, est passé en 240 par Lutèce. J'ai reçu cet homme dont les qualités de cœur m'ont ému. Il hésitait à importuner les Parisiens. Il s'est à présent retiré à Lutèce et nous nous voyons souvent : il aime à raconter sa vie, comme j'aime à écrire la mienne. Il a été consul et légat d'Espagne citérieure, puis curateur de Teanum, Atina, et Venafrium. Il aime à évoquer ses tournées dans la Lyonnaise. Il m'a raconté ses démêlés avec le dispensator qui était chargé de la caisse et qui s'était enfui comme un vil esclave qu'il était après avoir puisé largement dans le trésor. Il me parlait de ses employés qui tenaient les registres à jour dans le tabularium lyonnais et j'étais impressionné en imaginant que se répétaient dans toutes les provinces de l'Empire et jusqu'aux plus petites villes, enquêtes, prélèvements d'impôts, procès, recensement ; tout était répertorié, inscrit. Quelle belle organisation, me disais-je, mais qui finirait par étouffer l'Empire et par n'être plus efficace, tant elle était complexe !

J'eus aussi de bons rapports avec les représentants de la célèbre poste impériale qui était confiée pour la Lyonnaise à un préfet des véhicules. C'était grâce à elle que mon oncle Gaïus, pendant tout le cours de sa vie militaire, put nous donner des nouvelles de l'Empire. Un véhicule empli de lettres, de messages et de paquets passait le pont chaque jour, prenait la route de Melun puis celle de Lyon où étaient rassemblées et redistribuées toutes les missives dans les autres provinces de l'Empire, même les plus lointaines, et jusqu'à ce jour où j'écris, rarement la poste impériale, en dépit des heures sombres, a été défaillante.

Des empereurs éphémères se succédèrent pendant des années sur le trône de l'Empire. Je continuais à administrer la ville avec les autres décurions, en dépit des difficultés et des bouleversements provoqués par les incessants changements à la tête de l'Etat. Nous étions en rapport avec la Lyonnaise et notamment avec Caïus Furius Sabinius Aquila Timesitheus (Timesithée) qui prit ses fonctions en 238, l'année terrible où débuta une sorte de guerre civile généralisée dont Lutèce n'eut pas trop à souffrir, après la prise du pouvoir par l'empereur Gordien III. Timesithée, malgré l'incertitude des temps, visita toutes les principales cités de la Lyonnaise. Et nous nous prîmes d'affection l'un pour l'autre. Il est resté mon ami en dépit de l'éloignement et de sa carrière. C'était un homme chaleureux et sensible qui avait déjà exercé les fonctions de procurateur en Belgique, puis à Rome, ensuite en Syrie-Palestine en 232. Procurateur du patrimoine dans les deux Germanies et en Belgique il était devenu vice-gouverneur de la Germanie inférieure, de Bithynie, du Pont, de Paphlagonie.

Timesithée était un financier qui connaissait parfaitement le maniement du célèbre quarantième des Gaules, qui frappait du taux de 2,5 % toutes les marchandises sauf les bagages personnels, en provenance ou à destination de la Gaule, des Alpes et de la Rhétie. Jusqu'à la date de 238 nous n'avions jamais reçu la visite du procurateur qui s'était contenté, comme c'était l'usage, de renouveler le contrat passé par l'Etat avec une société fermière de publicains, installée dans l'île et chargée de prélever l'impôt. Celle-ci nous envoyait chaque année contrôleurs, comptables et douaniers pour vérifier les comptes des nautes et des différents commerçants. Depuis ma naissance j'avais été habitué à voir ces employés du fisc, le plus souvent des affranchis, qui venaient regarder nos livres de comptes sur l'exploitation de nos carrières, et nous demandaient le nombre de pierres que nous avions extraites, combien nous en avions vendues à la municipalité et combien exportées.

Comprenant combien pouvaient être impopulaires les représentants d'un Etat qui semblait uniquement préoccupé d'argent, Timesithée avait bien montré qu'il était le représentant de l'empereur dans le domaine des finances et il avait expliqué aux autorités des différentes cités que l'Empire était contraint d'augmenter les effectifs de ses armées et le nombre de ses légions : l'impôt était destiné à préserver ainsi l'Empire et chacune de ses villes des invasions barbares. Son humanité et son intelligence le rendirent populaire. Et comme il avait également exercé ses fonctions en Belgique, le Conseil des Gaules, le 1er août 240, l'acclama et adressa à l'empereur Gordien III un message où il lui faisait part de son affection, pour un homme aussi honorable. Gordien III fit tellement confiance au Conseil des Gaules qu'il nomma mon ami Timesithée préfet du prétoire et qu'il épousa la fille de ce dernier, Furia Sabina Tranquillina en 241.

Pendant ce temps, les Sarmates et les Carpes ravageaient la Mésie. Les Goths, peuple encore inconnu, franchissaient pour la première fois le Danube et détruisaient Istropolis. Quelques années plus tard, le roi des Perses, Sapor, s'emparait d'Atra, de Carrhes, de Nisibe et d'Antioche. Gordien III fit ouvrir solennellement le temple de Janus à Rome et partit en guerre contre l'envahisseur en traversant la Mésie et la Thrace. Il battit les Goths et les Sarmates, franchit l'Hellespont, reprit Antioche, Carrhes et Nisibe sous les consulats de Lucius Annius Arrianus et de Caïus Cervonius Papus (243).

Cette année-là est restée présente à ma mémoire parce que la vieillesse m'atteignit soudain. J'approchais il est vrai de ma soixante-dixième année, mais je n'avais pas souffert jusqu'à cette date de grands maux. Mes dents étaient certes en partie tombées, j'étais un peu voûté, mes cheveux avaient blanchi, mais ils étaient encore abondants. J'avais cessé d'exercer des fonctions dans la cité et je vivais retiré avec Aurélia dans notre vieille demeure l'hiver et au mont Mercure l'été. Je lisais les notes laissées par les membres de ma famille, dans l'intention, aujourd'hui presque réalisée, d'écrire mon histoire et celle de ma famille.

Aurélia n'avait pas vieilli ou du moins je la voyais toujours avec les yeux de la jeunesse. Son corps avait gardé sa gracilité, et si ses cheveux avaient grisonné, sa peau avait toujours la douceur d'un tissu venu des Indes ; et l'âge n'avait point interrompu l'ardeur de notre amour et les désirs de notre chair. Peut-être étions-nous moins intéressés par ce que nous enseigne Ovide dans son *Art d'aimer* ; mais notre plaisir trouvait aussi dans le regard, dans une caresse, sa libération et sa joie.

L'année 243 fut également marquée par une grande affliction. Mon ami Timesithée, préfet du prétoire, fut assassiné par Marcus Julius Philippus, Arabe de Tracho-nide, qui prit sa place et devait un jour régner sous le sur-nom de Philippe l'Arabe, après la mort de Gordien III, victime d'une sédition des prétoriens.

En 244 mon corps devint soudain douloureux, mes genoux me firent souffrir, mes mains gonflèrent et mes doigts ne purent plus saisir le visage d'Aurélia, en aimer les contours. Je consultai un médecin qui avait soigné de nombreux décurions. Il me donna le conseil de me rendre aux Aquis Callidis (Vichy), non loin du pays des Arvernes, au bord du fleuve Elaver (Allier), afin d'y faire une cure.

Chapitre vingtième

Aurélia m'accompagna à Vichy afin de soigner, grâce à l'eau mystérieuse qui y jaillissait, des troubles qui n'arrivent qu'aux femmes et dont Pline l'Ancien a parlé dans un des chapitres de son *Histoire naturelle*. Je n'avais guère voyagé depuis les années 220 et mon séjour en Bretagne et à Lambèse. Mon véhicule emprunta la voie qui conduisait à Orléans, passait le long de la nécropole où reposaient sous la protection des dieux mânes et de l'ascia ceux que j'avais aimés et que je retrouverai un jour. D'autres habitants de Lutèce m'accompagnaient et Aurélia avait pris place sur la litière. Nous mîmes deux jours avant d'atteindre Orléans ; une auberge nous accueillit, mais je souffris tellement, secoué par le passage des roues sur la voie dont les dalles étaient souvent mal jointes, que je pris un coche d'eau qui lentement nous conduisit par la Loire jusqu'à Nevers puis par la rivière Allier jusqu'au port de Vichy.

Le nautonier qui dirigeait l'embarcation et qui tantôt hissait la voile, tantôt, lorsque Eole se taisait, faisait mouvoir les rames, continuait vers la vallée du Rhône et de l'Ardèche. Le port n'avait pas dû changer depuis la fin de l'indépendance. Il était construit sur des pilotis devant des entrepôts en bois où étaient mis à cale les bateaux et les barques et où étaient serrées les marchandises importées et les poteries de diverses tailles et formes qui seraient envoyées dans les régions les plus reculées de l'Empire. Devant ce port si rustique et qui ne ressemblait guère au havre de Lutèce, passaient des trains de radeaux et des barques liées les unes aux autres et groupées en flottilles imposantes. Le port se trouvait non loin de l'unique pont qui enjambait la rivière. César, je le savais, avait traversé le fleuve à cet endroit même après sa défaite devant Gergovie. Il était beaucoup plus important que celui qui passait à Lutèce au-dessus de la Seine et il possédait des trottoirs. Comme une borne milliaire l'indiquait, cette voie de vingt et une lieues reliait Clermont à Autun, en passant par Varennes. Car si depuis Septime Sévère les distances étaient exprimées en milles, les Gaulois ne s'étaient pas soumis à cette loi romaine et restaient fidèles aux lieues. Cette borne portait l'inscription suivante : « A l'empereur notre maître, Marcus Julius Philippus et à son fils Marcus Julius Philippus, très illustre César, la cité des Arvernes à vingt et une lieues ». Sans doute des travaux de réfection de la voie avaient-ils été ordonnés par le légat de l'Aquitaine à la limite du pays des Ségusiaves et de la Lyonnaise.

Le pont était emprunté par des charrettes emplies de jarres et des artisans portaient sur leur dos des sacs où l'on pouvait voir de nombreuses poteries. Les demeures, plus modestes qu'à Lutèce, dont beaucoup étaient édifiées selon les plans des anciennes constructions gauloises, de forme ronde avec des toits de chaume, se situaient le long de la voie et de nombreuses échoppes et boutiques se succédaient.

Avec Aurélia dont je tenais la main, j'admirais cette petite ville, entourée de collines verdoyantes. De la fumée sortait au loin : je m'en inquiétai auprès d'un passant. Il me répondit que c'était le quartier des bronziers et des forgerons qui s'étendait au bord d'une petite rivière [1]. En levant mes yeux vers l'est, j'aperçus les arches d'un

1. Sans doute le Sichon.

184

petit aqueduc qui traversait une vallée entre deux collines et, plus bas, en briques rouges, un château d'eau qui devait servir de bassin collecteur d'eau. J'étais ému parce que cette vision me ramenait à ma jeunesse et au temps où je construisais l'aqueduc et les thermes de Lutèce, sous le règne de Septime Sévère.

Je sentais la main d'Aurélia qui serrait la mienne : craintive, elle n'avait guère voyagé. Nous pénétrâmes dans la ville monumentale dont nous avions aperçu le sommet des édifices derrière une ligne de petits remparts et une porte où se dressait dans une niche la statue du dieu de la santé, Esculape. Auparavant nous avions traversé la nécropole et je m'arrêtai devant une inscription : « A Decius Antonius, fils de Decius Terentin, citoyen d'Arles ». De si loin un homme sans doute était venu se soigner à Vichy et y était resté. Une autre inscription attira mon regard : « A Lucius Fufius, soldat de la XVIIᵉ cohorte lyonnaise pour la garde de la monnaie, centurie de Januarius ». Un soldat était sculpté sur la stèle et il tenait une hampe dans chaque main. Sans doute, épuisé par des campagnes militaires nombreuses et lointaines, il était venu se reposer et se soigner des fatigues des climats humides de Pannonie et de Rhétie, et il avait fini par mourir.

L'hôte qui me recevait, le curateur des eaux, un de mes amis, qui était venu à Lutèce pour étudier le système de notre aqueduc, m'accueillit dans sa demeure non loin d'une fonderie où étaient fabriqués les tuyaux en plomb des aqueducs, pour l'ensemble de la région. Il m'entraîna à l'intérieur de cette fabrique et me montra un tuyau qu'on venait de réparer et sur lequel était gravée une dédicace à l'empereur Septime Sévère qui, lorsqu'il était légat de la Lyonnaise, avait manifesté sa bienveillance à l'égard de Vichy, en offrant de l'argent et en honorant la cité de sa visite.

Sur les conseils de mon hôte, je consultai un médecin : un vieux Gaulois qui ressemblait à Vercingétorix m'ordonna de boire une eau légèrement chaude, deux fois par jour et de m'y baigner chaque matin. Aurélia devait également boire l'eau d'une source plus froide et elle serait contrainte de s'en servir pour des lavages intimes.

Après une nuit de repos, nous partîmes le matin pour les thermes qui s'étendaient d'est en ouest et à l'intérieur desquels les sources avaient été captées. En dépit de l'heure matinale, une foule de malades se pressait dans les rues. Nous croisions beaucoup de personnes âgées qui marchaient avec difficulté, étaient bossues, et paraissaient souffrir. Certaines s'appuyaient sur des bâtons, d'autres étaient soutenues par des esclaves.

Lorsque nous pénétrâmes à l'une des extrémités des thermes où jaillissait la source à laquelle je devais m'abreuver, nous aperçûmes une vieille femme, assise sur un banc de pierre qui paraissait souffrante. Elle était affaissée sur elle-même et elle tenait dans sa main droite une tasse en bois. Son dos était arrondi, son visage ridé et son teint jaune. Elle semblait épuisée. Deux servants des thermes vinrent la chercher et la soulevèrent pour l'emporter à l'intérieur de l'établissement.

Le puits où coulait l'eau avait la forme d'une vasque en marbre. Je tendis à une des esclaves femmes, revêtues de tuniques amples, en raison de la chaleur qui se dégageait, la tasse que j'avais achetée à une marchande située en face des thermes. Cette tasse en céramique m'avait séduit par sa forme et sa nouveauté. Les potiers de Lutèce n'en fabriquaient pas de semblables. Elle avait deux anses dont au sommet une portion s'élargissait pour que le pouce puisse mieux s'y appuyer. Elle était de couleur gris foncé, et ornée d'arceaux à points qui se terminaient par des épis de blé.

Celle d'Aurélia était différente et comme c'était le jour de son anniversaire je l'avais voulue plus somptueuse qu'une simple tasse : il s'agissait d'un gobelet de couleur vert olive, où l'on voyait Mercure debout et nu, avec son pétase et son caducée. Sur l'autre côté la déesse Diane était représentée vêtue d'un chiton et elle tenait un arc de la main gauche, tandis que de l'autre elle saisissait les pattes antérieures d'une biche. Le potier avait signé de son nom, Advocisus, cette petite œuvre d'art ; il devait devenir un ami au cours de mon séjour à Vichy.

La jeune esclave, après avoir saisi ma tasse, se pencha sur la vasque pour la remplir et me la tendit. Je devais en boire seulement la moitié. L'eau tiède et un peu trouble piquait la langue, mais elle n'était pas désagréable au palais. Je vis à l'intérieur du puits, au milieu du bouillonnement et entre les petites nappes de vapeur, des statuettes, des petits objets qui y avaient été jetés. C'est ainsi que je distinguai la petite statue d'un homme avec un bras en écharpe jetée par quelqu'un qui sans doute s'était luxé ou cassé l'épaule.

Dans une niche creusée dans le mur sud de la salle et ornée de colonnettes, se dressait la statue d'un dieu qui m'était inconnu et qui portait le nom de Borvo. Il se présentait sous l'aspect d'un guerrier, sans vêtements, assis sur un trône, coiffé d'un petit chapeau rond, le bras gauche appuyé sur un bouclier ovale. Mais ce qui me frappa, c'est qu'il tenait à la main une coupe semblable à celle que j'avais achetée, d'où jaillissait une eau que le sculpteur avait voulu bouillonnante. Comme me l'expliqua plus tard mon hôte, Borvo était né dans les profondeurs de la terre, il réchauffait les sources jaillissantes et protégeait la santé des curistes. Un serpent cornu, animal des Enfers et des lieux sombres, où seuls les morts et les divinités qui y ont élu leur demeure peuvent pénétrer, l'accompagnait. Sur un petit autel, devant la statue de Borvo, les malades venaient faire des offrandes et l'un d'eux, guéri sans doute, déposa son gobelet en bois dont il n'aurait jamais plus à se servir. Il m'expliqua en effet qu'il venait à Vichy depuis deux lustres et que Borvo, enfin, l'avait exaucé ; lui qui ne pouvait plus marcher naguère dansait de joie devant l'autel.

Les malades parlaient peu, ils buvaient leur eau avec recueillement, en adressant un regard à Borvo, puis ils pénétraient dans les salles des thermes afin d'y recevoir d'autres soins ou de se délasser, comme le faisaient les

Parisiens aux thermes du nord. J'accompagnai Aurélia à la source la plus froide qui se trouvait à l'autre extrémité des thermes. Nous longeâmes une grande galerie à portique, ornée de colonnes avec des architraves richement sculptées. Il y avait peu d'hommes à l'exception de ceux qu'accompagnaient filles, compagnes, épouses. La plupart des curistes étaient de jeunes femmes qui paraissaient tristes. Elles marchaient lentement, la tête baissée en une double procession : celle qui allait vers les sources, celle qui en revenait ; et je pensais aux fourmis qui suivent toujours le même trajet.

Aurélia était émue par ces femmes qui n'avaient point conçu d'enfant, qui s'en désolaient et venaient à la source pour soigner leur stérilité. Celle-ci était dédiée au dieu Jupiter Sabasius depuis le règne de Septime Sévère, comme l'indiquait un petit temple votif dressé en l'honneur de ce dieu venu d'Orient, après les campagnes militaires des armées romaines à Antioche et à Nisibe. En effet, Bacchus Sabasius était sorti, encore embryon, du ventre de Sémélé et il avait été enfermé dans la cuisse de Jupiter, avant de naître, une fois parvenu à terme.

Ainsi était célébré à travers cette divinité le bonheur de la procréation dont Jupiter était le protecteur. D'autres monuments, statues et colonnes votives, étaient installés dans la salle de la source. Ils témoignaient des cultes voués aux divinités d'Orient. On y voyait Isis, assise sur un siège surélevé par des pilastres, surmontés de rosaces. Ses pieds reposaient sur un coussin ; un enfant se tenait à ses côtés et elle lui présentait le mamelon de son sein. Sa tête était ornée d'une chevelure bouclée où était planté un disque entre deux cornes de vache. Des femmes priaient et imploraient cette déesse de toutes les mères, cette femme qui faisait jaillir des mamelons de ses seins le lait de la vie.

Une odeur âcre d'œuf pourri s'élevait du puits de la source : Aurélia fit une grimace en buvant l'eau qui en sourdait ; la stèle d'un petit autel représentait un bas-relief où on pouvait voir Lucine, déesse tricéphale qui, les deux mains posées sur l'abdomen, traduisait l'effort de l'accouchement. Des femmes la regardaient, fascinées, et je les voyais mettre aussi leurs mains sur leur ventre plat, refaire les gestes de la déesse, le gonfler en respirant pour que l'illusion de l'enfantement se transforme par ce geste de prière en une réalité future.

Au fond de la vasque d'où surgissait l'eau fécondante, on voyait des bractéoles en argent et comme l'eau était claire, je distinguai une inscription qui disait que Sabasius avait exaucé le vœu de Carassorinus en accordant à son épouse un enfant. D'autres ex-voto en pierre ou en poterie avaient des formes de seins et de sexes. En sortant de la salle, mon regard se tourna vers une statue qui se trouvait au-dessus de la porte, encastrée dans le mur. J'arrêtai mes pas et Aurélia les siens. Elle avait compris mon émotion. La statuette avait été façonnée avec de la terre blanche. Elle représentait une femme vêtue d'une longue tunique drapée qui descendait jusqu'à ses pieds. Elle tenait une corne d'abondance et elle était coiffée d'une tour ; un cheval reposait à ses côtés. J'avais reconnu Epona, devenue ici la déesse de la fertilité du sol et des corps par l'eau. J'adressai une prière à ma mère, mais peut-être m'adressai-je à elle comme à une déesse ; l'âge n'avait pas terni l'amour que je lui portais.

Les salles de délassement s'ouvraient sur de petites pièces où se trouvaient des baignoires et où l'on soignait les malades. Aurélia s'y rendit afin de tremper son corps dans la même eau froide que celle qu'elle venait de boire. Je pénétrai dans une des cellules réservées aux hommes après qu'une cloche maniée par un esclave m'eut averti de l'ouverture des bains. Un esclave me plongea dans l'eau tiède, plus agréable à sentir sur moi que dans ma bouche, puis il me massa le dos et les jambes.

En sortant de la pièce, je ressentis déjà le bienfait de cette matinée et je pus marcher enfin sans douleur ; je croisais aussi des hommes et des femmes rouges et gros qui venaient aux bains pour se faire maigrir et oublier les banquets qui avaient fatigué leur ventre. Un homme me heurta et je m'apprêtais à lui en faire le reproche, lorsque je m'aperçus qu'il était aveugle. Je le conduisis moi-même dans une salle où des médecins soignaient les yeux. L'un d'eux, Cispacius Sacius, était particulièrement réputé. C'est en face de lui que s'assit l'aveugle. Sacius sortit d'une trousse en toile une spatule en bronze et plongea celle-ci dans un petit pot en céramique où il avait versé un onguent de sa préparation à base, m'expliqua-t-il, « d'eau de la source et de myrrhe : le diasmyrnum ». Il en enduisit les paupières purulentes du malade à l'aide de la spatule qu'il maniait avec adresse ; je ne m'étonnais pas, par la suite, de voir des yeux en céramique ou en mosaïque jetés dans les sources de la divinité salvatrice par des aveugles qui avaient sans doute revu la lumière.

Les jours passèrent sans ennui à me soigner, à visiter la ville en compagnie de notre hôte. Un temple dédié à Jupiter se dressait au nord des thermes. Il avait été bâti par d'anciens malades qui étaient venus, m'expliqua mon hôte, des lointains pays de la Méditerranée et, guéris, s'étaient installés à Vichy.

J'avais plaisir à trouver dans les rues de Vichy des gens de toutes conditions. La maladie effaçait l'orgueil des riches et l'humilité des pauvres : tous étaient semblables. On y rencontrait aussi bien le Romain élégant, revêtu de la toge, que le Gaulois de la campagne, avec ses braies et son sagum court serré à la taille par une ficelle de cuir, la tête recouverte du petit capuchon traditionnel. D'autres personnes portaient la blouse serrée à la ceinture qui avait donné son surnom à l'empereur Caracalla, le fils de Septime Sévère.

Les femmes tristes et souvent belles attiraient mes regards même si Aurélia montrait alors quelque orgueilleuse jalousie ! L'une d'elles avait enfilé une tunique droite sans manches ; elle n'était pas romaine, parce qu'elle ne portait pas la palla, mais avait préféré à celle-ci une sorte de blouse soutenue par des bretelles.

Comme dans toutes les villes, une déesse tutélaire protégeait Vichy et sa statue s'élevait au centre d'un petit forum abrité du vent où, après les soins, les curistes venaient s'asseoir sur des bancs en pierre qui faisaient le tour de la cour intérieure. Cette déesse géante était coiffée d'une tour à arcs superposés, surmontée d'un toit pointu et flanquée de tourelles. Elle avait une allure majestueuse, son buste était recouvert d'une chlamyde aux plis harmonieux : au-dessus de l'épaule droite étaient sculptés une patère à ombilic et au-dessus de la gauche un sceptre. On l'appelait familièrement Tutela et les artisans venaient souvent contempler le sourire de ce génie du lieu.

Vichy était chaque jour pour moi un lieu de divertissements et d'observation. Je voyais les esclaves des riches maîtres, installés dans de petites demeures près des thermes qui venaient le matin avec des tasses de formes diverses pour les remplir d'eau de santé. L'anse était placée en haut et sur le côté elles possédaient un déversoir avec un petit orifice. Ainsi les malades ou ceux qui n'aimaient point se lever tôt pouvaient prendre, couchés, les eaux chaudes ou froides. D'autres serviteurs apportaient des vases de forme ronde et plate et munis d'un étroit goulot. Deux anses étaient fixées à des lanières de cuir pour les tenir à la main ou sur l'épaule.

A Vichy, je me sentais d'autant plus heureux que nos dieux n'y avaient pas été oubliés. Et j'avais plaisir à saluer chaque matin, à côté d'une fontaine où jaillissait une source brûlante et où les habitants du quartier venaient chercher l'eau chaude pour leurs bains, la statue du dieu Sucellus. Il était taillé dans une pierre du pays et il avait le pied gauche posé sur un tonnelet. Sa main droite tenait un gobelet et sa main gauche le maillet qui l'a rendu célèbre. Il possédait une moustache et une chevelure abondantes, comme nombre d'habitants de ce pays, et comme eux il était vêtu d'une tunique serrée aux hanches par une ceinture et d'un manteau drapé et agrafé à l'épaule droite. Il était le dieu du vin, de la force joyeuse et de la santé retrouvée. C'est à lui qu'avant de partir j'adressai une offrande en forme d'ex-voto que j'avais fait sculpter par un artisan de Vichy : un homme au sourire épanoui renversant son gobelet pour bien montrer qu'il n'avait plus besoin d'eau pour se soigner et qu'il était guéri.

Aurélia se portait mieux. Ses prières à Esculape et à Diane avaient été entendues. Elle se rendit même au petit forum de Vichy pour sacrifier un paon sur l'autel de Junon, divinité des épouses et des mères. Je la trouvais trop scrupuleuse mais je préférais sa fidélité à nos divinités à l'impiété des chrétiens qui faisaient trembler l'Empire par leur zèle destructeur et leur refus de sacrifier à l'empereur. Ils étaient de plus en plus nombreux même à Vichy proche de Lyon, où leur communauté était très active. On les remarquait par leur ostentation à s'abstenir de tout culte envers les divinités, de tout regard vers les statues. Et lorsqu'ils lançaient un ex-voto dans la vasque, il s'agissait habituellement d'un poisson taillé dans la pierre ou en terre cuite ou même en lame d'argent. Je n'ai jamais su pourquoi [1].

Ils étaient d'autant plus zélés qu'en ces années on prétendait que notre empereur Philippe l'Arabe s'était converti en secret à leur secte. Mais c'était certainement une calomnie. J'eus conscience de la puissance maléfique des chrétiens dès mon retour à Lutèce. Nous ne voyions plus Aurélien depuis plusieurs années même si nous continuions à recevoir de ses nouvelles par l'intermédiaire des déshérités de la ville qu'il avait secourus et qu'il avait aidés et soignés. Ils venaient nous voir, mais ne cherchaient pas à nous compromettre ; leur visite était tardive et courte : ils louaient fort la bonté et l'humilité d'Aurélien qui avait pris le nom étrange de Paul, en souvenir, disaient-ils, de celui qui, après avoir conspué et lapidé un certain Etienne, avait répandu sur la terre le message du Christ. Aussi Aurélien était-il recherché par les autorités municipales et celles-ci m'avaient donné son signalement.

1. Ichtos : poisson en grec ; les lettres de ce mot Iesos Christos Theos Soter signifient Jésus-Christ, Dieu et Sauveur.

J'indiquai à ses compagnons qu'il était poursuivi, et plusieurs fois Aurélien fut mis à l'abri dans des fermes isolées de la cité de Lutèce, ou chez des potiers, nombreux aux abords de l'aqueduc que j'avais fait construire. Certes, je trahissais quelque peu la confiance de ma cité et de mes collègues de la curie, je les trompais, mais mon devoir de père passait dans mon esprit avant celui de citoyen. Si les chrétiens ne me dénoncèrent jamais, je le dois sans doute à cette duplicité nécessaire qui leur permettait d'obtenir de ma part les renseignements sur l'état des persécutions contre les chrétiens.

Vint un jour un événement que je redoutais. Alors que je siégeais à la basilique avec les sénateurs de Lutèce et que nous discutions des finances de la cité, nous entendîmes des clameurs dans le forum et nous sortîmes aussitôt. Une vingtaine de personnes portant la barbe et les cheveux longs, vêtues pauvrement, brisaient, armées de gourdins et de morceaux de fer volés chez le forgeron voisin, les statues de nos dieux et de nos déesses et proféraient des insultes à l'égard des « idoles ». Elles furent vite encerclées par la cohorte urbaine et on leur lia les mains, tandis que la population lançait sur elles les fruits et les légumes des étalages en les menaçant de mort.

Loin de paraître inquiet du sort qui les attendait, ces chrétiens chantaient et s'encourageaient les uns les autres à la fermeté et à l'intransigeance. Nous retournâmes prendre place sur nos sièges à l'intérieur de la basilique et fîmes comparaître les émeutiers devant nous. Au milieu de ces gens, aux visages farouches et sales, je reconnus mon fils, à ses yeux clairs et au regard fier qu'il me jeta, ainsi que bon nombre de ceux qui, en maintes occasions, m'avaient donné de ses nouvelles. Je me sentis alors défaillir. C'en était fait de ma carrière et sans doute de ma vie, dès lors que serait découverte ma complicité à l'égard des chrétiens. La vérité allait-elle être dévoilée, mon mensonge confondu par Aurélien dont j'avais affirmé qu'il se trouvait à Rome ? Je me sentis rougir de honte puis pâlir de désespoir. Déjà je voyais mes collègues se tourner vers moi et leurs mains, toutes ensemble, me désigner la porte d'airain qui fermait la basilique, pour me signifier qu'ils me chassaient ou peut-être pour ordonner mon arrestation. Complice passif de mon fils, ils m'accuseraient d'être chrétien moi aussi ?

Je pressai les mains sur mon visage pour cacher mon trouble. Déjà on avait amené une statue de l'empereur et une vasque remplie de braise. Déjà le grand prêtre de Lutèce tendait à chaque chrétien un gobelet plein d'encens et lui ordonnait d'en jeter quelques grains sur les charbons ardents et de sacrifier à l'empereur. Déjà plusieurs chrétiens s'étaient refusés à ce geste même si d'autres avaient faibli devant l'imminence de la mort et avaient renié soudain leur Christ. Je ne doutais pas qu'Aurélien cracherait sur la statue de l'empereur et provoquerait la juste colère de la curie : une enquête serait ouverte, et je serais très vite confondu.

Je portais sous ma tunique un petit poignard qui était nécessaire en ces temps d'insécurité où les vigiles avaient disparu des villes pour aller combattre aux frontières. Je quittai mon siège et me dirigeai vers les chrétiens, comme si je voulais les interroger ou les exhorter à la piété envers nos dieux. Je m'approchai de mon fils et, déjouant la vigilance des quelques gardes qui faisaient confiance à mon âge et à ma dignité, je tranchai la faible corde qui liait ses mains. Ses yeux me sourirent où perlèrent quelques larmes. Afin de ne pas éveiller de soupçons, je m'emportai contre les chrétiens et criai bien haut mon indignation, puis je regagnai ma place. Un remous se produisit : le poignard avait dû circuler de main en main et du même coup nombre de chrétiens avaient désentravé leurs mains. Ils bousculèrent les gardes et s'enfuirent en même temps qu'Aurélien, s'élancèrent dans la foule du forum et disparurent dans les multiples ruelles et caches qui jouxtaient l'amphithéâtre. Je rendis grâce aux dieux qui, en sauvant mon fils, avaient ainsi approuvé mon geste et m'avaient évité la honte du déshonneur.

Chapitre vingt et unième

J'avais retrouvé Lutèce plus pauvre que je ne l'avais laissée. L'insécurité générale dans toutes les Gaules et dans l'Empire et l'augmentation des prix en étaient la cause. Des hordes de brigands affamés attaquaient les convois, les mendiants se multipliaient dans les rues et sur les routes.

Pourtant, le 21 avril 248, la quatrième année du règne de Philippe fut célébrée à Rome et dans tout l'Empire, ainsi qu'à Lutèce, le millénaire révolu de la fondation de Rome par Romulus et Rémus. Depuis l'année précédente les décurions des soixante cités de la Gaule fédérale avaient reçu des ordres et des instructions pour que l'ensemble des populations manifestât, par des jeux, leur lien avec l'Empire. Jamais, en effet, une ville n'avait, comme l'avait fait Rome, imposé ses lois au monde, un si grand nombre d'années, ni Athènes, ni Alexandre, ni ses successeurs n'avaient réussi cette entreprise d'unification qui est pourtant l'ambition de tous les hommes. En participant aux cérémonies et aux fêtes de ce millénaire à Lutèce, je crus dans l'exaltation, la joie et la fierté, que Rome réussirait à surmonter ses discordes, à bannir de la terre les odieux sectateurs du Christ et à repousser ceux qui, aux frontières, étaient indignes du nom romain.

Les décurions de Lutèce, aidés par les édiles et par

les questeurs, décidèrent de célébrer dans leur ville des jeux qui, moins grandioses certes, se dérouleraient selon ceux du 21 avril 248, année révolue du millénaire, à Rome. Une délégation vint me trouver dans ma demeure pour me demander de rassembler les prières qui devraient être chantées au cours des trois jours et des trois nuits que dureraient les jeux. Ma bibliothèque était riche en rouleaux, et j'avais veillé que celle des thermes le fût aussi. J'avais acquis à plus de soixante-dix ans une assez grande connaissance des écrivains romains pour me réjouir de cette nouvelle activité qui m'était proposée. On m'avait également prié d'organiser le programme des cérémonies. Je me renseignai auprès de Verecunda, l'ami de mon adolescence, qui avait en 204 assisté aux Jeux séculaires donnés à Rome par Septime Sévère et je fis venir de la Ville un certain nombre de documents copiés sur des textes gravés, où on parlait de ceux qui avaient été organisés par Auguste en 17 avant Jésus-Christ, par Claude en 46 après Jésus-Christ et par Domitien en 87.

Ce fut dans un grand concours de peuples venus de toute la province et aussi de la Belgique voisine que se déroulèrent les fêtes dont longtemps les survivants de Lutèce conserveront sans doute le souvenir.

C'est au grand prêtre de l'année précédente à l'autel fédéral du Confluent à Lyon, Cursius Divoricum et à son fils, issus tous les deux de la cité des Médiomatriques, Divodurum (Metz) que la présidence des cérémonies religieuses fut confiée. Ils tenaient à Lutèce les rôles que Philippe l'Arabe et son fils exerçaient à Rome.

Cursius Divoricum revêtu d'une toge, la tête couverte d'un capuchon, sacrifia sur un autel placé au centre du forum, à la Terre Mère, à l'aide d'un couteau, une truie pleine en signe de salut à la fécondité ; puis il arrosa le sang qui coulait d'un peu de vin. Une procession suivit qui emprunta toutes les grandes voies de la ville et passa devant les principaux monuments. Elle était conduite par cent dix personnes, choisies parmi les femmes des dignitaires de la ville et des grandes familles.

Celle qui dirigeait les matrones était l'épouse du grand prêtre. Toutes, elles pénétrèrent à la fin de leur parcours dans le temple dédié à Jupiter très bon et très grand et adressèrent à genoux une prière solennelle à Junon, leur patronne, protectrice des mariages et des enfants. On y chanta l'éternité de Rome avec d'autant plus de force que les Barbares la menaçaient.

Le lendemain de cette journée mémorable, des ludions, acteurs vêtus d'une tunique talaire, coiffés d'un casque à crinière, armés du bouclier gaulois et du glaive, jouèrent au théâtre des combats simulés et firent rire l'assistance par leurs bouffonneries, leurs acrobaties, leurs culbutes et leurs mimes. Pendant la première nuit le grand prêtre offrit un sacrifice aux Parques et dévoila sa tête afin d'apaiser les mânes de tous ceux qui étaient morts à Lutèce depuis un siècle. Au cours de la seconde nuit le sacrifice fut offert à Ilithye, devant sa statue recouverte d'une robe blanche : on immola une brebis et toutes les femmes enceintes implorèrent le secours de la déesse pour leurs accouchements futurs.

Le troisième jour, vingt-sept jeunes gens et vingt-sept jeunes filles choisis parmi les familles illustres de la ville et dont les pères et les mères étaient encore en vie, se réunirent dans le temple d'Apollon qui venait d'être construit face, dans l'île, à celui consacré à Mars. Les jeunes garçons portaient la robe prétexte, les jeunes filles avaient revêtu le palliolum et portaient un voile fixé par des épingles. Du haut d'une petite estrade, je dirigeais les mouvements de ces jeunes gens qui dansaient accompagnés par les cornicines et les tibicines en se tenant par la main, pour marquer le lien de l'unité rituelle qui les assemblait. J'étais surtout attentif à l'hymne que leurs fraîches voix firent entendre. J'avais en effet répété avec eux pendant plusieurs jours ce chant séculaire qu'Horace avait composé sur l'ordre d'Auguste en 17 avant Jésus-Christ pour une semblable fête : il est aujourd'hui, presque dix ans plus tard, inscrit dans ma mémoire et en le retranscrivant j'en murmure quelques couplets que j'avais adaptés à notre fête :

LES DEUX CHŒURS

« Ainsi le cercle des centennies ramènera les chants de cette fête, que nos neveux célèbreront en foule pendant trois jours et trois nuits d'allégresse. Et vous, Parques véridiques, dont l'immuable destin n'a jamais démenti les oracles, ajoutez à nos prospérités passées des prospérités nouvelles ; que, riche en moissons et en troupeaux, la terre couronne le front de Cérès ; que des eaux salutaires et un air pur fécondent tous les germes.

CHŒUR DES JEUNES GARÇONS

« Laisse reposer tes flèches, ô Apollon ! Ecoute avec bonté les jeunes Lutéciens qui t'implorent.

CHŒUR DES JEUNES FILLES

« Reine des astres, déesse au croissant de feu, écoute la voix des jeunes Lutéciennes.

CHŒUR DES JEUNES GARÇONS

« Déjà sur la terre et sur l'onde, le Mède redoute son bras puissant et les faisceaux de Rome, déjà le Scythe et l'Indien, naguère si superbes, viennent demander ses ordres.

CHŒUR DES JEUNES FILLES

« La paix, la bonne foi, l'honneur, la probité antique, la vertu, si longtemps négligés, osent reparaître, et l'heureuse Abondance est revenue avec sa corne féconde.

LES DEUX CHŒURS

« Jupiter et tous les dieux nous entendent, c'est l'espoir, c'est la douce assurance que nous emportons dans nos foyers, après avoir célébré les louanges de Phœbus et de Diane. »

Beaucoup de spectateurs, en écoutant ces paroles, venues d'un autre temps, pleuraient ; ils versaient des larmes sur cet âge d'or qui, depuis l'empereur Commode, avait disparu, sur cette félicité qui avait passé comme un songe. Cette Rome que chantaient les chœurs n'était-elle pas devenue la ville de la nostalgie, de la paix désormais impossible, de l'espérance qui s'achève ? Il y avait plus de deux cent cinquante années que, sous Auguste, l'hymne composé par Horace avait été chanté sur l'Aventin et en cet an mille de Rome, bien peu pensaient que, dans mille autres années, il s'élèverait à nouveau dans tout l'Empire. L'espoir avait quitté les cœurs, les Barbares étaient trop proches.

Le troisième jour se déroula une cavalcade de conducteurs de quadriges et de biges qui descendirent la voie principale depuis le haut du forum jusqu'au pont, puis revinrent par le Decumanus et la voie inférieure et défilèrent aux acclamations de la foule qui s'était massée sur les trottoirs et applaudissait leurs couleurs favorites, les cochers bleus, verts, rouges et blancs. Puis, par les rues des Forgerons, le défilé remonta vers le forum, à l'intérieur duquel il pénétra. Là le pontife leur offrit des récompenses. Enfin, le soir, à la lueur des flambeaux portés par les bras dressés de plusieurs centaines d'esclaves dispersés dans tout l'amphithéâtre, s'achevèrent les jeux séculaires. Des bêtes fauves furent tuées par des archers déguisés en guerriers parthes. J'assistai sans plaisir à ce massacre inutile dont la foule semblait se repaître comme une immense hydre affamée.

Le 23 avril, dans la nuit, le millénaire de l'Empire s'acheva au milieu de la fatigue, mêlée de liesse, du peuple de Lutèce qui n'avait point dormi depuis trois jours. C'est alors que, comme prévu par le programme que j'avais fait afficher à l'entrée de l'amphithéâtre, je me levai pour lire un discours que j'avais composé sur l'ordre des décurions.

J'y célébrais la ville de Lutèce et sa gloire légendaire. Je m'adressais à la cité, comme si elle était présente à travers ses habitants rassemblés, mais en lui parlant je lui donnai les traits de la seule femme que j'eusse jamais aimée, Aurélia, qui à mes côtés me tenait la main. Sur la scène où j'avais pris place avec les autorités de la cité, je déclamai mon poème d'amour à Lutèce et d'espoir en l'Empire :

« Ecoute-moi, reine de notre patrie, divinité de notre cité, écoute-moi, mère des Parisiens, toi qui nous rapproches du ciel par tes temples et par tes colonnes. Je chante tes louanges et je ne cesserai de les chanter, tant que la Parque filera pour moi ! On ne perd ton souvenir qu'avec la vie. Je refuserai au soleil le tribut de ma reconnaissance, plutôt que d'étouffer dans mon cœur les sentiments que je te dois. Tes bienfaits s'étendent loin vers l'Océan et vers l'intérieur de nos terres. Tu es née sous le signe de Teutatès, mais aussi sous celui de Mercure. On les reconnaît l'un et l'autre au mélange de force et de douceur qui éclate dans tes actions ; le caractère de ces deux divinités forme le tien ; tu te plais autant à protéger qu'à combattre ; tu domptes ceux que tu craignais ; ceux que tu as domptés te deviennent chers. Les habitants de ta cité chantent tes louanges et tu les sauvegardes par tes lois. Toi, Lutèce, déesse adorable, les Parisiens célèbrent ton équité ; ils jouissent sous ton autorité paisible de la liberté que tu leur laisses ; tu es parvenue, par ta sagesse, à ce comble de puissance, de richesse et d'honneur au sein des trois Gaules. Tu règnes sur un peuple, mais tu mérites de régner et c'est en cela que consiste ta gloire. Les yeux sont éblouis de l'éclat surprenant de tes temples, on se croirait parfois au milieu de l'Olympe, lorsqu'on contemple ton forum.

« Que dirai-je de ces eaux que l'art de l'aqueduc entraîne sur des voûtes si élevées qu'elles touchent presque aux lieux où se forme le trône éclatant d'Isis à laquelle, dans un temple récent, on a consacré un culte. Des sources, des rivières se perdent dans ton enceinte et sont consommées par les bains des thermes. Tes jardins sont arrosés d'eaux vives ; les chaleurs de l'été y sont tempérées par des vents frais ; on s'y désaltère dans des fontaines toujours pures. Oublierai-je ces forêts immenses qui te cernent et retentissent du chant de mille oiseaux ? Lève-toi, tête triomphante, ô divine Lutèce. Entrelace de lauriers tes cheveux blanchis par une vieillesse vigoureuse. Que le mépris de la douleur ferme tes plaies ! Tu as perdu des batailles, mais jamais le courage ou l'espoir, tes défaites même, et celle de mon ancêtre Camulogène en particulier, t'ont enrichie. C'est ainsi que les astres ne disparaissent à nos yeux que pour rentrer plus brillants dans les cieux et que la lune ne finit son cours que pour le recommencer avec un nouvel éclat.

« Tes lois régleront le sort des Parisiens jusqu'aux derniers âges. Toi seule es l'abri du ciseau des Parques. Fasse le ciel que je n'aie pas déplu aux Lutéciens et aux Parisiens dans les emplois qui m'ont été confiés. Plût aux dieux que j'aie mérité l'estime de mes collègues, les décurions. O Lutèce, ô ma divinité, je serais au comble de mes vœux, je serais le plus fortuné des hommes, si tu daignais dans les siècles futurs te souvenir de moi et de mon nom.

« J'arrête là les propos d'un poète mais je sais que les dieux inspirent nos songes et nos rêves, qu'ils nous parlent à travers nos nuits, qu'ils interviennent dans nos sommeils. Lutèce est un lieu d'élection et dans mille ans encore, dans deux mille ans peut-être, on lui rendra hommage. En cette heure où Philippe l'empereur vient de prendre les titres de Germanicus et de Carpicus après ses victoires sur les Germains et les Carpes, que l'éternité de l'Empire rejaillisse sur l'éternité de Lutèce ! »

En dépit de la fatigue de cette foule qui avait veillé pendant trois jours et trois nuits, ma péroraison fut acclamée et on me porta en triomphe jusqu'à ma demeure où Aurélia m'avait précédé. La joie de ces cérémonies avait pour un temps effacé la peur de la mort qui, depuis quelque temps, m'accablait, non point que je craignisse de rejoindre les lieux de la sérénité, non point que je ne crusse pas comme Platon à l'immortalité de l'âme, mais je laissais derrière moi un fils qui n'était plus de mon monde, qui avait renié l'Empire romain et le nom de Camulogène. Je ne savais si, après moi, Lutèce que j'avais embellie de nombreux monuments continuerait à à vivre dans la paix et j'espérais toujours qu'Aurélien saurait y retrouver le chemin de nos dieux et poursuivre mon œuvre.

Mes pressentiments étaient justifiés. Nous apprîmes au début de l'année 249 qu'un certain Caïus Messius Quintus Trajanus Decius, fidèle lieutenant de Philippe, avait trahi et avait accepté d'être proclamé empereur par ses soldats. En sa mille et unième année, Rome donnait à nouveau l'exemple néfaste de la discorde et de la guerre civile. L'empereur Philippe fut tué à l'automne près de Vérone et les prétoriens égorgèrent le fils du défunt empereur de Rome.

Nous reconnaissions à l'empereur assassiné d'avoir toujours été respectueux des lois romaines et c'est pourquoi nous fûmes effrayés lorsque les chrétiens tentèrent de semer dans l'Empire des nouveaux éléments de discorde et de révolte, jugeant sans doute le moment opportun.

A Lutèce, ils formaient désormais une petite communauté solide et active qui avait profité de la mansuétude des précédents empereurs et de l'anarchie politique de l'Empire pour prospérer. Ils défilaient dans les rues, montaient sur les fontaines pour prêcher la révolte aux soldats et leur interdire le culte à l'empereur. Ils étaient suivis de nombreux esclaves, auxquels ils demandaient d'exiger de leur maître l'affranchissement. Les malheureux ! Ils ne comprenaient pas qu'un monde sans esclaves est perdu ! Et parmi les miracles et les prodiges dont ils prétendaient que leur maître, le Messie comme ils l'appelaient, avait été le grand prêtre, jamais il n'avait été question de meule qui tournait seule, de table qui serait dressée sans le concours de personne, d'assiettes qui marcheraient, de rôti qui aurait des pattes et sortirait seul de la cheminée ! Si j'interpellais quelques-uns de ces chrétiens et leur faisais ces remarques, ils me répondaient que leur royaume n'était pas de ce monde et que, dans l'Empire céleste de leur Dieu, il n'y avait plus ni maître ni esclave, mais qu'il existait seulement des frères et des sœurs. Fidèle lecteur de Sénèque, je ne m'insurgeais pas contre cette générosité et je savais bien que Pline le Jeune considérait ses esclaves comme des amis et des confidents ; moi-même j'avais depuis longtemps affranchi mes esclaves et je les avais associés à ma vie et à ma vieillesse contre un salaire. Mais le salut de l'Empire exigeait les forces de tous ses concitoyens et le refus des chrétiens de sacrifier à l'empereur, je le considérais comme une trahison. Ne disait-on pas que sur les frontières du Rhin et du Danube les soldats chrétiens, au lieu de s'opposer par les armes aux Barbares, se contentaient de les convertir à leur secte et même les accueillaient dans les camps ? Le pouvoir ne tolérerait pas plus longtemps ces chevaux de Troie qui s'introduisaient dans les villes de garnison de notre frontière.

A l'empereur Philippe qui avait témoigné à l'égard des chrétiens d'une indulgence excessive, succéda Dèce qui entendit extirper définitivement ce fléau qui rongeait notre Empire et qui contaminait l'armée romaine. Pendant toute l'année 250, à Carthage, à Rome, à Smyrne moururent les principaux chefs de la secte des chrétiens, mais aussi un bon nombre acceptèrent de se soumettre aux lois sacrées de l'Empire. La répression, si cruelle fût-elle, était nécessaire.

Je songeais aussi à mon fils, mais je n'aurais plus à son égard la même indulgence et les même faiblesses. En ces heures où l'Empire romain devait être unanime autour de son empereur, j'étais décidé à le laisser courir à la mort, à le sacrifier s'il le fallait, à taire mes sentiments de père, tout comme l'avait fait mon collègue et ami Verecundaridubius qui avait livré sans joie mais sans hésiter son fils chrétien à l'épée du bourreau.

Je restai inflexible lorsque Aurélia me supplia de sauver une nouvelle fois Aurélien si par malheur il était mis en ma présence, je lui répondis que je ne pouvais trahir par deux fois les dieux immortels et livrer ainsi notre cité à leur juste colère. Je ne pouvais que les adjurer de chasser de l'esprit de notre fils cette folie qui le conduisait à la mort et contribuait par sa contagion à la fin de Lutèce.

Ainsi je suivis les ordres de Dèce et je fis distribuer des copies d'un texte dans toute la ville et dans les quartiers où je savais que se trouvaient des groupes de chrétiens afin de les exhorter à abandonner leurs folies, à rejoindre nos dieux, seuls protecteurs de notre ville, de nos lois. Mais les chrétiens répondirent par des inscriptions insultantes envers l'empereur Valère qui avait succédé à Dèce et le matin il arrivait que nous retrouvions nos temples saccagés, les statues de nos dieux brisées, nos autels souillés. Ils étaient poussés dans leur action et dans leur intransigeance par un certain Denis auquel ils donnaient le titre d'évêque. On racontait que ce Denis, qui se cachait dans une maison à Lutèce, avait été envoyé par l'évêque de Rome, Clément, avec six autres en Gaule. On connaissait même leurs noms, grâce à des indicateurs qui renseignaient nos polices. Il y avait Saturnin à Toulouse, Gatine à Tours, Trophime à Arles, Paul à Narbonne, Austremoine dans le pays des Arvernes et Martial à Limoges. Ces évêques malfaisants prêchaient la révolte. Que Lutèce ait été choisie parmi d'autres villes de la Gaule pour que les chrétiens y sèment la dissension montrait bien qu'une importante communauté de ces horribles zélateurs d'une religion absurde s'était installée dans nos murs et mon fils en faisait partie !

En 254, il y a à peine deux ans, éclata un nouveau

drame qui fit trembler mon cœur de père. Je me trouvais avec Aurélia dans la villa du mont Mercure où, sous le soleil de l'été, je tentais de réchauffer mes membres engourdis par l'inéluctable vieillesse. J'entendis un grand tumulte non loin de ma demeure. Aurélia, plus alerte que moi, se rendit sur la place du temple de Mercure d'où venaient les clameurs et elle en revint les lèvres bleuies et les joues décolorées par l'émotion. Elle venait d'assister à la décapitation de l'évêque des chrétiens, Denis, à laquelle assistaient un représentant du légat de la Lyonnaise et une foule aux sentiments partagés. Dans celle-ci Aurélia aurait reconnu notre fils alors âgé de 43 ans, le visage enveloppé dans un capuchon. Il avait aperçu sa mère, s'était approché d'elle et lui avait dit dans l'oreille en l'étreignant que Denis était un homme bon, qu'il n'avait dit que des paroles de paix et d'amour. Si la foule s'était tue, c'était parce qu'elle avait été frappée par la dignité, la noblesse, le courage et les paroles de consolation du « martyr », comme Aurélien avait appelé Denis.

Aurélia était à la fois triste et exaltée, à mesure qu'elle me contait la scène : « Même un gladiateur si courageux soit-il, affirmait-elle, n'aurait pas accepté si facilement la mort, comme l'avait fait ce Denis, qui avant que sa tête ne roule sur les dalles de la place, s'était écrié : " Ce soir, je serai auprès de notre père, notre Dieu ! " »

Aurélia paraissait si conquise et si émue que je me demandais si elle allait rejoindre les chrétiens. Mais non, elle resterait fidèle aux dieux de sa Gaule natale, elle l'avait dit à son fils avant de le quitter, mais le soir de cette exécution, je l'appris peu de temps après, elle aida Aurélien à envelopper le corps du supplicié dans un grand linge blanc et à le transporter dans un village voisin, à Cattuliacus [1], où se trouvait un souterrain qui servait de sépulture aux chrétiens. Je ne la blâmai pas de cet aveu,

---

1. L'actuel Saint-Denis (93).

et je louai au contraire sa piété humaine. Pour quelques instants, me dis-je, une païenne et un chrétien, une mère et son fils, se sont retrouvés unis afin de rendre les derniers devoirs qui conviennent à un mort.

Chapitre vingt-deuxième

Au cours de l'année qui vient de s'achever, qui me rapproche un peu plus de mes quatre-vingts printemps, Lutèce a vu passer de nombreux soldats qui avaient fui les légions. Ils sont arrivés à pied, sur des mulets ou dans des charrettes, amaigris, épuisés, souvent sans armes et dans leurs yeux on a pu lire la terreur. Des Barbares, auxquels ils donnaient les noms de Francs et d'Alamans, avaient franchi le Rhin et les légions romaines avaient été bousculées et, pour certaines d'entre elles, massacrées.

Les Barbares se répandaient à l'est de notre province et pillaient les fermes, tuaient les hommes, violaient les femmes, les égorgeaient et volaient les enfants. Ils brûlaient les récoltes et les villages. Ils ressemblaient à des géants, tels ceux que Jupiter avait naguère combattus, pour s'emparer du monde céleste et y faire enfin régner l'harmonie universelle. Ils portaient des casques étranges ornés de cornes d'aurochs et des boucliers formés par des peaux de chèvre séchées. Leur avance était lente, mais elle paraissait inexorable. Ils s'installaient sur les terres comme s'ils en étaient devenus les maîtres, s'emparaient des épouses et des filles pour leur faire partager de force leurs couches puantes. Ils sentaient le suint et la crasse sous leur tunique en peau de sanglier. Les garnisons romaines avaient été attaquées, prises d'assaut dans la province de la Belgique et chez les Médiomatriques et les Tricasses, et plus au sud chez les Séquanes et les Lingons. Les Barbares suivaient les rivières et ils venaient de s'emparer de Reims, de Toul et se dirigeaient vers le pays des Sénons (Sens).

Aujourd'hui, où j'écris, les nouvelles sont de plus en plus alarmantes. Une flottille de nautes vient d'accoster au port de Lutèce après avoir réussi à échapper aux Barbares qui s'approchent de Melun. « La nuit, m'a déclaré l'un des nautes, l'horizon est rougi de la lueur des incendies et le vent souvent rabat la fumée âcre des forêts et des maisons qui brûlent. Des clameurs emplissent le ciel, des cris de terreur, des hurlements de douleur retentissent qui terrorisent les soldats, une sorte de bourdonnement confus surgit à l'est, au moment où se lève le soleil. » Il semble que les Barbares ne soient pas encore parvenus à Melun comme le craignaient les nautes, mais ils emprunteront bientôt les rivages de la Marne et se dirigeront alors vers Lutèce.

Leur progression est lente, nous le savons par des éclaireurs dépêchés vers les pays dévastés et qui les ont aperçus dans leurs tentes ; ils buvaient, mangeaient et semblaient s'installer dans de nouvelles délices de Capoue. Les Romains ne nous protègent plus. La cohorte de Lyon est allée renforcer celle de Rhénanie pour contenir de nouvelles incursions des Alamans. A Lutèce il ne reste plus que quelques vétérans ; l'âge les rend incapables d'assurer la défense de la ville. Les représentants du légat, les curateurs, les différents fonctionnaires et agents fiscaux ont fui le petit palais de la grande île. Une nouvelle fois Lutèce, comme naguère à la veille de la bataille entre les Romains et mon aïeul, Camulogène, est seule face à son destin, responsable d'elle-même et elle ne devra son salut qu'aux décisions qu'elle prendra.

Je reprends mes notes. Les décurions sont venus me demander il y a peu parce que j'étais le plus âgé des Lutéciens et celui qui avait traversé le plus grand nombre d'expériences et d'épreuves, de m'adresser à la foule pour commenter leurs décisions. Celles-ci étaient à la fois nécessaires et tragiques. Toute la population de la ville devait soit fuir au loin vers le couchant, vers Lillebonne, soit descendre vers les villes de l'Aquitaine et de la Narbonnaise en tentant de suivre les voies d'eau, parce que les routes étaient infestées de brigands, soit cette population devait trouver refuge dans la plus grande des trois îles de Lutèce. Il était de notre devoir, quoi qu'il nous en coûte, de détruire les principaux monuments de notre cité et même les statues qui s'élèvent dans les temples et sur les places, de les débiter et de transporter les morceaux et les pierres ainsi récupérés, vestiges d'une gloire et d'une prospérité désormais passées, dans l'île afin de les entasser les uns sur les autres tout autour des rives et de construire de cette façon des remparts que les envahisseurs ne pourraient pas franchir. C'est pourquoi les édifices publics religieux et civils, à l'exception des thermes du nord et de l'amphithéâtre devraient servir de carrières de pierres.

Dès le lendemain de ce discours, avec des pioches, des scies, des centaines de Parisiens vinrent se mettre au travail et ils commencèrent sous la direction des architectes et des entrepreneurs municipaux à découper les pierres, les frontons, les frises, les bas-reliefs, les colonnes, ainsi que les hauts murs qui fermaient le forum.

En quelques semaines, j'ai vu disparaître dans la poussière ce qui avait été notre fierté, ce qui avait fait l'envie des peuples proches et des cités voisines. A chaque coup de marteau, à chaque pierre qui tombait, à chaque colonne qui s'écroulait, il me semblait que c'était un morceau de moi-même qu'on arrachait. L'œuvre des Camulogène, entrepreneurs de carrières, anéantie volontairement par la nécessité des choses ! Je retrouvai quelque courage pour me déplacer jusqu'à la voie principale et j'assistai dans le

209

désespoir, mais avec le sentiment que la patrie ne peut être sauvée qu'à ce prix, au défilé incessant des charrettes tirées par des bœufs qui descendaient la voie, traversaient le pont, et remontaient vides pour être à nouveau chargées des dépouilles glorieuses de notre ville à jamais brisée. Les nautes ont obtenu que les thermes du nord ne subissent pas le sort funeste des autres monuments. La solidité de la construction défie, ont-ils affirmé, toutes les entreprises de destruction, même celles des Barbares. Puissent-ils avoir raison et que, dans deux mille ans, ce monument reste un témoin prestigieux !

La nuit, à l'heure où j'écris ces lignes, de retour de mes promenades dans Lutèce qui m'accablent de tristesse, j'entends les crissements réguliers des scies, et les coups de pic, tout comme l'écrasement des pierres sur le sol qu'elles font trembler. Mon ami Verecunda qui vient souvent nous voir avec son épouse, me reproche d'assister chaque jour à l'agonie de ma ville ; mais je lui réponds que c'est par fidélité que je veille sur la fin de la vie de Lutèce. Je suis à son chevet comme on se trouve près du lit d'un mourant que l'on aime ; je profite jusqu'aux derniers instants des restes de sa vie. Je lui dois bien cet hommage et j'admire ses habitants qui, couverts de poussière, les larmes aux yeux et la rage au cœur, taillent, percent ce qu'ils avaient tant aimé.

Sur l'île on entasse les pierres les unes sur les autres, avec l'aide de grandes poulies qu'actionnent des esclaves et je reprends courage. La Lutèce de la paix et de la prospérité est morte, mais elle donne peu à peu naissance à une autre Lutèce, serrée dans une île, enfermée derrière ses murailles improvisées et je suis soudain ému que d'une construction naisse ainsi une autre ville plus fruste, mais sans doute semblable à celle qu'ont connue nos pères avant la conquête de la Gaule chevelue par César, une cité moins lumineuse, mais qui ne désarme pas devant les Barbares, qui est prête à lutter.

Après tant de siècles de bonheur que n'avaient point réussi à ternir les troubles des guerres civiles, l'anarchie militaire et les compétitions sanglantes entre les empereurs de Rome, les habitants de cette ville n'ont pas perdu ce qui était la qualité de leur race et la vertu de leurs ancêtres : le courage et la confiance, l'unité retrouvée aux heures des grands périls, comme naguère sous l'autorité de l'Arverne Vercingétorix, les Parisiens obéissaient à la stratégie que Camulogène, sur les marches du temple de Teutatès leur commandait.

Ils auraient pu refuser, se révolter, fuir même, mais non, ils avaient compris que leurs vieilles querelles devaient cesser, qu'il n'y avait plus dans toute l'étendue de la cité ni riches, ni pauvres, ni aristocrates, ni esclaves, ni affranchis, ni artisans, mais des hommes, des femmes et des enfants, unis pour le salut commun de leur patrie dans la ferveur et la confiance en Jupiter très grand et très bon.

Je viens d'apercevoir sur un des remparts le buste de mon père face à l'autre rive de la Seine par où un jour déferleront sans doute les Barbares : loin de m'attrister devant ce spectacle d'une statue mutilée, je suis fier que la tête du délégué de Lutèce à Lyon veille nuit et jour aux remparts. Pour suivre les courbes de la rive, on a eu recours aux gradins de l'hippodrome plus proche.

Aurélia m'assiste et m'accompagne, présente et discrète, toujours belle malgré les années ; efficace, elle a organisé dans les souterrains du palais abandonné une sorte de salle de repos où seront amenés les blessés et les morts, si la déesse Bellone ouvre les hostilités.

J'ai décidé, il y a peu, que les bustes de mes ancêtres viendraient rejoindre le visage de mon père. On est venu les chercher aujourd'hui et les voici à présent qui ont été aussitôt intégrés aux nouveaux murs qui entourent l'île principale. Certains regardent vers la ville, d'autres vers le fleuve, d'autres encore sont couchés entre deux pierres et ont servi à combler des trous : ils regardent vers le ciel. Qu'ils soient ainsi tous devenus les gardiens de la cité, qu'ils subissent les intempéries et les chaleurs, les pluies et le gel est conforme au destin des Camulogène.

Ils sont retournés au sein de leur patrie en danger. Ils sont revenus là où jadis Camulogène et ses compagnons s'étaient retranchés. Ils veillent, et leurs yeux de céramique ou de verre ont pris l'intensité du regard de la vie.

Nous avons aussi transporté tous nos autels et nos colonnes votives, celles des nautes et celles des têtes suspendues, la frise des Amazones, le monument à Hermès, avec Amour, Mars et le dieu Mercure aux trois visages. Les quatre divinités ont été installées à côté du petit forum, près du temple de Mars, et le pilier de la gigantomachie regarde vers le levant, par où surgiront les Barbares effrayants. Lutèce n'est plus. Ses démolisseurs continuent leur travail dans la cité abandonnée, à laquelle s'accrochent seulement quelques vieillards. Au loin dans l'aqueduc passe toujours l'eau des sources ; les fontaines de Lutèce coulent encore, mais seules quelques vieilles femmes viennent y prendre de l'eau et dans la nuit j'entends le jet d'eau craché par la méduse au coin de ma rue et de celle des Boulangers. Lutèce n'est plus, mais il suffit de passer le pont en bois et de pénétrer dans l'île pour savoir qu'une autre Lutèce est en train de naître. Des employés municipaux se tiennent à la base de chaque pilier du pont, nuit et jour, armés de torches. Au premier signal du veilleur qui se trouve en haut de la tourelle, ils mettront le feu afin de transformer l'île en une sorte de grande barque de pierre immobile au milieu des eaux.

Je viens de quitter ma demeure et, pour la dernière fois, soutenu par quelques serviteurs, j'ai tenu à descendre la voie principale, qu'empruntent aujourd'hui pour un dernier voyage bien des Parisiens de la campagne venus se mettre sous la protection de la nouvelle cité. Nouvelle ? Non point. Elle retrouve son antique ancrage, celui de son indépendance, sous la protection du dieu Mars, auquel des centaines de citoyens viennent sacrifier.

Les chrétiens sont partis. On raconte qu'ils se trouvent sur les routes qui longent les rivières vers l'est et qu'ils s'apprêtent à rejoindre les Barbares pour les convertir à la nouvelle religion. Insensés qu'ils sont, téméraires et orgueilleux qui croient leur Christ un meilleur rempart que les pierres sacrées de notre ville, l'armure vivante de Lutèce. Nos dieux gaulois et romains servent de remblais, les sculptures et les statues des divinités forment les enceintes ; les colonnes et les piliers des basiliques entassés les uns sur les autres sont autant de tours de guet. Une ville s'est détruite volontairement pour se protéger ; elle a accepté ce sacrifice pour sa sauvegarde. Les dieux ne peuvent l'abandonner. Me voici installé dans une petite pièce des bâtiments où se sont succédé les délégués du légat, où Rome a été présente. De son sort et de celui de l'Empire nous ne savons rien. Son destin ne passe plus le pont de notre cité qui est devenue notre seule patrie, notre unique empire.

J'ai emporté avec moi les rouleaux de parchemin où j'ai écrit ces derniers temps le récit de ma vie. Je les ai enfermés dans des tubes en bronze dont j'ai cacheté les couvercles afin de les protéger de la pluie et de la poussière. Si, par chance, après ma mort, ils reviennent au jour et passent entre les mains de lecteurs curieux, ils seront comme les battements de mon cœur, comme les palpitations de mon âme, longtemps après que ceux-ci auront cessé d'exister sur cette terre. Je confie donc ces rouleaux à la protection des dieux immortels.

Une nouvelle nuit a commencé. J'entends les pas des veilleurs sur les remparts. Autour de moi des soldats dorment, des familles réfugiées prennent quelque repos entre deux pierres pour s'abriter du vent. Soudain surgit un garde qui hurle : « Ils arrivent ! Les Barbares sont à nos portes ! »

Une douleur monte alors en moi le long de mon bras gauche, ma tête est comme serrée par un casque invisible. Je continue pourtant à écrire ; j'entends le crépitement du pont qui s'est embrasé, nous voici coupés des deux rives du fleuve et de ce que fut Lutèce.

Je viens de sortir et me promène lentement sur les remparts éclairés par la lueur de l'incendie. C'est vrai qu'au loin, vers l'hippodrome, on aperçoit dans la nuit des flambeaux autour desquels s'agitent des silhouettes qui dansent et crient. Ils sont en train de renverser nos dieux dressés sur la spina et de briser l'estrade d'où le directeur des courses donnait le signal de l'entrée des biges et des quadriges. Les nautes, après s'être armés, ont quitté le port avec leur flottille et s'avancent vers l'ennemi barbare qui souille notre beau fleuve tranquille.

Aujourd'hui où les empereurs se succèdent, se combattent, s'entretuent, où nous n'avons même plus le temps de connaître leurs noms et de les graver sur les pierres et dans l'airain, nous n'espérons plus en Rome, et ce ne sont pas les quelques légionnaires harassés qui passent sur la voie entre Orléans et Senlis, ni entre Melun et le port de Lillebonne sur la Seine qui nous donnent l'assurance que l'Empire nous protège et nous défend comme naguère.

Allons, ne nous laissons pas capturer par la douleur et affermissons notre cœur défaillant. Peut-être ces Barbares ne sont-ils pas aussi féroces que le prétend la renommée ? Peut-être aussi ces Alamans que nous devons combattre parce qu'ils n'apportent sur leurs petits chevaux poisseux et puants que la ruine et la désolation, construiront-ils une nouvelle Lutèce et leurs femmes épouseront-elles la jeunesse de notre cité ? J'imagine le pire pour qu'il en sorte un jour le bonheur.

Mais moi je suis trop âgé pour accepter un autre sort que celui qui m'a été transmis par ma famille gauloise et romaine depuis plusieurs centaines d'années. La jeunesse et les chrétiens — parmi lesquels mon fils Aurélien — prétendent que nous sommes des égoïstes, que nous manquons d'idéal ; ils espèrent, les insensés, convertir les Barbares à leur nouvelle religion et apaiser du même coup les cœurs sauvages : sotte croyance que celle-là ! Certes parfois je suis troublé, parce qu'en moi, depuis l'aïeule Livia, la Suève, coule aussi un sang barbare. A quelle folie, à quelle lâcheté, ce sang barbare peut me conduire ? Je crains devant les Alamans d'être soudain frappé de paralysie, d'abandonner mes armes. Car qui pourra dire à ce moment-là si le génie de Livia combattra aux côtés de Mars ou du dieu Wotan ?

Mais non. Ne serait-on qu'un seul jour, je ne veux point connaître les convulsions qui agiteront Lutèce, la Gaule et l'Empire avant que le monde ne retrouve l'harmonie de la paix civile. Dans la mort, je ne serai plus ni gaulois, ni romain, ni barbare, je serai délivré de tout ce qui m'a blessé et brisé ; quel soulagement !

Je reviens pour écrire ces lignes, mais il faut que j'achève. Je songe à Epona, ma mère, à mes ancêtres ; auprès de moi s'est assoupie Aurélia, compagne des bons et des mauvais jours de mon existence depuis un demi-siècle. Je pense à Aurélien. Où est-il ? Où se cache-t-il ? Des années d'errance et de fuite n'ont pas affaibli, semble-t-il, ses convictions de chrétien. Peut-être a-t-il rejoint les Barbares et contribue-t-il déjà à la ruine de notre cité qui vient de commencer ? Qu'il soit maudit, me dis-je, et pourtant j'ai conscience qu'il représente peut-être le monde de l'avenir, et que nos dieux ne sont peut-être plus immortels.

J'invoque les mânes de Camulogène, mon ancêtre, celui qui s'opposa à Labienus ; je me sens aussi vieux que lui et pourtant aussi vaillant pour lutter. Je me suis saisi d'un des glaives entassés sur un chariot, devant lequel passent à la lueur des torches qui grésillent des Lutéciens disciplinés et résolus et beaucoup de femmes courageuses. J'ai oublié l'Empire et ses honneurs, la richesse et la gloire, je suis un Parisien de Lutèce, un Camulogène qui à nouveau combat, en sachant que ma cause est sans doute perdue, que le dieu des chrétiens dominera un jour le monde et qu'on lui élèvera des temples à Lutèce. Mais les scènes de demain ne me regardent plus...

DU MÊME AUTEUR :

Chez le même éditeur :

VIE ET MORT DES ESCLAVES DANS LA ROME ANTIQUE, 1973 (ouvrage couronné par l'Académie française).
CASINO DES BRUMES, roman, 1978.
LA TÉNÉBREUSE, roman, 1980.

Chez d'autres éditeurs :

CLÉOPATRE, 1965 (Rencontre).
DICTIONNAIRE DE LA MYTHOLOGIE GRECQUE ET ROMAINE, 1965 (Larousse).
LES ANTONINS, 1969 (Rencontre).
LE CHRIST DES PROFONDEURS, 1970 (Balland).
LA GRÈCE, 1973 (Editions de Crémille).
LE FLEUVE DES MORTS, 1975, roman (Julliard).
LA REINE DE LA NUIT, 1983 (Balland, Instant romanesque).

La composition
et l'impression de ce livre ont été effectuées
par l'Imprimerie Dominique Guéniot
pour les Editions Albin Michel

AM

Achevé d'imprimer en janvier 1984
N° d'édition 8230. N° d'impression 1032
Dépôt légal janvier 1984

Imprimé en France